내가 만든 여자들

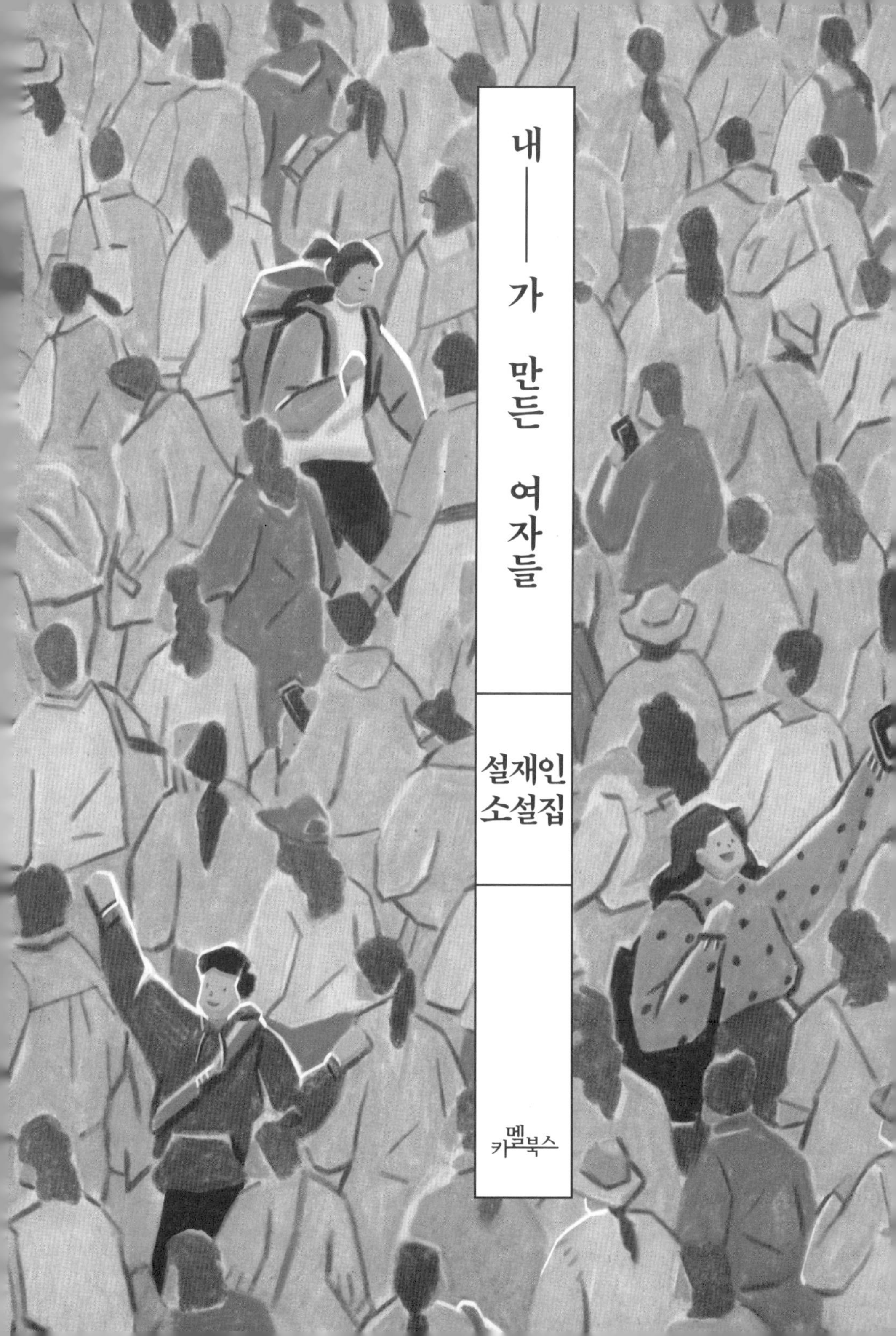
내가 만든 여자들
설재인 소설집
카멜북스

차례

엔드 오브 더 로드웨이

응, 나도 너를 좋아하는 것 같아. 그것이 소녀가 소년에게 했던 첫 번째 거짓말이었고 그래, 그러자, 나도 그러고 싶어, 가 어른이 된 소년의 프로포즈에 대한 소녀의 답변이자 두 번째 거짓말이었다. 그 두 거짓말의 화학작용으로, 내가 태어났다.

혜순 아줌마가 엄마의 애인이라는 걸 알게 된 것은 퍽 자연스러운 일이었다. 아줌마는 일주일에 두 번 우리 집에 놀러 와 자고 갔으며 엄마의 손을 잡고, 볼에도 입에도 쪽쪽 뽀뽀를 하곤 했으니까. 아빠는 일주일에 두 번 외박했으며 엄마의 손을 잡지 않았고 뽀뽀는 내 볼에다만 했다. 아니, 어떻게 나를 낳은 거야? 친구 집에 놀러가서 처음으로 야한 동영상을 본 날에야 나는 남자와 여자가 무슨 일을 해야 아기가 나오는지 알게 되었다. 그날 집에 와선 엄마에게 득달같이 물었다. 대체 아빠랑 엄마가 어떻게 그걸 했어? 진짜로 하긴 한 거야? 엄마는 푸흐흣 웃었다. 얘, 모든 일에는 다 때가 있는 법이란다.

엄마와 혜순 아줌마. 엄마를 둘이나 두고 자랐으니 다른 아이들보다 딱 두 배만큼 그 시절은 맛있었다. 엄마가 끓인 추어탕에선 오래된 들깨 탓에 서랍 맛이 나곤 했는데 아줌마는 똑같은 재료를 가지고 텀벙텀벙 끓여도 기가 막히게 맛있는 결과물을 만들어 냈다. 오늘 혜순 아줌마 온다, 엄마가 귀에 대고 속삭이면 나는 오늘은 고사리무침, 오늘은 소고기미역국, 오늘은 육개장, 하고 먹고 싶은 걸 하나씩 이야기했다. 그게 그날 저녁 밥상의 메뉴가 되었다. 고등학교 입학식 전날에도 엄마, 혜순 아줌마, 나 이렇게 셋이서 상에 빙 둘러앉아 밥을 먹었는데 아아 이제 매일 야자 하니깐 이런 저녁상도 끝이네, 하고 아쉬워하는 내 눈앞에 아줌마는 짠! 하고 도시락 통을 들이밀었다. 얘, 훌훌 날리는 쌀 가지고 찐 밥에 찬 가짓수도 별로 없는 급식 먹고 배가 차겠니? 아줌마의 눈이 빛났는데 아마 그 눈에 비친 내 눈 역시 반짝반짝했을 것이다. 일주일에 딱 이틀 특식이야. 엄마는 옆에서 얘 혜순아, 뭘 그렇게 챙겨, 하고 민망해했으니 정말로, 아줌마는 엄마에게조차 말하지 않은 채 그 통을 준비한 것이었다. 희숙이 네년이 못 챙기니 내가 챙겨야지. 지금까지 내 밥을 얼마나 많이 먹여 키웠는데! 혜순 아줌마는 파김치를 둘둘 말아 엄마의 밥그릇에 쓱 올려놓으며 소리를 쳤다. 내 딸이기도 하다, 내 딸! 나는 옆에서 클클 웃을 따름이었다.

소고기우엉볶음, 굴비조림, 소시지야채볶음, 두부김치, 팝콘치킨, 고등어소금구이, 해물부추전, 계란말이김밥, 제육볶음, 메밀전병, 떡갈비, 치즈돈가스, 코다리조림, 오징어볶음이 그 통에 담겨 학교 가는 내 손에서 달랑달랑 흔들렸다. 아줌마 덕에 나는 다른 아이들보다 통통해졌고 신체검사를 하는 날이면 괜히 뾰로통해졌는데 아줌마는 내 배를 손가락으로 톡톡 두들기며 잘 빚은 만두 같은 표정을 지었다. 그 볼을 젓가락으로 찌르면 달고 짭짤한 육즙이 팡, 하고 터져 나올 것만 같았다.

그런 시절이 있었다. 아줌마가 이민을 갈 때까지는 그랬다. 그 후로 어쩐지 행복이란 놈은 멈춘 채 움직이지 않았고, 우리만 뚜벅뚜벅 앞으로 걸어 나가 서로 이별해야 했다. 아빠는 여전히 일주일에 두 번씩 외박을 했는데, 그 전엔 그 사람도 나도 애인이 있으니 샘샘이지 뭐! 하고 큰소리를 치던 엄마는 말수가 없어졌고 머리숱이 조금씩 줄었다. 왜 아줌마는 우리를 두고 이민을 간 걸까? 계속 내 엄마로 남아 있으면 좋았을 텐데. 나는 야자를 할 때, 수능 시험지를 받을 때, 수업을 듣고 엠티를 갈 때, 가서 술을 왕창 마실 때, 그리고 졸업을 하고 학사모를 쓸 때 그런 생각을 했다. 사실 내내 했다고 보는 것이 맞겠지.

엄마의 뼛가루를 넣은 캐리어를 수화물로 부친 후 수속을 거쳤다. 보라색 비행기엔 보라색 유니폼을 입은 승무원들이 싸와디카, 하고 인사를 했는데 발목까지 내려오는 전통의상이 근사했다. 음료는 뭘로 드릴까요, 하는 승무원의 물음에 나는 위스키 한 잔 주세요, 하고 말했다. 석 잔까지 받아 마셨는데 더는 주지 않았다. 으슬으슬 떨리는 몸을 덥혀야겠다는 생각밖에는 없었는데도. 너무, 너무 추웠다.

엄마의 유언은 유골함을 혜순 아줌마에게 전달해 달라는 것이었다. 걔가 너보담 백 배는 더 잘 돌봐 줄 거야. 웃던 엄마의 얼굴을 떠올리며 나는 아이, 왜 그런 유언을 해 가지고 날 이렇게 귀찮게 하는 거야, 하고 투덜대며 입술을 물어뜯었다. 엄마는 오래 투병했고 일찌감치 죽음을 준비했으며 심지어는, 내게 여덟 달 후의 비행기 티켓까지 예약하게 했다. 지금 예약해야 싸게 다녀올 수 있지. 엄마는 그렇게 말했고 나는 아니 어떻게 그럴 수가 있어, 하고 엄마의 마른 어깨를 팡, 팡, 때렸었는데, 정말로 엄마는 그로부터 여섯 달 후 세상을 떠났다. 엄마는 생애 딱 두 번, 나를 태어나게 한 그 두 번의 거짓말을 제외하곤 도통 거짓을 말할 줄 모르는 사람이었으니까. 딱 엄마의 말대로 된 것이었다. 심지어는 모두가 잠이 들었을 때 혼자 조용히 떠났다. 예나 지금이나 바보 같아, 엄마, 정말 바보 같아. 나는 장례식장에서 엉엉 울며 말했는데 그날을 끝으로 눈물샘이 말라 버렸다.

방콕의 수완나품 공항에서 남쪽으로 향하는 국내선으로 환승해야 했다. 무빙워크의 끝자락에선 언제나 엔드 오브 더 로드웨이, 하고 나긋한 목소리가 흘러나왔다. 엔드 오브 더 로드웨이, 하고 나는 그 목소리를 흉내 냈다. 엔드 오브 더 로드웨이, 엔드 오브 더 로드웨이. 신기하네. 잭 다니엘을 섞은 콜라 한 병을 사서 빨대를 꽂아 마시며 나는 생각했다. 혜순 아줌마가 떠나고 대학을 졸업해 직장을 구했지만 불행하고 엄마가 죽었고 나는 매일매일 술을 이렇게 마셔 중독자가 되었는데도 어디까지 걸어가야 끝이 날지 보이질 않아. 그러니, 엔드 오브 더 로드웨이, 라는 음성이 반갑기까지 하잖아. 전광판에 파이널 콜이라고 빨간색 글씨가 뜰 때까지, 그렇게 앉아 있었다.

끄라비 공항에 착륙했을 땐 날이 어둑어둑해져 있었다. 열대림을 그대로 옮겨 놓은 셔츠를 입은 사람들이 뜻 모를 외국어로 소리치며 컨베이어 벨트 앞에서 가방이 나오기를 기다렸다. 드레드를 하고 문신을 팔뚝에 가득 새긴 아빠가 자기 키만 한 가방을 찾아 어깨에 멘 후 아들의 손을 잡았다. 금발에 푸른 눈, 서너 살쯤 됐을까. 저쪽에선 백일도 안 되어 보이는 갓난아기를 포대기에 싸서 안은 여자가 전전긍긍하며 체중을 왼발에 실었다 오른발에 실었다, 했다. 태국인인 모양이었는데, 인천에서부터 나와 같은 비행기를 타고 함께 왔다. 친정에 가는 거겠지…… 아기가 기내에서 울 때마다 한국인 엄마 서너 명이 일어나 아기를 얼러 주고, 엄마에게 아기 그렇게 안으면 애가 불편해해, 그러니까 울지, 요렇게 이렇게 안아, 하고 알려 주기도 했었다. 고맙습니다. 불분명한 발음으로 어린 여자는 고개를 꾸벅 숙였다. 엄마들은, 그래, 엄마들은 다 똑같나 봐. 구석의 의자에 앉아 그렇게 사람들을 바라보았다. 가족과, 가족과, 또 세상의 많은 가족. 모든 사람들이 가방을 찾고 나간 뒤에야 나는 천천히 일어났다. 내 캐리어 혼자만 컨베이어 벨트를 타고 대구루루 돌고 있었다.

엄마의 유골함은 무사했다.

게스트하우스에서 하룻밤을 보낸 후 아오낭 거리에 즐비한 여행사 중 하나를 골랐다. 히잡을 쓴 여인 옆에서 까까머리를 한 아이가 두 손을 접었다 펼쳤다 짝짝 박수 소리를 내며 놀고 있었기 때문에, 그곳을 골랐다. 피피섬에 가려고 하는데요. 숙소는? 숙소는 여기, 이런이런 이름의 게스트하우스요. 오케이. 여인이 건네준 바우처를 가방에 넣은 후 나는 아이에게 하우 올드 아 유, 하고 물었는데 아이는 알아듣지 못하고 손을 빨며 엄마를 보았다. 엄마가 뭐라 태국어로 이야기하자 그제야 손가락 다섯 개를 쫙 벌렸다. 눈이 크고 피부가 검어 매끄러웠다. 여기, 아들한테 줘요. 여행사 옆의 세븐일레븐에서 맥주와 럼 작은 병, 그리고 땅콩 두 봉지를 사고 돌아오며 나는 한 봉지를 여인에게 건넸다. 아이는 어딜 갔는지 보이지 않았고 여인은 히잡을 쓴 머리를 숙이며 땡큐, 하고 말했다.

1월의 아오낭 해변은 죽도록 무덥지는 않았지만, 그래도 남국은 남국이었다. 그렇게 땀도 많던 혜순 아줌마가 이런 나라에서 어떻게 살고 있을까. 생각의 속도에 비해 땅콩과 맥주가 줄어드는 속도는 빨랐다. 맥주가 한 방울도 남지 않자 이번엔 럼을 따 병째 마셨고 그제야 조금 머리가 굴러가기 시작했다. 한 모금에 직장 생각, 한 모금에 혼자 남겨진 아빠 생각, 한 모금에 헤어진 애인, 아 그 새끼 생각, 한 모금에 엄마가 죽던 날의 생각, 그리고 한 모금에, 혜순 아줌마 생각.

나는 엄마와 혜순 아줌마가 사랑을 나누는 소리를 들은 적이 있었다. 친구 집에서 남녀의 정사를 적나라하게 촬영한 영상을 본, 바로 그날 밤이었다. 남자가 끙끙대고 여자가 덩달아 비명을 질러 대던 그 소리가 자꾸만 머릿속에 맴돌아 잠을 통 잘 수가 없었다. 내일 학교에서 졸 텐데. 나는 뒤척거리며 한숨을 후윽후윽 쉬었다. 오늘 집에 들어오지 않은 아빠도 어디선가 애인과 그런 소리를 내고 있겠지. 엄마는 내가 수정되던 날 그런 비명을 냈을까. 아무리 생각해도, 상상할 수 없는 일이라 베개에 머리를 묻곤 고개를 흔들었다. 그러다 문득 못 견디게 궁금해졌다.

엄마랑 혜순 아줌마는 어떨지가.

그래서 나는 이불을 걷어차고 일어났다. 최대한 소리를 내지 않도록 문손잡이를 아주 천천히 돌려 열고, 거실을 슬금슬금 걸어 안방 문 앞에 섰다. 귀를 문에 바짝 대고 숨을 참았는데, 방 안에서 두 명의 여자가, 내 멈춘 숨을 대신 쉬어 주는 것만 같았다. 숨소리가 빨랐고 웃음소리, 울음소리, 간지러운 소리, 예쁜 소리, 예뻐하는 소리, 희숙이 혜순이를 부르는 소리, 그리고 가끔은 무서운 소리도 났다.

나는 뒷걸음질로 방에 들어와 다시 문을 조용히, 굳게 닫은 후 침대로 기어 들어가 이불을 덮었다. 으음 으음, 하고 그 소리를 낮게 흉내 내다 보니 입술 새로 웃음이 비어져 나왔다. 그러고 눈을 감았는데, 언제 잠들었는지도 모르게 눈을 떠 보니 혜순 아줌마가 도시락을 싸 놓고 나를 깨우고 있었다.

그 생각을 하는 새 머리 위가 시뻘겋게 타올랐다. 사람들이 왜 갑자기 많아졌나, 했더니 일몰을 보러 온 모양이었다. 온 세상에 불을 지른 듯한 노을이 수평선부터 시작되어 백사장을 덮었다. 붉은 하늘과 은빛 구름 아래 모여든 사람들의 모습이 발치에 고인 바닷물에 반사되어 두 배가 되었다. 발바닥으로 이어진 쌍둥이들이 걷고 뛰고 소리를 지르며 환호했다. 어느 아버지가 조그만 아들의 손을 잡고 몸을 들어 올려 빙글빙글, 하고 돌았다. 그 옆에서 무릎을 굽히고 동영상을 찍는 건, 아마도 엄마겠지. 가족 여행이란 걸 간 적이 있던가, 하고 헤아려 보며 나는 일어나 엉덩이를 툭툭 털었다. 럼 병은 절반쯤 비어 있었는데 숙소를 찾아가려면 이제 그만 마셔야 했다.

피피섬으로 향하는 뱃머리엔 웃통을 벗은 남자들과 비키니를 입은 여자들이 나란히 누워 햇볕에 몸을 굽고 있었다. 커다란 배는 웅웅대며 느리게 느리게 섬으로 걸어갔다. 엄마의 유골함을 나르는 나로서는, 뱃머리에 굳이 나가 헐벗은 남녀 사이에서 바다를 구경하는 것은 어딘가 불경스러운 것으로 생각되어 그저 요상한 맛이 나는 감자칩을 곁들여 맥주 한 캔을 홀짝댈 따름이었다. 선내에선 각양각색의 언어가 여기저기 휘몰아쳤는데 한국어는 없었다. 그러니 내가 무슨 말을 해도 아무런 상관이 없었다. 나는 맥주를 마시며 혼잣말을 했다. 엄마는 갔다, 혜순 아줌마를 만난다, 아빠는 오늘 애인을 만날까, 배가 크고 밖은 덥고 안엔 에어컨이 너무 세다, 사람들은 놀고 구경하러 왔다, 가족들은 여행을 왔다, 나는 뼛가루를 들고 왔다, 유골함을 전해야 한다, 술을 그만 마셔야 하는데, 엔드 오브 더 로드웨이. 한 자리 띄어 앉은 옆 사람이 이상한 눈초리로 쳐다보기에 나는 엔드 오브 더 로드웨이를 최대한 한국어처럼, 모든 음절을 또박또박 끊어 발음했다. 엔 드 오 브 더 로 드 웨 이, 하고. 그러고는 말하기를 멈추고 목을 축였다. 미친 여자처럼 보였겠지. 아무려면 어떤가.

배는 두어 시간 후 뭍에 닿았다. 혜순 아줌마에게 메시지가 왔다. 지금 온 배지? 맥도널드 앞에 기다리고 있어. 나는 맥도널드가 어딘데, 하고 답장을 보냈는데 옆에 있는 1이 금세 없어지더니 보면 바로 알아, 라는 말이 떴다. 뭐야, 어떻게 하라는 거지. 나는 툴툴대며 선원들이 캐리어 더미를 헤치는 것을 기다렸다.

그렇게 툴툴댄 게 무색하게도 맥도널드는 배에서 내리자마자 떡하니 정면을 차지하고 있었다. 합장을 한 로널드 옆에서 열심히 손을 흔드는 여자는, 혜순 아줌마였다.

엄마!

혜순 아줌마를 만나면, 정말이지 십여 년 만에 만나면, 내가 어떻게 행동할지 나는 수없이 상상하고 그려 왔다. 울게 될까, 웃게 될까. 왜 우리 엄마를 버렸어, 하고 주저앉게 될까. 왜 나를 떠났어, 하고 가슴을 치게 될까. 이민 간 후 단 한 번도 나와 엄마를 찾아오지 않을 만큼, 엄마의 장례식장에도 오지 않을 만큼, 그렇게 무정해야 했어, 그렇게 바빴냐고, 하고 소리를 지르게 될까. 아무렇지도 않게 건강히 살아가는 얼굴을 보며 미워하는 마음을 가지게 될까. 우리 엄마는 이제 세상에 없는데, 혜순 아줌마를 예전처럼 엄마라고 부를 수 있을까. 혜순 아줌마는 어떨까에 대해서는 그보다 절반 정도만 상상할 수 있었는데 아마도 당연히, 내가 혜순 아줌마가 아니었기 때문일 것이다. 그래도 꽤 긴 시간을 들여 생각했다. 날 반가워할까. 혹 귀찮아하진 않을까. 엄마를 그렇게 혼자 죽게 한 것에 대해 죄책감 같은 걸 가지고 있을까. 얼마나 바쁜, 혹은 힘든, 혹은 신나는 삶을 살고 있기에 그렇게 까맣게 잊은 것처럼 썩둑 모든 걸 잘라 버릴 수 있을까. 그 실을 붙들고 바다를 건너온 내게, 어떤 표정을 지을까.

그런데, 아줌마를 본 순간 그런 수많은 상상들이 순식간에 하늘로 날아갔다.

배가 고프고 목이 말랐고 엄마 소리가 저절로 튀어나왔다.

나는 혜순 아줌마에게 안겼다. 아줌마의 손이 내 등을 통, 통, 두들겼다. 어머 세상에, 어쩜 이렇게 이뻐. 혜순 아줌마는 환하게 웃었는데 까무잡잡하게 탄 피부 때문에 그렇잖아도 흰 이가 더 새하얬다. 아줌마는 가늘게 공들여 땋은 레게 머리를 하고 있었다. 레게 머리를 한 오십 대의 아줌마라니. 아줌마의 품에 안겨 머리카락을 만지작거렸다. 세상에 우리 딸 몰라보게 컸다, 정말 몰라보겠네, 가슴도 볼록 나오고 허리도 쏙 들어가고, 엉덩이도 탱탱하고. 엄마는 왜 이렇게 젊어졌어? 나는 아줌마가 팔을 풀어 주자마자 말했다. 엄마, 세상에, 누가 오십 대로 보겠어. 다들 나랑 친구인 줄 알겠어. 머리 정말 멋있다. 내가 말하자 아줌마는 얘, 바짝 타서 주름이 안 보이는 거야, 라고 하더니 갑자기 셔츠 자락을 배 위로 쓱 올렸다. 엄마 문신도 했어. 이 봐. 세상에 세상에, 나는 아줌마의 배꼽 주변을 빙 둘러 장식한 장미 넝쿨을 쓰다듬었다. 역시 독한 엄마. 아프지도 않았나 봐.

섬의 길은 좁았지만 평탄했다. 리어카 같은 것에 캐리어를 가득 실은 짐꾼들이 딸랑딸랑 종소리를 내며 지나갔다. 아줌마가 자꾸만 내 캐리어를 대신 끌려 했다. 아냐, 엄마, 내가 할게, 라고 오십 번쯤 말했는데도 얘, 너는 여기가 처음인데 짐 때문에 제대로 구경도 못 하면 어떡하니. 엄마 운동 좀 시켜 줘. 응? 엄마 운동 부족이야, 힘 좀 쓰게 해 주라, 하고 아줌마는 막무가내로 손잡이를 밀었다. 그러다 보니 졸지에 아줌마 뒤를 쫄래쫄래 쫓아가며 왈왈 짖는 강아지 꼴이 되었다.

아줌마의 뒤를 따라가며 고개를 왼쪽으로, 또 오른쪽으로 돌려 길의 생김새를, 그리고 사람들을 보았다. 어슬렁대는 고양이들은 하나같이 털이 깨끗했고 사람의 손을 많이 탔는지 누군가 가까이 올 때마다 벌러덩 드러누워 배를 보였다. 길을 향해 활짝 팔을 벌린 가게들이 음식 냄새를 풍기며 손을 흔들었다. 수영복만 걸친 사람들이 쪼리를 신고, 간혹은 맨발로 거리를 누볐다. 쓰나미가 올 경우를 대비해 대피로를 안내해 놓은 표지판이 잊을 만하면 나타나곤 했는데 워낙 사람들이 즐겁게 깔깔대는 사이에 우뚝 서 있어 꽤나 이질적인 느낌이었다. 커다란 펍 앞에는

I'M NEVER DRINKING AGAIN
OH LOOK
ICE COLD BEER

라고 커다랗게 쓰여 있었다. 나는 그걸 보고 그만 소리 내어 웃고 말았는데 아줌마가 뒤를 돌아보더니 뭘 보고 그렇게 웃어, 하고 물었다. 나는 손가락을 들어 문구가 쓰인 쪽을 가리켰다. 저거, 저거 너무 웃겨서. 내가 말하자 아줌마는 픽, 하더니 세상에, 딸도 술

좀 하나 보네, 역시 피는 못 속인다니까, 라고 말했다.

그러더니 우뚝 멈춰 섰다.

딸, 지금 처음 웃은 거 알아?

어어, 나는 전혀 몰랐다. 고개를 저으니 아줌마는 나를 보진 않고 눈을 내려 땅바닥을 보며 말을 이었다.

아까 인사는 반갑게 하더니만, 그래도 웃진 않더라고…… 그래서 아까부터 엄마가 맘이 내내 무거웠는데, 내 이기심이겠지만서도…… 그런데 웃어 주니 체한 게 낫는 것만 같네.

그러더니 다시 캐리어의 손잡이를 잡고 모퉁이를 쓱 돌아 앞서 나갔다.

나는 잠시 멀거니 서 있었다. 집에서, 교실에서, 식당에서, 강의실에서, 사무실에서, 공항버스에서, 비행기에서, 그리고 엄마의 장례식장에서 했던 생각들이 밀물처럼 몰아쳐 머릿속을 덮었다. 오래 떨어져 있던 자들끼리의 조우가 만들어 낸 환희가 서서히 옅어지고 그 자리에 다시, 세상을 떠난 엄마에 대한 그리움, 그리고 아줌마에게 가지던 원망이 덧칠되었다. 그렇게 죽고 못 살던 두 사람. 부엌에 나란히 서서 콩나물을 다듬고 계란 물을 풀고 파며 고추를 송송 썰고 국을 한소끔 끓이고 간을 보던 두 사람. 무슨 일이 있어도 일주일에 두 번 만나고, 딸 앞에서 애정을 과시하고 밤이 되면 안방 문 뒤에서 사랑을 나누던 두 사람…… 그중 한쪽은 사라져 영영 다신 볼 수 없게 되었는데, 먼저 스스로 사라진 쪽은 혜순 아줌마였다는 생각과 말수도 머리숱도 없어져 버린 엄마에 대한 기억이 서로 엉켰다.

그러거나 말거나 혜순 아줌마는 캐리어를 끌고 저 멀리까지 성큼성큼 걸었다. 그러더니 어느 작은 바 앞에 멈추었다.

딸, 여기 엄마 직장인데, 이제 슬슬 문 열 거거든. 엄마가 시원하게 한 잔 말아 줄게, 들어와서 목 축이고, 그러고 가자. 어때?

화를 내고 싶었는데, 온 세상에서 모인 사람들이 다 구경하고 동영상을 찍으며 공유할 만큼 주저앉아 소리를 지르고 엉엉 울고 싶었는데 눈물샘은 마른 지 오래였고 게다가 맥도널드에서부터 목이 말랐었다. 나는 한숨을 푸욱 쉬었다. 세상에 이런 불효가 또 있을까…… 이 상황에서 술 따위를 생각하고 마음이 동한다는 게…… 천천히 고개를 들어 말했다.

한 잔으론 안 돼, 석 잔은 말아 줘.

바 옆에는 작은 여행사가 있었다. 거리를 마주 보고 앉은 거대한 몸집의 남자는, 인조 속눈썹을 붙이고 붉은 립스틱을 바른 채였다. 하늘하늘한 시스루 블라우스 안에 걸친 검은 브래지어가 훤히 들여다보였다. 짝짝 껌을 씹던 남자가 아줌마에게 뭐라 뭐라 태국어로 이야기를 했다. 아줌마 역시 그 언어로 대답을 했는데 영 무슨 말인지 알아들을 도리가 없어서, 어머 자기, 뒤에 있는 예쁜이는 누구야? 내 딸이야 요년아, 나한테 딸이 있다는 건 몰랐지? 라는 대화였다고 나는 멋대로 상상해 버렸다. 혀와 가까운 성대에서 흘러나오는 높은 음색과 화려한 성조가, 오르락내리락하던 가슴을 눌러 가라앉혔다.

바 안은 어둑어둑했다. 아줌마는 테이블 위에 놓인 의자를 하나하나 바닥에 내려놓기 시작했다. 엄마, 내가 할게. 빨리 한 잔 말아 주기나 해. 정말 목이 너무너무 마르단 말이야. 아줌마의 손을 탁 치며 의자에서 떼어 내자 아줌마는 목을 뒤로 젖혀 깔깔대더니 알았어, 쌩쏨은 먹어 봤니, 하고 물었다. 응, 어제 작은 병으로 하나 마셔 봤는데 들척지근하고 괜찮더라. 나쁘지 않았어. 내 대답에 그럼 럼콕 먼저 한 잔 타 줄게. 그러고 본격적으로 엄마 솜씨를 보여주지, 하고 아줌마는 종종걸음으로 자리를 옮겼다.

의자를 다 내리고 바에 앉아 아줌마가 말아 준 럼콕을 홀짝대며 거리를 구경했다. 하나둘씩 불을 켜는 술집들. 왁자지껄 떠드는 반나체의 사람들. 무에타이 보러 오라는 홍보 티셔츠를 입은 앞 가게의 점원들. 가끔은 남자인지 여자인지 영 아리송한 현지인들이 무어라 떠들며 지나가곤 했다. 공기엔 고수풀 냄새와 레몬그라스 냄새 같은 것이 섞여 후덥지근하게 맴돌고 있었고 저 건너편의 국숫집에선 사람들이 땀을 뻘뻘 흘리며 연신 젓가락질을 했다.

엄마, 여기 진짜 자유롭다. 자유로워 보여. 자유로운 곳인 것 같아. 내가 말하자 아줌마는 얘, 사람 사는 곳 다 똑같지 뭐, 살아 보면 달라, 하고 말했는데 그 말마저도 내겐 제법 근사해 보였다. 럼콕이 불러온 취기 때문인지도 몰랐다. 아줌마는 우리 딸 신 거 좋아했지, 하더니 셰이커에 뭔가를 가득 넣어 달그락달그락 흔들기 시작했는데 그 모양새를 지켜보다 나는 별 뜻 없이 한마디를 던졌다.

엄마가 왜 엄마를 떠나 여기 왔는지 알겠네.

정말로 별 뜻이 없는 말이었는데, 그 말을 들은 아줌마가 갑자기

등을 돌렸다. 어깨가 위아래로 들썩였는데 셰이커를 흔드느라 그런 건지 울음을 참느라 그런 건지 알 도리가 없었다. 당황해서 얼굴이 발갛게 달아올랐다. 엄마, 아냐, 미안해. 그런 뜻으로 한 말은 아냐. 나는 외쳤는데 아줌마는 대답 없이 셰이커만 사정없이 흔들어 댔다. 벌떡 일어나 바 테이블 뒤편으로 가야 하나, 그래서 아줌마를 안아 줘야 하나, 하고 전전긍긍하던 찰나 아줌마는 휙 고개를 돌렸다. 눈에 눈물이 그렁그렁했는데 아직 흐르진 않고 있었다.

술이 짜면 너 때문이다, 요년아!

나는 얼른 냅킨을 한 장 뽑아 아줌마의 눈에 갖다 댔다. 눈에서 옮겨 붙은 눈물이 냅킨을 적셨다. 아줌마는 셰이커를 열어 안에 든 칵테일을 유리잔에 모조리 쏟아부은 후 빨대를 척, 꽂았다. 그러고는 내게 내밀었다. 마셔 이년아. 나는 왜 울어 엄마, 울라고 한 얘기 아냐, 하며 잔을 받아들었다. 정신이 번쩍 들도록 시었고 시원했다.

엄마가 참 나빴지……? 아줌마의 물음에 나는 고개를 끄덕이고는 싶었는데 칵테일이 참 맛있어서 그만 좌우로 흔들어 버렸다. 음, 야속하긴 했지. 그냥 사이도 아니었고 엄마랑도 엄청 좋아 죽어 못 살았고…… 나한테도 엄마였잖아. 어떻게 한 번도 안 올 수가 있었어. 빨대로 칵테일을 저으며 나는 고개를 푹 수그려 테이블만 바라보았는데, 아줌마가 턱을 괴고 내 정수리를 톡톡 두드리더니 말했다.

갔었어. 바보야.

정말로? 고개를 번쩍 들었다. 언제? 난 아줌마가 이민을 간 후엔 아줌마를 본 기억이 전혀 없었다. 언제 왔었어? 왜…… 왜 날 안 보고 갔어?

희숙이가 아무 말도 안 해 줬구나. 딸 놀랄까 봐 그랬나 보다. 혜순 아줌마가 손을 가만히 들어 내 손 위에 얹었다. 찬 유리잔을 쥐고 있던 손이라, 아줌마의 체온이 더 유난하게 느껴졌다.

내가, 임신을 했었어. 혜순 아줌마는 말했다. 내가 사랑하는 건 희숙이, 그 요리도 못 하고 먹을 줄만 아는 바보 같은 희숙인데, 그리고 우리 딸인데…… 왜 그렇게 등신같이 경찰에 신고도 한 번 제대로 하지 못한 채 숨기고 앓았나 몰라…… 등신같이…… 아줌마의 손가락이 내 손등을 뱅글뱅글, 하고 돌았다. 눈앞이 어지러웠다. 맛있기만 했는데 도수가 높은 술이었나, 하는 생각이 들었다. 아줌마의 손은 멈추질 않았고 입술은 계속 이야기를 했다. 도저히 거기 있을 수가 없어서, 그래서 무작정 한국을 떠나왔어. 희숙이한테 얘기도 못 하고. 무슨 일이었는지, 이유가 뭐였는지 말도 못 했어. 희숙이가 슬플까 봐. 희숙이가 울까 봐. 희숙이가 혹 나를 버리기라도 하면 어쩌나…… 그래서 내가 먼저…… 먼저 버렸지.

그 순간 떠오르는 것은 아줌마의 배꼽을 둘러싸고 있던 장미 넝쿨뿐이었다.

그런데, 너무 보고 싶은 거야. 자다가도 생각나고 깨서도 생각나고, 밥을 먹어도 국수를 먹어도 물을 마셔도 배 속에서 애가 발길질을 해도 생각나는 건 오로지 희숙이, 희숙이, 그리고 딸뿐이어서. 그래서 팔 개월 때였나, 그때 한국엘 갔어. 부른 배를 안고 갔어…… 그때가, 딸 수능 백 일 전.

아…… 머릿속에서 기억이 번뜩였다. 그럼 그 떡이, 그 알록달록하던, 코코넛 냄새 나던 그 떡이, 까지 말했는데, 목이 메었다.

응, 그거 먹었구나. 그거 들고 갔었지. 공항 내려서, 희숙이한테 연락했어. 딸은 야자 하고 아빠는 집에 곧 온다기에 그럼 집 앞 카페에서 잠깐만 보자 했었지…… 아줌마는 손가락을 내 손가락 사이에 하나하나 끼워 깍지를 끼었다. 그런데, 아무리 옷을 껴입어도 배가 통 가려지질 않는 거야. 배가 어찌나 나왔는지 지하철에서도 버스에서도 사람들이 뚫어져라 쳐다보더라고. 내 얼굴 한 번, 배 한 번, 또 얼굴 한 번, 이렇게 빤히 쳐다보고…… 그 시선이 날을 세워 밑을 도려내는 느낌이었어. 무서웠어. 두렵고. 아줌마의 목소리가 낮아졌다.

그리고, 카페에 들어갔는데 희숙이가 먼저 와 앉아 있는 거야. 떡을 내려놓았는데 희숙이가 떡은 안 보고, 내 배를 보자마자 왈칵 우는 거 있지…… 숨도 못 쉬고, 헐떡대면서 눈물이 줄줄 흘러서 테이블 위로 방울방울 마구 떨어졌지. 사람들이 수군대고. 무슨 일이 있었냐고, 왜 그렇게 되었냐고, 한 번이라도 물어봐 주었다면 얼마나 좋았을까, 아무리 힘들어도 희숙이한테 이야기할 수 있었을 텐데…… 그런데 그렇게 계속, 울기만 했어. 고개를 숙이고 있어서 정수리만 보였는데, 거기가 휑해서 미치겠는 거야. 허여멀건 해서. 저기가 까매야 하는데, 왜 저렇게 허연가…… 그래서 그대로, 떡만 놓고, 그렇게 나와 버렸어, 그랬어, 그랬었어……

나는 그날을 기억했다. 수능 백 일 전이었고 학교에서 나눠 준 백설기와 찹쌀떡을 받아 열 시 반경 집에 돌아왔는데, 엄마가 식탁에 혼자 앉아 동치미에 소주를 마시고 있었다. 아빠는? 내가 묻자 엄마는 주무셔, 하고 대답했는데 눈이 퉁퉁 부어 쌍꺼풀이 다 사라져 있었다. 엄마, 울었어? 내가 묻자 엄마는 아냐, 그냥 술 한잔했더니 부었나 보다, 하고 말했다. 딸, 수능 백 일 전이니깐 백일주 한잔해야지. 엄마는 몸을 일으켜 소주잔 하나를 더 꺼냈다. 에게, 겨우 동치미로? 백설기와 찹쌀떡을 꺼내어 접시에 담는 나를 엄마는 멀거니 바라보더니, 엄마도 떡 하나 받아 왔어, 하고 플라스틱 통을 꺼냈다. 뚜껑을 여니 향긋한 코코넛 냄새가 퍼졌다. 어머, 이건 무슨 떡이야? 진짜 신기하다, 우리나라 떡 아닌 것 같은데? 내가 야단을 떨자 엄마가 픽 웃었다. 귀한 떡이니깐 맛있게 먹고, 백일주 마시고 공부 열심히 해야 해. 그렇게 엄마가 내 잔에 소주를 따르고 우리는 동치미 국물 한입에 소주 한 잔, 또 떡 한 조각에 소주 한 잔, 이렇게 둘이서 두 병을 비워 냈었다.

그 떡이 혜순 아줌마의 떡이었구나. 무슨 말을 해야 할지를 몰라 손깍지를 쥔 손만 느리게 만졌다. 그렇게 한참을 있었다. 시끄러운 거리의 소음이 한 서너 겹은 되는 베 보자기에 싸여 멀어진 느낌이었다. 그럼, 그럼…… 하고 말을 더듬다 간신히 나온 건 물음이었다. 그럼 아기는…… 아기는 어디 있어?

쓰나미…… 아주 어렸을 때.

아. 내가 이질적이라고 여기며 넘겼던 그 표지판들이 생각났다. 그 언젠가의 크리스마스 즈음, 커다란 쓰나미가 동남아시아에서 수많은 사상자를 냈다는 뉴스를 듣긴 했다. 그렇지만 그해 나는 수능을 친 후 원서를 어디에 넣어야 할까 고민하느라 바빴다. 바빠

서, 그 손댈 수 없이 멀게만 느껴지던 재앙의 한복판에 혜순 아줌마의 몸이 있으리라곤 상상할 수가 없었다. 오늘까지도. 그 표지판들을 보면서도…… 그저 되게 안내가 잘 되어 있네, 잘해 놓았네, 신기하다, 하는 멍청한 생각만 했을 뿐이었다.

그 십여 년 동안 가장 아픈 사람은 엄마도 나도 아니었다.

아줌마였다.

아니, 그냥 우리 모두 아팠다.

똑같이, 한 몸처럼 아팠던 것이다.

도저히 아무 말도 할 수가 없을 때 갑자기 등 뒤에서 남자 서너 명이 시끄럽게 떠드는 소리가 들렸다. 고개를 돌려 보니 기타를 메고 드럼 스틱을 든 사내들이 줄줄이 바 안으로 들어오고 있었다. 아줌마가 깍지를 끼지 않은 손을, 반갑게 흔들어 인사했다. 딸, 우리 바 전속 밴드야. 나는 엉거주춤 일어나 허리를 꾸벅 숙였다. 잘됐다. 딸 왔으니깐 신청곡 받아 줘야지. 무슨 노래 불러 달라고 할까? 어지간한 유명 팝송은 다 될 거야. 호기심 어린 눈빛으로 나를 요모조모 바라보는 사내들의 눈이 점점 커졌다. 나는 음, 음, 하고 잠시 망설이다 구구돌스의 아이리스, 하고 대답했다. 오케이! 용케 바로 알아들은 사내들이 고개를 끄덕이더니 곧 악기를 세팅하기 시작했다. 이어 웨이터들이 출근을 하고, 손님들도 하나둘씩 가게로 걸어 들어와 이것저것을 주문했다. 아줌마의 손이 바빠졌고 나는 움직이지 않은 채 발만 까딱거리며 술을 마셨다. 엄마, 한 잔 더 돼? 이번엔 달고 코코넛 맛이 나는 걸로. 내가 말하자 아줌마는 고개를 끄덕이며 당연하지, 엄마 아직 안 바빠, 백 잔도 돼, 하고 대답했다. 사위가 어두워졌고 홍청대는 사람들의 웃음과 대화와 비명과 고함들이 거리에서 날아와 바를 메웠다. 밴드가 세팅을 마치고는 영어로 인사를 했고 사람들이 환호했다.

이 세상이 나를 보지 않기를 원해, 그들은 이해하지 못할 테니까, 모든 것이 결국엔 망가질 거지만, 그래도 너만은 내가 누군지 알아줬으면. 사람들이 한목소리로 밴드의 노래를 따라 불렀다. 딸이 선곡을 잘했네. 다들 엄청 좋아하는데? 아줌마가 코스터에 유리잔을 얹고 내 앞에 밀어 주었다. 엄마, 고마워. 나는 유리잔 위로 몸을 숙였다. 코코넛 향이 진했다. 문득 엄마의 유골함을 아직 아줌마에게 전달하지 않았다는 생각이 머리를 스쳤는데, 아무래도 상관없을 것 같았다. 아무래도.

리나, 찡쪽

옷장을 열어 보니 찡쪽이 있었다. 엄지손가락만 한 크기에 노란 연둣빛 몸을 사정없이 뒤흔드는 작은 도마뱀이었다. 앙증맞은 몸체에 비해 동그란 눈이 머리통에 단단히 박힌 그놈. 그놈이 어맛 뜨거라 하고 후다닥 뛰더니 자취방의 정중앙에 떡, 하고 섰다. 마치 자기 방이라고 주장하는 양 당당한 태세로.

으악! 나는 후다닥 반경 삼 미터 밖으로 떨어졌다. 심장이 가슴뼈를 부수고 튀어나올 듯 벌렁벌렁했다. 찡쪽이 대답할 리 없지만 외쳤다. 너 캐리어 타고 왔냐? 어젯밤 방콕 수완나품 공항에서 출발해 오늘 아침 인천에 떨어진 참이었다. 공항버스를 타고 왔는데 캐리어를 찾으라고 받은 번호 딱지를 잃어버려 운전기사에게 한바탕 욕을 들은 후였다. 물론 내가 잘못했지만…… 만약 내가 거짓말을 하는 사기꾼이었다면 그 기사가 물어내야 하니 당연히 내게 아 씨, 내가 뭘 믿고 아가씨한테 이 캐리어를 줍니까, 했겠지만…… 내가 양복 차림의 중년 남성이었어도 그런 소릴 들었을까, 하고 의

아한 마음이 그땐 안 들고, 집에 도착해 한숨 자고 일어난 지금에야 드는 것은 사실이고…… 그러나 그땐 그냥, 죄송합니다, 정말 죄송합니다, 근데 진짜 제 거예요, 믿어 주세요, 제가 책임질게요…… 뭐 그런 얘기만 했었는데, 설마 그 캐리어를 타고 왔을까.

물론 내가 사랑하는 P의 소설에 찡쪽이 자주 등장한다. 그냥 찡쪽도 아니고 궤변을 늘어놓아(즉 말을 한단 뜻이다.) 주인공의 다리 한쪽을 부러뜨리는 중요한 역할을 하는 찡쪽이긴 하지만, 그 소설에서 찡쪽이 튀어나왔다고 주장하기에 나는 너무 나이가 들었다. 양을 치는 어린 왕자도 아니고 말이다.

그때 그놈이, 발가락이 네 개 달린 발로 입을 쓱쓱 닦고는 성조 다섯 개의 오르락내리락하는 태국어도 아니고, 또박또박 정확하게 끊어지는 한국말을 하기 시작했다.

캐리어를 타고 온 건 아냐. 그 명료한 거센 소리! 저렇게 완벽한 한국말을 하는 태국 도마뱀이라니! 몸이 부르르 떨렸다. 어떤 등장이 제일 멋질까 고민하다, 옷장을 선택했어. 네 캐리어 따위엔 타고 싶지 않아. 너무 튀잖아, 저 번쩍대는 금색에 커다란 토끼 캐릭터는 뭐야. 쪽팔려서 아무도 네 캐리어는, 훔쳐 가지도 않을 거라고. 그냥 그저께 네가 앓는 사이에 쓱, 네 몸 구멍 중 하나로 들어갔지. 금속은 아니니 걸리진 않을 테지, 하고 느긋하게 생각하면서 말이야. 뭐, 왜 그런 고생을 해야 해, 라고 누군가는 혀를 쯧쯧 차면서 날 걱정하다, 탓하다 말겠지만 있지, 찡쪽에게도 야망이란 건, 더 넓은 세상에 대한 호기심이랄까, 발을 내디뎌 여차저차 걷고 싶은 욕망이란 건 있단 말이지.

내가 앓는 사이에? 분명 출국 전날 원인 모를 고열과 복통으로 고생하긴 했다. 하루 종일 먹은 게 시럽 폭탄을 투여한 후 시원하게 간 수박주스인 땡모빤밖에 없는데 왜 이렇게 아픈가, 정신없이 식은땀을 흘리는 와중에도 설핏설핏 의문이 들었지만 내 몸에 뭔가 꾸물꾸물 기어들어 왔다면 필경 이물감을 알아차렸을 것이었다. 아직 팔팔한 청춘이다. 찡쪽 새끼가 몸에 기어들어 오는 걸, 몰랐을 리가 없다. 그놈 새끼를 몸에 넣곤 수완나품 공항에서 두 손을 머리 위로 든 채 전신을 스캔하고 출국 수속을 마치고 보랏빛 타이항공 여객기에 탑승하고 담요를 덮은 채 선잠을 자고 일어나 꾸역꾸역 아침을 먹고 인천공항에 착륙해 비척비척 입국 수속과 세관검사를 마쳤을 리가, 없단 말이다.

그런데 잠깐…… 내 구멍으로 왔다고? 구멍으로? 어느 구멍으로? 귀로, 눈으로, 코로 입으로? 잘 들리고 잘 보이고 후련히 냄새 맡고 게걸스레 먹었는데…… 그렇다면 무슨 구멍으로, 어떤 방법으로……

저 찡쪽 새끼는…… 대체 어디에 숨어서?

네가 생각한 대로야. 찡쪽이 말했다. 생각을 읽는 찡쪽이라니…… 신이시여, 왜 내게 이런 시련을. 찡쪽은 큼큼, 하고 잠시 뒤를 돌았는데 그 등이 발그레해진 것 같기도 했다. 제일 안전한 곳이었다고. 넌 자꾸 진물이 흐를 때까지 귀를 파는 버릇이 있잖아. 그리고 네 코엔 아예 들어갈 생각도 안 했어, 비염이 있어도 어쩜 그렇게 심할 수가 있어? 도대체 이 뿌연 대도시에서 어떻게 살고 있는 건지. 그리고 입은…… 하더니, 내 친구가 그런 시도를 하다 그만…… 이에 씹혀 저세상으로 간 적이…… 하더니 눈물 섞인 목소리로, 19대 종손이었는데…… 하는 것이었다.

아으, 알겠어, 울지 마. 나는 그 옆에 무릎을 굽힌 자세로 엉거주춤 앉았다. 어깨를 토닥토닥 두드려 주고 싶긴 했는데 그 작은 도마뱀을 혹 해치기라도 할까 봐, 손은 대지 않았다. 이봐, 그런데 이렇게 추운 곳에서 살 수 있겠어? 넌 남국의 도마뱀이고 지금은 일월이라고. 너네 나라 애들은 기온이 십육 도만 되어도 패딩을 입고 다니잖아. 여긴 지금, 마이너스 십육 도라고, 마이너스 십육 도.

그러잖아도 몸이 으슬으슬 떨려. 그놈은 두 짝으로 갈라진 혓바닥을 연신 날름거렸다. 공기가 사탕수수나 타이 럼 쌩쏨마냥 달기라도 한 것처럼. 뭐 따스한 걸 좀 먹어야 살 것 같아. 방이 워낙 좁다, 뭐 먹을 건 좀 없어? 소문을 익히 들었는데, 끈적한 쌀 말이야. 동북아 쌀은 끈끈하게 서로 붙어 있다며? 저 어디냐, 태아인가 태안인가에서 두들겨 맞고 돌아온 리나가 카오카무를 떠먹으며 아버지 앞에서 익은 쌀알보다 더 잘게 흩어지는 눈물을 뚝뚝 흘릴 때, 옆에서 납작 기어 족발 육수를 핥으면서 주워들은 거였는데. 찡쪽은 눈알을 연신 좌로 우로 위로 아래로 굴렸다. 데굴데굴 휘청대는 눈알이 오토바이 택시 기사의 바퀴처럼 종잡을 수 없었다.

리나? 나는 기억을 더듬었다. 리나가 누구야? 내가 아는 사람이야? 찡쪽 이놈이 마치 내가 아는 사람인 양 자연스레 이름을 이야기했기에, 묻지 않을 수가 없었다.

그 왜, 왓 프라싱 앞에서 막창꼬치 파는!

아하, 난 떠올렸다. 그 언니가 태안에서 살았단 말이야? 정말? 한국 태안? 저 그, 충남 태안? (물론 태국 토박이일 찡쪽이 충청남도를 알 턱이 없을 테지만 어쩐지 이놈은 그런 말을 해도 척, 아, 한국에 충청남도라는 곳이 있나, 하고 바로 학습할 수 있다는 믿음을 주는 그런 놈이었던 것이다.) 북부의 도시인 치앙마이의 랜드마크, 왓 프라싱이라는 커다란 사원 앞에서 기름때가 너절하게 눌어붙어 바퀴벌레 새끼가 으앙 저 방금 태어났어요, 하고 튀어나와도 알아볼 수 없을 만큼 시커먼 불판에 구운 돼지고기 꼬치를 파는 여자였다. 시큼하고 매콤한 20바트짜리 통통한 태국식 소시지나 자그만 5바트짜리 막창꼬치를 나는 자주 그 여자에게 사 먹었다. 소스 플리즈, 하고 말하면 아무 말 없이 국자로 피시소스와 고추씨를 섞은 액체를 푹 떠서 비닐봉지 안에 함께 담아 주었는데, 삼백육십오 일 마스크를 쓴 입은 어떤 표정을 짓는지 알아챌 도리가 없었고, 갓 구운 꼬치가 닿은 비닐은 쭈글쭈글 오그라들며 치사량에 못 미치는 환경호르몬을 내뿜었다.

웅, 우리 집안이 대대로 리나의 집에 살았지. 너도 알잖아, 찡쪽이 집에 들어오면 복이 찾아온다고 사람들이 좋아하는 거. 리나네 가족이 쫓아내지 않고, 가끔은 일부러 그러는 것처럼 육수나 쌀알이나 채소 잎사귀 같은 것들을 바닥에 훅 떨어뜨리곤 어머머, 손이 떨리네, 하고 닦지도 않았지. 그럼 냅다 기어가 날름 핥아 먹곤 했어. 특히 리나가 그런 걸 참 잘해 주었는데, 먼 나라로 돈 벌러 떠난

다기에 아쉬웠었지 뭐야. 그런데 그 꼴로 다시 돌아올 줄이야.

어떤 꼴로?

긴 얘기니깐, 듣기 좋게 좀 편히 앉아 주겠어? 언제까지 그렇게 똥 누는 자세로 있을 거야?

* * *

리나네, 원래 치앙마이 말고, 좀 더 북쪽의 팡 출신이야. 리나, 공부는 그냥저냥, 운동도 그냥저냥. 대신 손으로 하는 것들은 죄다, 기가 막히게 잘했어. 바느질이며 그림이며, 특히 음식 하는 거. 쏨땀 한다고 절구에 이것저것 넣고 빻아 시고 짜고 향긋한 냄새가 팡, 팡, 터지면 찡쪽들이 다 모여 그 앞에서 꼬리를 흔들 지경이었지. 가족들은 침을 줄줄 흘리고. 똑같은 재료를 넣어도 어쩜 그렇게 환상적이었나 몰라. (*나도 알지, 선데이마켓 열리면 꼬치집이 리나네 옆에도 줄줄 늘어섰는데, 꼭 리나네에서만 사 먹었다니까. 다른 데 꼬치는 그 맛이 안 나.*)

그런데, 돈이 있어야 재료를 사지. 리나네 아빠는 방콕에 혼자 가서 오토바이 택시기사를 하며 살고 있었는데, 퇴근 시간대에 최대한 빨리 카오산에 데려가 달라고 아우성치는 서양 관광객을 태우고, 빼곡히 늘어선 차 사이로 요리조리 가다가 사고가 났어. 다행히 목숨엔 이상 없는 경미한 사고였는데 그 관광객 오른 다리 정강이뼈가 똑 분질러졌지. 그걸 치료해 줘야 하는데, 알잖아, 병원비 비싼 거. (*나도 그래서 그렇게 배 아프고 열나도 병원 안 갔잖아. 어*

떻게 병원비가 한국보다 비싸지?) 리나네 아빠 하루 일당이 만 원을 조금 넘었어. *(아니…… 바트 대신 원으로 계산하는 너 언빌리버블한 찡쪽이구나.)* 병원비 낼 돈이 없으니, 어쩌겠어, 집에 SOS를 치는 수밖에. 그 아빠, 이마에서 땀 뻘뻘 흘리며 안절부절못하고 전화하는 모습이 안 봤어도 눈에 선하더라. 돈 벌어다 주겠다고 갔다가 그렇게 되었으니 원, 면목 없어 하더라고. 그런데 그렇게 병원비 지불하고 돌아오니 그냥, 썩둑 해고됐어. 사고 냈다고.

리나 엄마는 화전 일구면서 국숫집을 같이하고 있었는데 일이 그렇게 되었으니 어째, 고민에 고민을 거듭했지. 팡은 그냥 정말로 작은 도시라서, 뭐 한국으로 치면 정말로, 태안군 정도 되는 작은 도시이고 관광객은 거의 전멸하다시피 했으니깐, 수입이 잊을 만할 때쯤 자글자글 굴러들어 오기만 하지, 쏟아지진 않았거든. 그래서 한 보름을 고민하다가, 그래, 국숫집 팔고 그 돈으로 치앙마이에 가 노점을 하자, 그렇게 결정하게 된 거야. 사람도 많고 관광객도 많은 치앙마이에서 장사를 하면 좀 나을 것 같아서.

그렇게 치앙마이로 가게 되었지. 우리는 일가 팔촌 친척들까지 다 모여서 그냥 팡에 남을까, 치앙마이에 따라갈까 가족회의를 했는데 하필 그때 리나가 쏨땀을 한다고 절구를 꺼내 빻는 거야. 콩콩콩, 하는데 정신을 차려 보니 입으로는 회의를 한다고 하는데 다들 꼬리를 사정없이 흔들고 있지 뭐야. 결국 만장일치로 꼬리를 쭉 들었지. 따라가자! 하고.

그런데 치앙마이에 오니 상황이 그게 아닌 거라. 일단 관광객들은 노점에서 밥을 잘 먹지 않았어. 배낭여행자가 많고 번듯한 음식점은 적고 사람들이 오우, 태국에선 히피 스타일로 살아야지, 하며 지내던 시절은 다 지나갔지. 사람들은 죄다 사진을 찍었어. 수풀 우거진 카페에서 사진을 찍고 수공예품 가득한 공방에서 사진을 찍고 대형 쇼핑몰에서 사진을 찍고 국수 한 그릇이 리나네 아빠 일당보다 비싼 식당에서 사진을 찍고 부티크 호텔에서 사진을 찍고 그곳 수영장에서 사진을 찍고…… 그런데 노점은 사진을 찍기에 적합한 곳이 아니었고 노점 국수는 사진을 찍기에 적합한 음식은 아니었던 거지. 현지인들은 떠나고 그 자리에 전대를 찬 관광객들만 가득했는데, 리나네는 그걸 몰랐던 거야.

아빠는 방콕에서 돌아와 뚝뚝 기사를 했는데 블로그에서 이미 뚝뚝은 바가지니까 타지 마세요, 하는 정보를 다 듣고 온 사람들은 잘 타지 않았지. 하루에 손님 세 팀 받으면 많이 받는 거였어. 난 바가지 안 씌우는데, 하고 아무리 태국어로 얘기한들 누가 알아듣겠어. 결국 하릴없이 사원 앞에 주차해 놓고 배만 벅벅 긁으며 지나가는 사람들에게 뚝뚝, 택시, 뚝뚝, 하고 말을 걸 따름이었지.

집이 작아지고 작아지고 또 작아져서, 결국 한 칸짜리에 다섯 식구가 살게 되었어. 찡쪽 일가까지 있었으니 복작거려 터질 지경이었지. 그러다 결정적인 사건이 벌어진 거야. 엄마가 어느 날 어디서 누덕누덕 기운 중국 전통의상을 하나 가져왔어. 아이용이었는데, 그걸 막냇동생에게 입히는 거야. 그러더니 카세트테이프 하나를 가져와 틀고, 대충 들리는 대로 가사를 적어 둔 종이를 건넸지. 그러곤, 연습해라, 하는 거야. 연습해서 일요일에, 엄마랑 같이, 선데이 마켓에 가자, 가서 춤을 추고 노래하렴, 하는 거야. 중국어로, 중국인 관광객 앞에서, 바구니를 앞에 두고.

그때 리나가 빻던 절굿공이를 집어 던지곤 엉엉 울면서 다 집어치우라고 한 거지. 다 집어치우라고, 내가 알아서 먹여 살릴 테니 그런 소릴랑 집어치우라고.

리나는 태안에서 바다를 처음 보았어. 태국의 산골 출신이었으니 눈이 휘둥그레진 것은 당연했지. 그런데 그 작은 브라운관 티브이로 봤던 바다 같진 않았어. 퍼렇지 않았거든. 물이 흙빛이었고, 아무리 아무리 들어가도 깊이가 얕기만 했지. (*야, 그건 서해라 그래. 동해는 안 그래.*) 태국 도마뱀인 내가 알 게 뭐야, 그냥 리나의 삶을 암시하는 고리타분한 복선이겠거니, 하고 들어.

거기선 하루 열네 시간을 일했고 한 달에 칠십만 원을 받았어. 아빠가 방콕에서 받던 것보다 많잖아! 그게 그렇게 신이 나더래. 내가 옳은 선택을 했어, 하고. 주로 수산물 가공공장에서 일을 했지. 바다 생선을 먹어 본 적이 별로 없으니 그 비린 맛에 처음엔 욱, 하고 위액이 쑥 올라와 목구멍을 탈출하려 하고, 그럴 때도 있었는데, 살려면 어떡해, 적응해야지. 그래도 우럭 머리랑 뼈를 말려서 고아 만든 그 쿰쿰한 젓국 냄새엔, 한국 떠날 때까지 익숙해질 수가 없었나 봐. 시어머니가 그렇게 환장하고 먹었다는데.

(뭐라? 시어머니?)

엉, 어느 날 늙은 사장이 부르더니 그러더래. 리나야, 내가 보니께 참 손두 야무지고 적응도 잘 허고 그려. 내 딸 같어서 이쁘고, 고러네. 한국에도 리나 같은 젊은 애들이 많으면 차암 좋을 텐디…… 영 다덜 힘든 일은 안 허려고 허고, 끈기도 열정두 없고 뭐 싫은 소리 쪼매만 들으면 뛰쳐나가고 허니…… 그려서 나라가 요 모양 요 꼴이지…… 리나는 아직 한국말을 잘 못 알아들었는데 그래도 자기한테 나쁜 얘기는 하지 않는 것 같아 웃으며 네에 네에, 하고 고개를 끄덕였는데 갑자기 사장이 그러는 거야. 리나, 애인은 있어? 하고. 아니요, 했더니 리나, 내 아는 좋은 총각, 아주 고냥 바지런하구 좋은 총각이 하나 있는디, 결혼허고 한국에 쭉 눌러앉지 않을려? 라는 답이 돌아왔지.

그날 바윗돌에 가만히 걸터앉아서 밤바다를 보았대. 나뭇가지로 모래 위에 슥슥, 엄마 이름, 아빠 이름, 두 동생 이름에 중국옷을 입던 막냇동생 이름까지 써 보기도 했다지. 이름을 슥, 슥, 쓸수록 맘이 쑥, 쑥, 커지는 거라. 그래, 사장이 좋은 총각, 이라고 했으니깐, 결혼, 결혼을 하면, 나는 여기서 계속 살며 아빠보다 많은 돈을 벌 수 있고, 그 집에서 밥을 먹고, 그 집에서 잠을 자니까…… 어디 들러붙은 듯 척하고 단단히 뿌리를 내릴 수도 있을 테니까…… 어쩌면 시댁에서, 우리 친정 식구들 좀 뵙고 싶네요, 하고 초대해서, 슈퍼주니어를 그렇게 동경하는 둘째에게 한국 구경을 시켜줄 수도…… 그럴 수도 있으니까…… 라고 중얼거리는 와중에 파도는 철썩, 철썩거렸지.

그래서 얼굴도 보지 않고 결혼을 했어. 그 바보가. *(얼굴도 안 봤다고?)* 좋은 총각이라는 사장 말을 믿은 거지. 철썩, 철썩거리는 그 파도 소리 때문에 얼떨결에 그 말을 철썩, 믿게 된 거야.

(자아, 이제 너무나도 당연히 물 흐르듯 비극이, 아니 비극이 물 흐르듯 등장한다는 건 정말로 비인간적인 묘사이긴 한데, 정말로 그것이 등장할 차례라서 나는 그만 귀를 막고 싶어졌지만 쩡쪽은 말을 멈출 생각이 없어 보였다.)

후다닥 콩 볶듯 식도 올리기 전에 혼인신고부터 했대. 시댁에서 아이고, 우리 아들놈이 바빠서 얼굴 볼 틈이 없네, 하면서 동료들과 나눠 먹게 소갈비를 떡 보내 주었대. 매일 생선 때문에 머리가 돌아 버리려고 하던 찰나에 소갈비라니! 리나는 솜씨를 발휘해서 갈비국수를 기가 막히게 만들며, 좋은 시댁이다, 착한 사람들이다, 라고 생각했대. 갈비국수를 먹어 본 사람들이 모두 그 끈끈하고 달달한 육수 맛에 캬아, 하며 엄지를 척 치켜세웠다지. 한국에서도 결혼하면 갈비탕 한 그릇에, 끊어지지 말고 길게 길게 살라고 국수를 내오곤 하는데, 태국의 갈비국수라니, 이보다 더한 인연은 없을 거다, 라고 하며.

마을회관에서 간단히 식을 올렸지. 동네에서 한 번도 얼굴을 본 적이 없는 청년이었대. 그래도 나이가 많진 않았지. 신기하다, 늙은 사람밖에 없는 이 동네에서, 가장 쌩쌩한 젊은이가 사십 대 중반이었던 이 동네에서, 스물아홉 살밖에 안 된 총각이 있었다니. 그렇다면 분명 눈에 확 띄었을 텐데. 리나는 고개를 조금 갸웃했는데 신랑의 팽팽한 얼굴 피부 때문에 그런 궁금증도 그냥 다림질하듯 쫙, 펴져 버렸다지.

집에만 갇혀 있던 남자. 온종일 티브이 앞에 앉아 터닝메카드만 보는 남자. 비행기나 기차 장난감을 가지고 위잉위잉, 칙칙폭폭 따위의 소리를 내는 남자. 백 원짜리 동전과 오백 원짜리 동전을 구분하지 못하는 남자. 천 원짜리 지폐를 자꾸 구겨서 염소처럼 먹으려고 하는 남자. 매일 몽쉘통통을 열두 개씩 먹고, 오예스로 잘못 사 오면 이게 아니라며 발버둥 치고 우는 남자.

그런 남자라도, 좆은 섰던 모양이지.

거부하면 때렸대. 손으로 밀치고 발로 차고. 스스로 일어날 힘이 없어질 때까지 떼를 쓰고 그러다가도, 리나가 울면 뺨에 흐르는 눈물을 닦아 주면서 그랬다는 거야. 울지 말어, 울지 마, 나랑 자믄 기분이 좋아질 거여, 그럴 거여, 라고, 그랬다는 거야. 가끔은 시어머니가 어디서 구해 왔는지 야동 같은 걸 틀어 놓고는, 아들에게, 아가, 요렇게도 해 보아라, 조렇게 하면 조금 더 기분이 좋지 않겠니? 더 세게, 쌀 수 있지 않겠니? 더 빨리, 애가 생기지 않겠니? 하더래.

시청각 교육의 효과가 위대한 거 알지? 동물의 가장 큰 생존 본능이 모방인 것도 잘 알지? 인간도 마찬가지지 뭐. 신통방통하게 그 영상을 고대로 잘 따라 하더래. 찡쪽으로서 말하건대, 인간이 만물의 영장이다, 뭐 도구를 사용할 줄 아는 유일한 종이다, 인간의 위대함, 뭐 이런 건 다 헛소리야. 너도 지금 보이잖아, 나 말할 줄 아는 거. 우리가 말을 못 해서 안 하나? 기가 막혀서 안 하는 거야, 기가 막혀서. 세상 돌아가는 꼬라지, 인간 하는 꼬라지들을 보니 말문이 막혀서 안 하는 거라고. 세상에서 똑똑한 말 제일 잘하는 동물이 뭔 줄 알아? (*너만 해도 나보다 똑똑한 것 같은데……*) 나무늘보들이야. 개넨 제일 똑똑해서, 포기도 가장 먼저 했지. 그래야 잡념 없이 분노 없이 속 썩을 일, 울화통 터질 일 없이 살 수 있다고. 나무늘보들은 정말 최고야. 찡쪽들은 아직까지 툭하면 화내고 툭하면 바르르 떨고 그러지. 나만 해도, 인간 몸속에 들어가는 그 모험을 뚫고 지금 겨울의 한국에 와 있잖아. 수명 단축시키는 데엔 일가견이 있다니깐.

여하튼 다시 리나 얘기로 돌아오자. 그렇게 여섯 달을 보냈어, 그 집에서. 출근을 하면 그 늙은 할멈, 그 사장이 아무렇지도 않게 떡 앉아서 리나 왔네, 볼에 살이 아주 그냥 오동포동하게 오른 게 시어머니 반찬이 맛있나 보지, 엉덩이가 아주 그냥 씰룩씰룩한 게 남편이 잘해 주나벼, 하고 희희 웃더래. 그렇게 너무 아무렇지도 않게 웃길래, 반찬을 모두 자기가 한다는 거나, 어젯밤 그 엉덩이가 감당해야 했던 일 같은 것들이 아, 그냥 내가 꾼 개꿈이었나 싶기까지 하고, 그랬다는군.

그런데 애가 안 생기는 거야. 시어머니가 종종걸음으로 마당을 걷다가 소리를 버럭 지르는 날들이 늘어 갔지. 한 박스 사 놓은 임신 테스트기 옆에서, 리나는 고추를 말리고 사과를 깎고 식혜를 끓이곤, 했지. 아가, 오늘은 몇 줄이냐? 오늘은 두 줄이냐? 씨팔, 오늘도 한 줄이여? 매일 아침 첫 소변 후의 의식이랄까. 리나는 팡에서, 그리고 치앙마이에서, 매일 아침 승려에게 음식을 보시한 후 맨

발로 그 앞에 무릎을 꿇고 앉았지. 그러면 승려가 부처님의 가르침이나, 은혜가 있으리다, 하는 불경을 리나에게 짧게 읊어 주었고. 하루도 거르지 않고 그랬었지. 하다못해 계란 한 알이라도, 그린커리 한 봉지라도. 이젠 그 자세 그대로, 시어머니 앞에 매일 무릎을 꿇는 거야. 그러면 부처님의 가르침 대신, 벼락같은 울화통이 터져 나오는 거지. 어떻게 된 아가 반년 동안 애 하나를 못 배냐! 저년 자궁을 확 들어내 버릴까 보다! 하고. 생리를 하면, 아도 못 갖는 년이 피는 철철 흘리고 지랄이여! 하는 말들이 따라오고.

그랬다지.

리나는 태국에서도 병원에 잘 가지 않았어. 병원비가 워낙에 비싸니깐. 그리고 걔가, 주사 공포증도 있고. 문신한 사람들만 봐도 그 바늘이 살갗을 뚫는 아픔이 생생하게 느껴져 몸서리치는 성격이지. 하여간 공감능력은 엄청나다니까. 다행인지는 몰라도 태국 약이 꽤 독해. 그래서 그냥 머리가 아파도 배가 아파도 감기에 걸려도, 약국 가서 약 먹고 약 기운에 몽롱하게 취해 있다 낫곤 했어. 그런데 한국에선, 약도 그렇게 세질 않아서, 한 알 먹을 걸 두 알 먹고, 두 알 먹을 걸 네 알 먹고, 그래야 했지. 그래도, 병원엔 가지 않았어. 진료실에 들어가면, 중국옷을 입은 막냇동생이 노래를 부르고 춤을 추며 울고 있을 것만 같아서, 그래서 가지 않았지.

그런데 시어머니가 병원엘 데려갔어. (*어딘지 빤히 알 것 같아 듣고 싶지 않다.*) 산부인과에. 난임 시술을 받았어. 리나는 산부인과, 같은 어려운 말은 잘 몰랐으니까, 처음엔 시어머니가 아파서 병원에 온 줄 알았고, 그다음엔 어머니 저는 괜찮아요, 어머니 저는 아프지 않아요, 어머니 저는 건강해요, 일할 수 있어요, 라고 했대. 병원 대기실에 있는 여자들이 잡지를 보고, 서로 무슨 무슨 영양제가 철분제가, 엽산이 좋다더라, 하고 이야길 나누는 동안 그 옆에서, 어머니 저는, 일할 수 있어요, 라고, 계속 이야기했대. 사람들이 하나둘씩 쳐다보니깐 그제야 시어머니가 조용히, 리나의 손을 잡곤 꼭, 아주 꼭 쥐며 그랬다지.

좀 닥쳐라, 아가. 사람들이 보잖니.

과배란주사, 난포 터지지 않는 주사, 또 과배란주사, 주사, 주사. 까무러치고 기절하니깐 시어머니가 옆에서, 쯧쯧, 유난이여, 유난 떤다, 했대. 몇 날 며칠을 그렇게 가서 주사를 맞고, 초음파검사를 받고, 그리고 금식하고, 마취주사를 맞고, 수술을 받았어. 그러고 나서도 또 몇 날 며칠을 가서 수정란을 이식하고, 착상 잘 되게 글루를 붙여 주고, 의사가 배에 힘주지 말라고 해서 화장실도 못 가 끙끙 앓았대.

그런데도, 애가 안 생긴 거지.

대전지방법원 서산지원에서 발급한, 협의이혼의사 확인신청서. 그게 리나가 태국으로 들고 돌아온 전부였어. 진의에 따라 이혼하기로 합의됐음이 틀림없음을 확인합니다, 라고 적혀 있었는데 진의, 따라, 합의, 틀림없음, 확인, 같은 단어들은 다 리나에겐 너무 어려운 한국어였고 다만 이혼만이 살아 움직였지. 둘째 동생은 아직도 슈퍼주니어 노래를 부르고 있었는데 그걸 들을 때마다 터닝메카드가 생각나 리나는 입을 틀어막고 화장실에 가서 수도꼭지를 틀어야 했어. 막냇동생은 너무 많이 커 버렸고, 언니의 쏨땀 맛은 잊은 지 오래였지.

한국에서의 이혼은 완료가 됐어. 그런데 태국에서도 이혼신고를 해야 리나가 완벽하게 다시 싱글이 될 텐데, 한국에서의 판결문이며 협의이혼확인서 같은 것이 필요하다고, 아무도, 그 어느 누구도 한국 땅에서 일러 주지 않았어. 태국에 와서야 알게 된 거야. 협의이혼의사 확인신청서와 협의이혼 확인서가 각기 다른 서류였고 리나로서는 처음 작성한 확인신청서가 손에 쥔 전부였지. '의사'와 '신청'이 존재하는 세계와 그렇지 않은 세계가 따로 있었던 거야. '의사'와 '신청'을 거기서 잃고 리나는 다시 바다를 건너 고향으로 돌아왔어. 거기서 잃어버린 '의사'와 '신청'이, 리나를 태국에서 여전히, 유부녀로 묶어 놓을 수밖에 없었지. 리나는 한국에선 이혼녀고, 태국에선, 기혼인 거야. (*태국에서 한국의 서류를 발급받을 순 없는 거야?*) 얘는, 순진하게 뭐 그런 뚱딴지같은 소리를 하니. 법원에선 사법청에 가라 하고 사법청에선 법원에 가라고 한다더라.

(잠시만, 그런데, 나 그 꼬치 가게에서, 오토바이를 몰고 온 리나의 남편 같은 사람을 본 적이 있어. 얘도, 뒤꽁무니에 있었는데?)

응, 그렇지. 리나는 돌아와서 친을 만났어. 연애를 난생처음, 한 거지. 엄청 착한 애야. 좀 비리비리하긴 한데, 누구보다 맛있게 리나가 한 음식을 싹싹 비우는 남자. 노점이 그렇게 많은데 리나네 엄마 가게에서만 삼시 세끼를 먹었어. 그렇게 한 달을 먹다가, 리나에게 말을 걸었지. 리나는 석 달 후에 친의 집으로 들어갔고, 이 년 후에 애를 낳았어. 친이 세븐일레븐에서 열심히 일한 돈을 보태서, 엄마의 국수 노점에서 독립해 꼬치 노점을 차린 거야. 왓 프라싱 앞에. 네가 그렇게 많이도 사 먹던 막창꼬치, 그 노점 말이야.

친이 좀 더 일찍 나타났다면 얼마나 좋았을까? 찡쪽끼리 모여 가족회의를 할 때마다 한숨이 모아져서 땅이 움푹 팰 지경이야. 찡쪽이 집에 들어오면 행운이 온다고, 그 자부심으로 우리도 리나네에 빌붙어 살았는데, 우리 노력이 부족했나, 해서. 우리가 더 열심히 불공도 드리고 더 열심히 빨빨 기어 다니며 집 구석구석을 훑고, 자식도 더 쑥쑥 낳아 키워 숫자를 불렸어야, 그래야 친을 좀 더 일찍 만날 수 있었던 걸까, 하고. 다 그게 우리 탓인 것 같아서, 얹혀사는데도 고마워할 줄 모르고 이제나저제나 언제 리나가 육수를 떨궈 줄까, 하고 침만 흘리던 우리 탓인 것 같아서 정말 미안한 거야.

(지금 행복하면…… 그래도 역경을 이겨 내고, 아니, 이겨 냈다고 말하기엔 그렇지만 어쨌든 결론적으로는…… 잘된 일 아닐까? 그렇게 죄책감을 가지지 않아도 될 거야, 요 착한 찡쪽아.)

아, 씨. 바보냐?

(응?)

그러니까, 가장 큰 문제는 이거지. 리나가 태국에선, 서류상으로,

유부녀라는 거지. 혼인신고도, 아이 출생신고도, 할 수가 없어. 없는 부부이고, 없는 아이야.

* * *

그 언니가 한국에 시집을 왔었구나. 나는 쌀을 씻고 밥을 안치며 혼잣말을 했다. 난 정말 몰랐어. 마스크 쓴 얼굴과, 뿌리염색이란 걸 생전 들어보지도 못한 것처럼 얼룩덜룩한 머리색만 기억에 남지. 알았으면 한국어로 말이라도 걸어 볼걸. 방바닥에서 왼쪽 앞발, 오른쪽 앞발, 오른쪽 뒷발, 왼쪽 뒷발을 연신 움직이는 찡쪽에게 나는 말했다. 안녕하세요, 라고 말이라도 걸어 볼 걸 그랬어. 맨날 거기서 꼬치 사 먹었는데. 찡쪽 새끼는 허리를 죽 펴며 눙쳤다. 두들겨 맞던 나라말 해 봤자 뭐 하니? 빰 맞기밖에 더하겠어? 탄내 나는 것 같은데 불이나 줄여.

쌀이 익는 냄새가 원룸을 가득 메웠다. 외국 애들은 이 냄새가 불쾌해서 쌀밥을 싫어한다고 했지. 나는 김치 통을 꺼내고 참치 캔을 땄다. 찡쪽 새끼가 나를 타고 왔으니 잘 대접해야지. 적당한 탄수화물과 식이섬유와 단백질. 김치를 달달 볶고 참치를 넣어 찌개를 끓였다. 리나의 음식에 익숙해진 찡쪽에겐 한없이 미안한 요리 솜씨이지만, 그래도 찡쪽은 한국 음식을 처음 맛보는 것일 테니 생경함이 찌개의 미완을 가려 줄 것이었다. 오, 냄새는 그럴싸하네. 감탄하는 찡쪽을 밟지 않으려 조심조심하며 상을 폈다. 찡쪽이 상다리를 타고 잽싸게 위로 올라왔다.

뜨거워, 조심해. 냄비를 열어 국물을 떠낸 후 상 위로 톡, 톡, 떨어뜨리며 나는 말했다. 김치 줄기도 잘게 찢어 서너 줄, 참치도 조금. 그리고 쌀밥을 끈기가 잘 느껴지도록 한 숟갈 푹 퍼서 그 옆에 놓아 주었다. 아, 매워! 아, 끈적해! 찡쪽은 투덜대면서도 그걸 열심히 핥고 갉아 먹었고 그걸 구경하며 나도, 천천히 식사를 했다.

* * *

식사를 다 마치면, 찡쪽이 듣지 않도록 현관문 밖으로 나가 전화를 좀 걸어야겠다는 생각이다.

* * *

태안에서 수산물가공공장을 운영하는…… 우리 할머니에게.

회송

출근길, 2호선 동대문역사문화공원역에서 4호선으로 갈아탈 때 나는 자주 혁진을 생각한다. 2호선에서 4호선으로 갈아타는 것은 쉽다. 9-1번 플랫폼에서 타기만 하면 된다. 열차에서 내리는 순간 눈 아래로 계단이 펼쳐지고, 그걸 단숨에 내려가기만 하면 금세 4호선 승강장이다. 다만 돌아오는 길, 4호선에서 2호선으로 갈아타는 길은 길고 지루하다. 수많은 계단을 오르내리고, 사람들로 빼곡한 통로를 걷고, 몸을 긁적이는 상인들을 지나야 한다. 그걸 다 지나야, 비로소 2호선 승강장이 모습을 드러낸다.

* * *

나와 혁진은 08학번으로 입학했다. 혁진이 재수를 해서 한 살 더 많은 줄 알았는데, 알고 보니 1월생으로 나와 출생 연도가 같았다. 그럼 친구지 뭐! 말 놓는다! 나는 카랑카랑하게 소리를 질렀다. 재

뭐야, 좀 무섭네. 나에 대한 선배들의 평가는 대체로 이랬는데 그다지 신경 쓰지 않았다.

어쩜 이렇게 우리는 죽이 딱딱 맞을까? 혁진과 나는 좋아하는 책도 음악도 영화도 비슷했다. 어어, 나 이 소설 진짜 좋아하는데. 헐, 나도 나도. 3월의 강의실에서 우리는 똑같은 작가의 책을 들고는 펄쩍펄쩍 뛰며 소리를 질렀다. 사실 그 작가의 소설은, 당시 비주류를 표방하던 사람이라면 무조건 읽어 봐야 할 필수 코스였지만, 수능을 방금 치르고 들어온 수학교육과의 강의실에서 그의 소설집을 읽는 사람을 만나기란 역시 쉬운 일은 아니었다. 그날은 소설 이야길 하느라 강의실에서 카페로, 카페에서 다시 사깡이라 불리던 컨테이너 식당으로 훌훌 옮겨 다니며 하루를 죄다 보냈다. 그다음 날엔 오호라, 어어, 나 이 밴드 진짜 좋아하는데. 헐, 나도 나도, 하며 사깡에서 펄쩍펄쩍 뛰었고 사깡에서 카페, 카페에서 다시 강의실로 이어져 하루를 함께 보냈다. 일주일 뒤엔 같이 노래방엘 갔는데, 인디밴드를 좋아한다던 취향이 무색하게도 둘 다 온갖 아이돌의 노래를 부르고 춤을 추며 인기가요를 찍었다. 그래서, 싸이월드 일촌명이 '동기☆'에서 '블러드를 나눈'으로 바뀌는 데엔 많은 시간이 걸리지 않았다.

나와 다른 점이 있다면 혁진이 훨씬 명석했다는 것, 사진 찍는 걸 즐겨 툭하면 카메라를 목에 걸고 다녔다는 것, 그리고 지하철을 포함한 모든 기차를 좋아했다는 것이었다. 아니 세상에, 기차를 좋아한다고? 내가 물었을 때 혁진은 팔짱을 끼고 자랑스럽게 큰소리를 쳤다. 야, 김진아, 너 모르냐? 덕 중의 덕은 철덕이라고! 철덕을 무시하지 말란 말이다!

공강 시간에 우리는 빈 강의실에 들어가 앉아 공부를 하거나 음악을 듣거나 책을 읽곤 했는데, 혁진은 심심하면 칠판 앞에 서서 하늘색 몽당백묵을 집었다. 그러더니 칠판을 가로지르는 선을 죽 그었다. 그거 뭐야? 한강. 그러더니 하얀색으로 그 위에 모서리가 둥글게 뭉툭한 사각형 같은 것을 그렸다. 그건 뭔데? 야, 딱 봐도 2호선이지. 그러고는 동글동글하게 역을 하나씩 표시했다. 신림, 봉천, 서울대입구, 낙성대, 사당으로 시작해 외선을 순환한 백묵은 다시 신도림, 대림, 구로디지털단지, 신대방까지 도달해 멈추었다. 칠판과 백묵만으로, 아무것도 보지 않고 그린, 견고한 2호선이었다. 헐 대박, 완벽한 2호선이네. 내 반응에 혁진은 아니지, 하고 말했다. 아니지, 지선을 안 그렸잖아. 그 대답에 나는 기가 막혀 했는데 그 표정에 더욱 신이 난 혁진은 이번에는, 진아야, 너 역에 고유번호 있는 거 아냐? 하고 물었다. 역에 번호가 있어? 응, 고유번호가 있어. 낙성대는 227번이다? 만약에 네가 음, 코엑스엘 가고 싶잖아. 그럼 낙성대역 번호에서 삼성역 번호를 딱 빼면 역을 몇 개 지나야 하는지가 나와. 낙성대가 227번이고 삼성역이 219번. 그럼 여덟 개 정거장을 지나면 되네! 하고 바로 알게 되는 거지. 엄청 편하지?

어렸을 때 기관사가 꿈이었어. 할머니를 졸라서 맨날 종착역까지 지하철을 타고 갔지. 혁진은 빠삐코를 빨며 말했다. 나도 몰라, 왜 그게 그렇게 좋았는지. 그냥 지하철을 타면 마음이 엄청 편해지고, 내가 안전하게 딱 정해진 목적지에 도달할 거라는 확연한 느낌이 들곤 했어. 딱 시간 맞춰서, 늦지 않게. 그런 확실함이 좋았던 걸지도 몰라. 덜컹덜컹, 하는 소리도. 심장 뛰는 것 같잖아. 팔딱팔딱하면서. 혁진은 아직도, 새로운 전동차가 운행을 시작하면 꼭 시승하러 가 본다고 했다.

스마트폰이란 게 막 보급되기 시작했을 시기라, 지방에서 올라온 남루한 자취생인 내겐 당연히 폴더형 핸드폰뿐이었다. 등록금을 벌려면 과외를 두세 개씩 뛰어야 했는데, 과외를 그렇게 다니다 보니 서울에서 태어나 자란 사람들보다 더 서울 지리에 빠삭하게 되었다. 멀티미디어실로 간다. 컴퓨터를 켜고 포털 사이트에서 지도를 연다. 목적지에 메시지로 받은 주소를 집어넣는다. 길찾기를 누른다. 그걸 종이에 받아 적은 후, 뛴다, 였다. 그렇게, 금천구 영등포구, 종로구, 광진구, 강남구, 송파구, 성동구, 동대문구…… 심지어는 분당이나 구리시까지 나다니곤 했다.

다만 문제는 환승이었다. 환승 통로가 가운데에 있다면 다행이었는데, 1-1에서 타 보니 저쪽 10-4에 환승 통로가 떡하니 있다거나, 하면 지각이었다. 젠장! 느린 발을 바삐 움직여 뛰다 보니 몸은 축 늘어졌다. 이 지하철이, 이 서울이, 이 등록금이, 내 모든 기에 빨대를 꽂아 쪽 빨아먹은 후 마음만 홀쭉해져 텅 빈 베지밀 팩이 된 느낌이었다.

그러다 보니 자연스레 자꾸만 혁진에게 전화를 하게 되었다. 야, 지금 내가 낙성대거든. 인사도 없이 그렇게 시작하는 전화. 근데 나 과외 미팅 하러 공덕역에 가야 해. 어디서 타면 제일 빨리 갈 수 있어? 그러면 혁진은, 밥을 먹다가도 공부를 하다가도 책을 읽다가도, 천천히 또박또박 일러 주었다. 으응, 여기서 타서, 여기서 이렇게 환승하고, 그러면 돼. 가끔은, 아 원래는 6-3이 가장 빠른 환승 자리인데, 지금은 퇴근 시간이라 그쪽에 사람이 많을 거야. 차라리 9-4에서 타. 거기 환승 통로가 좀 길긴 한데 사람은 없으니까 거기서 빨리 걷는 게 더 좋을 거야, 라고 말하기도 했다. 대단해! 땡큐! 나는 엄지를 척 들며 전화를 끊었다. 엄지를 척 드는 모션은 전화 너머의 혁진에겐 보이지 않았겠지만, 도저히 엄지를 들지 않을 수가 없었다.

통화는 점점 길어졌다. 원래는 땡큐! 하며 전화를 뚝 끊었는데, 어느 날부터인가 그 낮고 상냥한, 따뜻한 목욕물 같은 목소리를 좀 더 듣고 싶어졌다. 강의실에서 옆에 나란히 앉아 대화를 나눌 때의 그 목소리와 전파를 타고 핸드폰으로 흘러들어 오는 그 목소리는 또 느낌이 달라서, 통 질리지를 않았다. 지하철에서 시끄러울세라 손으로 소라고둥을 만들어 대고 소곤소곤 수다를 떨었다. 사람들과 노래와 책과 영화에 대해서. 그러다 월스트리트 인스티튯, 하는 광고 음성이 흘러들어 가면 오, 진아 강남역 지나고 있네, 하고 혁진이 말했는데 그 순간 나도 모르게, 혁진도 강남역에 있었으면, 하고 간절히 바라게 되었다.

어느 날 문득 통화 내역을 보니, 혁진, 혁진, 혁진, 혁진, 가끔 엄마, 또 혁진, 혁진이었다.

동대문역사문화공원역이, 아직 동대문운동장역이란 이름을 가지고 있을 때였다. 여기 동대문운동장역인데, 하는 나의 전화에 혁진은 여느 때와 다름없이 친절히 환승 경로를 설명해 주었다. 그러더니 으음, 하고 잠시 말이 없다가, 너 양꼬치 좋아하지? 하고 말했다. 당연하지, 왜, 사 주게? 내가 물었더니 혁진은 웃었다. 한쪽에만 파이는 보조개가 눈앞에 그려졌다. 중국식 양꼬치 말고 동대문운동장역에 러시아식 양꼬치 파는 데가 있거든. 중국식이랑 완전 달라. 엄청 커, 창 같은 꼬챙이에 고기는 주먹만 해. 되게 맛있어. 나 요새 너무 먹으러 가고 싶은데, 주변에 양고기 잘 먹는 친구가 없어. 주말에 같이 갈래?

길에는 똑같아 보이는 러시아 음식점이 끝없이 늘어서 있었는데 우리는 그중 외국인 손님이 제일 많은 가게를 택했다. 가장 허름한 가게였다. 양꼬치는, 혁진의 말대로였다. 꼬치가 내 팔만큼이나 길었다. 고기 너무 많다, 야채도 곁들여 먹어야지. 메뉴판에 그려진 그림을 골똘히 바라보던 혁진이 이거 이거, 양배추 샐러드같이 생겼다, 하고 무언가를 시켰는데 정작 나온 음식은 치즈를 채 썰어 올리브를 올린 요리였다. 푸하하하! 오늘 지방 파티다, 지방 파티! 혁진이 카메라를 들어 수북하게 쌓인 치즈를 찰칵 찍었다. 우리는 아 느글거려, 하면서도 그걸 남김없이 싹싹 먹었다. 발티카 맥주는 몇 번으로? 생경한 억양의 한국어로 종업원이 묻자 우린 당연히 9번이요, 하고 외쳤다. 9번이 제일, 도수가 셌다.

크아아아 시원하다. 맥주를 한 병 더 시켜 마신 후 내가 냅킨을 꺼냈다. 야, 나 여기다 노선도 하나만 그려 줘. 내가 이거 부탁하려고 펜도 다 가져왔다고. 필통에서 색색깔의 펜을 꺼내 테이블 위에 줄줄이 늘어놓았다. 진기명기야. 봐도 봐도 신기하다니깐. 여기서?

혁진의 물음에 나는 아 그럼 어디서 해, 얼른 그려 줘, 하고 대답했다. 혁진은 칠판에서처럼, 하늘색 펜으로 한강을 긋고 초록색 펜으로 2호선을 이어 그렸다. 파란색으로 1호선, 주황색으로 3호선. 모든 호선을 다 그리는 걸 보는 건 또 처음이라 정신이 쏙 빠졌다. 8호선까지를 다 그린 혁진이, 분당선도 해 줄까, 하고 묻기에 푸하하 웃으며 아냐 아냐, 서울까지만! 고마워! 하고 손을 내밀어 냅킨을 받았다.

그때 혁진의 손이 딸려 들어왔다. 엥, 엥, 엥, 에에엥. 내가 잡은 건지 혁진이 잡은 건지는 아직도 헷갈리는데, 우리는 엥, 에엥, 소리만 내다 킥킥 웃어 버렸고, 가게를 나올 때도 지하철을 탈 때도 그걸 놓지 않았다.

어쩌면 내가, 그 순간을 간절히 바라고 그렇게 전화질을 해 댄 건지도 몰랐다.

스무 살의 마음은 두 살배기와 큰 차이가 없어서, 자주 보이는 것을 내가 좋아하는 것으로 종종 착각하고는 한다. 그래서 그렇게 수많은 캠퍼스 커플이 삼사월에 활짝 피고 오뉴월에 바득바득 싸우다 칠팔월쯤 땀 같은 눈물을 흘리며 멀어지는 것이다. 스물한 살이나 스물두 살이 되면 성숙해지냐, 하면 그것도 아니어서 그런 실수를 매해 또다시 반복하고, 또 반복하고, 다들 본인도 그러면서 남의 연애사에 입방아를 이러쿵저러쿵 찧고는 한다.

나와 혁진은 졸업할 때까지 헤어지지 않았다. 여러분, 우리 사귀어요! 나는 뭔가 중대한 발표를 하는 것처럼 으스대며 과방에서 말했는데 사람들이 아니, 이제야? 하는 표정으로 뜨악하게 쳐다보기에 김이 빠져 버렸다. 우리가 너무 잘 어울려서 놀랍지도 않은 거야. 풀이 죽어 삐죽 나온 내 입에 생크림을 잔뜩 바른 와플을 사서 욱여넣으며 혁진은 웃었다. 결말이 너무 빤히 보이는 소설은, 재미가 없잖아.

그렇지. 혁진의 말에는 고개를 끄덕이지 않을 재간이 없었다.

혁진과 연애하면서 지하철을 타는 일이 더욱 많아졌다. 어느 날 신도림엘 가기 위해 2호선을 탔는데 우연히도 신도림행이었고, 생전 처음 보는 승강장에 떨궈지게 되었다. 뭐야, 여기 완전 음산해. 이거 뭐야? 내 물음에 혁진은 4번 승강장, 내 소원이 이뤄질 곳, 하고 대답했다. 엥, 소원? 내가 묻자 혁진은 클클 웃으며 말했다. 종착지까지 왔으니까, 이 열차가 이제 회송 열차가 되어 차고지로 들어가거든. 그런데 말이야, 너무 피곤하고 고단한 하루를 보내서 잠든 사람이 이 안에 있다면, 그래서 미처 내리지 못하고, 회송 열차라고 표지가 바뀌고 문이 닫힌 상태에도 그 안에 그대로 앉아 잠들어 있을 수 있겠지…… 되게 슬프면서도, 웃기기도 하고, 또 사람들 모두가 겪을 수 있는 일이기도 하고…… 얼마나 힘들었을까, 저 하루는 어땠을까 상상하게 만들 것 같기도 하고…… 그 장면을 사진으로 찍고 싶어. 그게 내 평생의 소원이야. 완전 소원.

오오, 하다가 나는 그만, 그게 가능하겠어? 하고 묻고 말았다. 일단 종착 열차 오기까지 기다려야 하지, 누군가 거기서 잠들어 있어야 하지, 그리고 내리지 못해야 하고, 심지어 정확히 그 칸 앞에서 네가 대기 타고 있어야 하는 거잖아. 한 칸이라도 어긋나면 못 찍잖아. 나의 말에 혁진은 그래, 이뤄질 수 없는 꿈이야, 하고 대답했다.

그냥 연출해서 찍으면 안 돼? 오늘처럼 신도림행을 탄 다음, 내가 고개 숙이고 앉아 있던지 해서. 나의 말에 혁진은 고개를 저었다. 아니야, 그건 거짓말이니깐. 거짓말로 사진을 찍을 순 없어. 한 몇 년을 기다려 보면, 언젠가 기회가 오겠지. 그럼 그동안, 여기서 기다린 적도 있었어? 내가 묻자 혁진은 응, 하고 대답했다. 시간이 나면 종종, 저녁때 여기 와서 앉아 있어. 앉아서 기다려. 그런데 사람들이 정신을 잘 차리더라고. 졸다가도, 내리긴 잘 내려. 진짜로, 불가능한 꿈일지도 모르겠다. 혁진은 팔로 내 어깨를 감싸더니 자 그럼 올라가자, 하고 몸을 틀었다.

몰랐네, 여기 자주 오는 줄은. 내가 말하자 쓸데없는 짓 하느라 시간 낭비하는 거니까, 하는 답이 돌아왔는데 그게 왜 쓸데없어, 내가 그런 생각할 사람인 것같이 보여? 하고 나는 조금 서운해하기도 했다.

대학을 졸업한 후 나는 사립 고등학교 교사로 취직을 하고, 혁진은 느지막이 군대에 가며 우리는 자연스레 헤어졌다. 큰 소리도, 하염없는 눈물도 없는 헤어짐이었다. 너희는 사귈 때도 조용하더니 헤어질 때도 그러네. 곁에 몇 안 남은 동기 중 하나가 고기를 굽다 그렇게 말했다. 뭐, 그렇지 뭐. 나는 쌈을 싸서 볼이 미어져라 넣고 소주로 목을 축였다.

사람들이 진아 씨 직업이 뭔가요, 하고 물었을 때 고등학교 교사요, 하고 대답하면 으레 나오는 반응은, 오우, 신붓감 일순위! 였다. 정년 보장에 연금 팍팍! 정말로 대놓고, 눈앞에서 그렇게 말하는 치들이 엄청나게 많다는 것을 처음 알았다. 열 중 여덟은 그렇게 팔을 활짝 벌리고 소리를 질렀다. 아, 이제부터 나의 정체성은, 신붓감 일순위, 라는 한 줄짜리 수식어로 퉁쳐질 수 있는 거구나. 좋아하는 책과 음악과 영화, 그리고 춤과 웃음 같은 것에 대해선, 통 말할 곳이 없었다.

고등학교 때의 친구가 소개팅 한번 할래, 하고 물어 왔다. 대기업에 다닌다는 네 살 연상의 남자와 나는 파스타를 먹고 와인을 마셨다. 와인을 어떻게 마시는지 몰라서, 남자가 하는 대로 따라 하려 하는데 몸이 근질근질하고 목구멍이 꾹 닫혔다. 밥을 먹고 나서는 커피를 마셨다. 양이 종종거리며 돌아다니는 카페였다. 양이, 진짜 복슬복슬한 양이 리본을 달고. 사람들은 연신 사진을 찍었는데 나는, 저 양들은 과연 어떻게 살고 있을까…… 답답하지 않을까…… 사람들에 대한 멸시, 자신의 신세에 대한 모멸감, 리본을 달고 있단 것에 대한 수치심 같은 건 없을까, 생각했다.

진아 씨는, 취미가 뭔가요? 무얼 좋아하세요? 그 말에 나는 소설과 소설가, 밴드와 음악, 그리고 영화 이야기를 몇 가지 했는데 남자는 듣고만 있다가, 전 그런 건 잘 몰라요, 했다. 잘 몰라서, 진아 씨랑 만나면서, 배우고 싶네요, 라고 대답했다. 만나면서요? 하고 내가 묻자, 아, 사귀면서요. 진아 씨 취향을 공유하고 싶네요, 하고 남자는 대답했다. 나는 그렇군요, 하고 애꿎은 냅킨만 끝없이 접어 테이블 위에 늘어놓았다. 오늘부터 1일, 뭐 그런 것이었다. 혁진과 연애할 땐 매일 함께였으니 언제가 처음인지 알 수 있을 턱이 없었다.

* * *

티켓을 받는다. 극장으로 들어간다. 어느 대학 캠퍼스 한복판에 있는, 작은 극장이다. 오늘 볼 영화는 촉망받는 캐나다 퀘벡 출신 감독의 신작이다. 나와 동갑의 게이이다. 내가 좋아하는 배우가 네 명이나 나온다. 심지어 가족으로. 아마 가족끼리 열심히 치고받고 싸우는 내용일 테지. 그럴 것이다.

그리고 남자에게 그런 것은 전혀 관심 밖의 영역이다.

왜 음료를 가지고 들어가면 안 돼? 처음 이 극장에 와 한국 독립영화를 보던 날 그는 물었고, 이어 관람 시 주의사항이 흘러나올 때 가방을 주섬주섬 열더니 과자를 꺼내려 했다. 여기선 먹으면 안 돼! 내가 손을 치자 아 씨, 하고 내뱉었다. 그 아 씨, 가 내 피부를 사정없이 찔러 영화를 보는 내내 집중을 할 수가 없었다. 그는 영화가 시작한 지 삼십 분 정도부터 꾸벅꾸벅 졸기 시작했는데 종내에는 코를 골려고 해 툭툭 쳐서 깨워야 했다. 하아음. 영화가 끝나고 크레딧이 올라가는 동안 그는 옆에서 하품을 해 댔다.

처음에는 화를 냈고 대판 싸웠다. 배우고 싶다면서. 내가 말했다. 배우고 싶다고, 만나면서 내 취향을 공유하고 싶다고, 그랬잖아. 처음에는 미안하다는 대답을 들었다. 미안해, 내가 일이 너무 바빴어. 미안해, 어제 잠을 많이 못 잤어. 미안해, 진짜로 깨어 있으려고 했는데…… 그런데 영화가 다섯 편이 되면서, 열 편이 되면서, 말이 점점, 조금씩 구부러지고 부패했다. 재미없는 걸 어떡해, 지루한 걸 어떡해, 잠이 오는 걸 어떡해? 나보고 어쩌란 말이야. 고문이야, 고문. 미안한데, 곤욕스럽다고. 그러면서도 내가 혼자 영화를 보러 가는 건 극히 싫어했다. 야, 애인 있는 여자가 혼자 영화 보러 가면 내가 뭐가 돼. 주말에 두 자리 예매해.

진짜로, 난 왜 이럴까. 오늘은 정말 헤어져야지, 하는 생각을 매번 했다. 오늘은 진짜, 오늘은 정말, 오늘은 꼭 말하리라. 우리 잘 안 맞는 것 같아, 서로 시간을 좀 갖자, 미안해, 이제 그만 만나자. 집에서 거울을 보며 이백 번 그 말을 연습했다. 나중에는 침이 마르고 입가에 허옇게 엉겨 붙을 정도로, 연습을 했다. 그러면 까닭도 없이 눈물이 왈칵 쏟아지곤 했다. 금세 얼굴이 벌겋게 달아오르고 눈이 퉁퉁 부었다.

그렇게 이백 번 연습한 날에는 꼭 집에서 전화가 왔다. 응 딸, 엄마야. 애인은 잘 만나고? 응, 이번에 승진했대. 어머 어머, 역시 능력 있네. 오늘은 안 만나? 응, 어제 만났어. 뭐 다른 얘긴 없고? 무슨 얘기…… 알잖아 진아야, 이제 슬슬 얘기 나와야지…… 참, 그 지윤이 알지? 너랑 초등학교 같이 다녔던…… 응. 지윤이 결혼한다더라. 남자가 치과의사라나 뭐라나.

용케 집에서 전화가 걸려 오지 않는 날이면 친구들의 SNS에 웨딩 화보가 올라오거나, 브라이덜 샤워인가, 하는 사진이 올라오거나, 신혼집 인테리어며 퇴근 후 오빠와 맛있는 집밥, 하는 사진이 올라오거나 했다. 그러면 이백 번 연습한 말들은, 목구멍 안으로 꿀꺽 넘어갔다. 엄마 아빠가 날 단칸방에서부터 힘들게 키웠고, 효도를 해야 하고, 효도를 하려면 얼른 가정을 꾸려야 할 것 같고. 엄마는 음식점에서도, 엘리베이터에서도, 마트에서도 아기만 보면 예뻐서 어쩔 줄을 모르고. 그리고 남자는 유복하며 직장도 번듯했다.

퀘벡 출신 감독의 영화를 다 본 후 그의 차에 오른다. 나는 조수석에서 차창에 기대어 한숨을 쉰다. 도로를 달리면서 그는 연신 창밖을 비스듬히 응시한다. 그 응시의 끝은, 아파트다. 와, 여기 아파트 평당 얼마 정도 되겠다. 여기도 아파트가 엄청 생기네. 나 이번에 W신도시에 청약 좀 넣으려고 하는데, 너도 넣어 보지 그래? 진짜 몇 번을 해야 한 번이 될까. 아, 우리 엄마가 예전에 그 집을 팔면 안 됐었는데, 사람 일이 잘 안 풀리려면 한도 끝도 없다니까. 그렇게 말하던 끝에, 이런 얘기가 나온다. 엄마가 너 많이 보고 싶어 하셔. 조만간 한번 우리 집에 인사드리러 가자. 벌써, 교사 며느리 얻을 거라고 동네방네 자랑을 하고 다니시는 것 같던데. 나 효도 한번 하게 해 주라.

나는 아파트에 살지 않고 평생 아파트를 살 생각도 없지만, 고개를 끄덕인다. 효도해야 하니깐. 효도, 안 하면 나쁜 사람이 되니깐.

* * *

오늘도 회식이다. 노원역에서, 곱창이다. 노원역은 내가 사는 당산역과 얼마나 멀까. 이제 더는 역 번호를 알지 않아도, 핸드폰을 조금만 톡톡 두드리면 경로를, 빠른 환승 플랫폼을, 소요 시간을 알 수 있다. 노원에서 동대문역사문화공원으로 4호선을 타고, 2호선에 환승해서 다시 동대문역사문화공원에서 당산까지, 빠른 환승은 10-4번. 경유역은 스물두 개. 예상 소요 시간은 오십일 분.

오, 술 잘하네? 첫 회식에서 소주를 곧잘 꿀떡꿀떡 받아먹자 사람들은 모두 발을 동동 구르며 반가워했다. 요새 여선생들은 자기밖에 몰라서, 퇴근 시간 오 분 전에 짐 딱 싸 놓고 대기하고 있다가 땡 치면 바로 휙 나간다니깐. 김 선생 같은 사람이 없어요, 얼마나 좋아. 나는 웃었다. 남자가 일러 준 대로, 잘하고 있는 것 같아서. 이쁨 받아야 돼. 그래야 평생이 편해. 방긋방긋 웃고, 무슨 말에든 네에! 하고 대답하고, 회식에선 술도 적당히 마시고, 칭찬도 많이 하고 박수도 많이 치고, 그래야 직장 생활이 확 뚫린다고. 남자는 그렇게 말하고는, 다시 덧붙였다. 술은, 적당히 마시고.

'적당히'가 불가능하다는 걸 남자는 몰랐을까. 일차가 끝나면 이차, 이차가 끝나면 삼차. 네 시에 퇴근한 사람들은 열한 시까지 술을 마시곤 했다. 모르는 곳엘 데려가서, 집에 가려면 어떻게 해야 하는지 알려 주지 않았다. 어느 날엔 숙취에 시달리며 출근을 하다, 눈앞이 까맣게 변해 아무것도 보이지 않고 귀에선 삐 소리가 들리며 식은땀이 줄줄 났다. 일 교시와 이 교시 연강을 마치고 외출해 병원에 가 링거를 맞았다. 저혈압 증상이네요, 무리하지 마세요, 라고 의사가 말했다. 삼십 분 동안 링거를 맞고 돌아와 사 교시 수업을 했다.

오늘은 네 시 삼십 분에 부장의 차에 실려 노원에 왔고, 곱창을 먹었지. 그러고 나서는 옛날통닭을 파는 호프집으로 옮겨, 소맥을 마셨고. 그러고 나서는…… 내가 술을 먹던 곳이 어디인지, 이 상가 화장실에서 나가 왼쪽으로 틀어야 하는지 오른쪽으로 틀어야 하는지 아니면 직진을 해야 하는지조차 기억하기가 힘겹다. 다만 안주로 뭘 먹었는지는 정확히 알 수 있는데, 그게 지금 그대로 변기에 둥둥 떠 있기 때문이다. 오뎅탕이다.

상가를 대여섯 번은 헤맨 후 간신히 테이블을 찾아 자리에 앉는다. 집에 가고 싶은데, 지금 일어나도 열차 안에서만 오십일 분이나 걸리는데 아무도 나갈 생각을 하지 않고, 나는 노원이 처음이라, 역이 어디 있는지조차 알지 못한다. 실은, 지금 내가 어디 있는지조차 알 수가 없다.

열 시 오십 분. 술자리가 시작된 지 여섯 시간 이십 분만에 삼차가 끝난다. 내일 출근해야 하니까 이쯤 합시다! 역은 어디예요? 저⋯⋯ 지하철을 타야 해요. 저기⋯⋯ 저기 쭉 걸어가다 오른쪽으로 꺾으면 있을 거야. 어디서, 꺾어야 해요? 아아, 그 어디더라, 아아, 그냥 길 가던 사람 붙잡고 물어봐, 김 선생! 대리기사들이 속속 도착하고 그렇게 나는 그 자리에 혼자, 덩그러니 남는다.

역을 간신히 찾아 열차에 오른다. 두 정거장쯤 지나자 자리가 나는데, 머리가 어지럽고 정신이 희부옇게 멀어진다. 지금 앉으면 곯아떨어져 환승역을 지나칠 것 같아, 손잡이를 붙잡고 의식을 지탱하려 노력한다. 10-4에서 하차하는 데 성공한다. 그 긴 환승 통로를 걷는다. 수많은 계단을 오르내리고, 사람들로 빼곡한 통로를 걷고, 몸을 긁적이는 상인들을 지나는데, 똑바로 걷지를 못하고 자꾸만 모든 사람에게, 저 술 마셨어요, 아주아주 많이 마셨어요, 곱창과 옛날통닭과 오뎅탕을 곁들여 소주와 맥주와 소맥을 마시고 두 번 토했어요, 라고 광고한다. 그리고 사람들은, 바지 정장을 입고 술에 취해 휘청이며 걷는 커트머리의 여자에겐 눈길조차 주지 않는다.

마침내 2호선에 탄다. 외선 순환이다. 자리에 앉아 가방에 고개를 묻는데, 갑자기 신이 나서 외선을 칠판에 그리던 혁진이 떠오른다.

외선이랑 내선이 어떻게 구분되는지, 외선은 왜 외선이고 내선은 왜 내선인지 알아? 혁진은 다 그린 노선도 앞에서 물었고 나는 어어, 한 번도 생각해 본 적이 없어, 어 진짜 왜 그렇지, 갑자기 진짜 궁금하다, 라고 대답했다. 보통 지하철 문이 어느 쪽에서 많이 열리게? 오른쪽이지. 내가 말하자 혁진은 빙고, 라고 했다. 봐 봐. 기본적으론, 반대 방향으로 가는 열차를 타는 사람들끼리는 만날 일이 없는 게 대부분이지. 승강장이 서로 다르단 말이야. 그러면 있지, 예를 들어, 신도림에서 사당 방면으로 가는 열차 선로는 밖에 있어야 해. 그러면 오른쪽 문이 바깥으로 열리지. 이게 외선이야. 반대로, 사당에서 신도림 방면으로 가는 걸 생각해 봐. 그 선로는 안쪽에 있어야 해. 그러면 오른쪽 문이 안에서 열리니깐. 이게 내선이지. 그러면 그 문들에서 내린 사람들은 부딪힐 일이 없겠지, 그렇지?

나는 박수를 쳤다. 와, 그래서 내선, 외선이구나. 와, 너 진짜 설명 잘한다. 나 이제 절대 안 까먹을 것 같아. 박수를 치는 내 앞에서, 혁진은 히히, 하고 웃더니 자 그럼 이제 딴소리는 여기까지, 얼른 과제 하자, 라고 말했었다.

여기까지 생각하다 깜박 잠이 든다. 깜박이라고 말하기엔 꽤 오래 잔다. 어어, 여기가 어디야, 하며 찬 공기의 냄새를 맡고 화들짝 놀라 일어난다. 신대방. 당산을 지나도, 한참 지났다. 아앗! 나는 가방을 붙들고 죄송합니다, 죄송합니다를 연발하며 밖으로 뛰어나왔는데, 스크린도어가 닫히고 열차가 우웅, 하는 소리를 내며 움직이기 시작해서야 비로소, 목도리를 두고 나왔다는 것을 깨닫는다. 젠장. 목덜미에 찬 바람이 들어온다.

층계를 내려가고 통로를 가로질러 다시 올라가, 반대편 승강장에 선다. 한 오륙 분 뒤에 도착한 열차에 올라, 자리에 앉는다. 아직도 술은 덜 깼고 머리가 아프다. 목이 바짝바짝 마른다. 아아, 난방이 세서 숨이 턱턱 막힌다. 아…… 하고 눈을 감았다가, 갑자기 많은 사람들이 타는 소리에, 눈을 번쩍 뜬다. 홍대입구. 당산을 지났다.

아…… 뭐 이래. 그래도 다행히 홍대입구에선 층계를 다시 오르내릴 일 없이 바로 반대 방향의 열차를 탈 수 있다. 시간이 늦어서, 열차의 운행 간격은 점점 길어진다. 십오 분을 기다려 열차를 탄다. 눈을 뜬다. 구로디지털단지. 눈을 뜬다. 신촌. 눈을 뜬다. 대림, 눈을 뜨니, 합정.

장난이 너무 심하잖아. 나는 합정역에 있는 나무의자에 앉아 눈물을 뚝뚝 흘리며 운다. 남자에게서 잘 들어갔지, 하는 메시지가 오는데, 그는 언제나처럼 전화는 하지 않는다. 전화를 하면 내가, 헛소리를 하고 신세 한탄을 하고 아마도 화를 낼 수도 있으니까, 전화는 하지 않는다. 온갖 일들이 메아리쳐 머릿속을 헤집고 바글바글 끓고 또 방방 뛴다. 정교사란 타이틀을 달기 위해 사립학교에 원서를 오십 통은 넣었다. 대부분 전형료가 삼만 원이니 백오십 만 원. 최종 면접을 아홉 번 보았고 여덟 번 떨어졌다. 눈앞에서 담배를 피우던 면접관도 있었고 라스베이거스 카지노와 그곳의 섹스 얘길 하던 면접관도 있었다. 그렇게 열여섯 살이었을 때부터 꿈꿔 왔던 걸 이뤄 냈는데, 이제 나는, 신붓감 일순위 정도의 이름으로 불린다. 내가 무엇을 좋아하는지 어떤 걸 즐겨 하는지 무슨 생각을 하는지는, 아무도, 관심이 없다. 누군가는 아 운 좋네, 되게 쉽게 됐네, 하고 조소하고 누군가는 뭐가 그렇게 힘들어, 제일 편한 직업 아니야, 하고 툴툴대는데…… 매일 만나는 백오십 명의 아이들이 짓는 불행한 얼굴들이 나를 둘러싸고, 이렇게 살아야 하는 걸까, 하고 울다가, 겨우 술 취해서 역을 계속 지나치는 걸 가지고 울고 있단 사실이 한심하게 느껴져 다시 엉엉 소리를 낸다.

죽을 때까지 집에 도착할 수 없을 것 같다.

아가씨, 일어나요. 여기서 주무시면 안 돼요.

어깨를 누군가 툭툭 두드려 눈을 뜬다. 눈꺼풀이 소금기를 가득 머금어, 힘을 줘야만 들어 올릴 수 있다.

아가씨, 여기 종착지예요. 이제 차고지로 들어갈 거예요. 일어나세요.

네, 네에…… 하고 눈을 뜨니 역무원이 앞에 서 있다. 하아, 또, 오늘도 취객, 하며 익숙해하는 얼굴. 감사합니다, 하고 비척비척 일어나 걸음을 옮겼더니 아가씨, 가방, 가방 챙겨야죠, 라는 말이 따라붙는다.

감사합니다. 죄송합니다.

가방을 어깨에 둘러메고 텅 빈, 불이 꺼진 전동차를 가로질러 플랫폼에 발을 딛는다. 앞이 어둑하다. 어두운 신도림역, 4번 승강장이다.

진아야, 왜 여기 있어.

라고 혁진이 부른다고 나는 생각한다. 들린다. 듣는다, 아니, 그냥 상상한 것 같기도 하다.

진아 너 술 많이 마셨지.

라고 혁진이 말한다고 나는 생각한다. 정말 들린 것 같기도 하다. 혁진의 카메라가 보인다. 목에 걸린 그것이, 달랑달랑 흔들린다고 나는 생각한다. 보인 것 같기도 하다.

진아야, 이제 막차 시간 거의 다 됐어. 너 아직 당산 살아?

라고 혁진이 물은 것 같아 나는 응, 응, 하고 대답하는데 그것을 실제로 말했는지 아니면 속으로 삼켰는진 모르겠다.

너 혼자선 못 갈 것 같다. 내가 딱 역까지만, 데려다줄게. 당산역까지만 데려다줄게. 그럼 집까진 혼자, 갈 수 있지?

혁진의 손이 내 팔을 잡는 것 같다고 나는 느낀다. 실제 잡았는지도 모른다.

혁진의 팔에 이끌려 층계를 오르고, 다시 내리고, 불이 환한 승강장에 도달한다. 나를 의자에 앉힌다. 토하고 싶으면 얘기해, 하는 목소리가 손등을 두드린다. 정말로 그 직전까지 토를 하고 싶었는데, 그 목소리가 울렁대는 속을 가라앉혀 토닥인다. 딸꾹질이 멈춘다.

요란한 음악 소리와 함께 막차가 덜컹덜컹 들어온다. 점점 속도를 늦춘다.

그래, 집에 가야지, 집에 가야지, 하고 나는 자리에서 일어난다.

그냥 일어나진 않고, 혁진의 손을 잡으며 일어난다고 생각한다.

지구를 기울이면

사거리에서 사고가 있었다. 우회전을 하던 스타렉스 한 대가, 초록불이 켜지자마자 횡단보도로 진입한 자전거를 쳤다. 아이는 중력이 작용하지 않는 것처럼 멀리 날아가 중력이 작용하는 세계에 마침내 도달한 듯 빠르게 떨어졌다. 그러자 그 차는 뒤로 후진을 했는데 아이가 날아가는 모양새에 얼이 빠져 멍하니 서 있던 여자가, 하필이면 후진한 위치에 정확히 있어 그대로 깔려 들어갔다. 스타렉스는 잠시 머뭇거리다, 그대로 강을 건너는 다리에 진입해 내뺐다. 거기엔 오래도록 현수막이 걸려 있었는데, 사고의 목격자를 찾습니다, 라는 그 현수막에 어느 누구도 제보를 하지 않았다. 강한 햇빛을 받고 비를 맞고 또 모래 먼지를 뒤집어쓴 그 현수막은 성큼성큼 낡아 갔다.

두 사람은 모두 즉사했다.

○

이사 온 집의 초록색 철문을 열고 마당에 들어섰을 때 나는 내게 친구가 생길 거라는 사실을 곧바로 알았다. 마당에 웅크리고 앉아 있던 아이의 등이, 보였으니까. 아이가 고개를 천천히 돌렸고 얼굴의 절반이 이지러져 피투성이였지만, 나도 뭐 계단에서 굴러 머리가 깨진 적도 있고, 방방을 타다 손가락이 부러진 적도 있으니 그건 딱히 놀랍진 않았다. 다만 뭔가 이상하다, 하고 오 초가량 생각하다 그림자가 없잖아, 라고 깨닫곤 흡, 하고 곧 잊었다.

몇 살이야? 이 층에서 엄마 아빠가 이삿짐을 부리는 동안 나는 아이의 옆에 같이 쪼그려 앉아 물었다. 아이는 손가락을 땅에 대었다 떼었다 했는데 그럴 때마다 옆집 개가 왈왈 짖었다. 일곱 살. 어, 나도 일곱 살이야. 동갑이네. 나는 그러곤 아이를 따라 똑같이 손가락을 땅에 대었다 떼었다 하다, 무슨 일이 있었던 거야? 라고 물어 버렸다. 너무 궁금했으니까. 아이는 어깨를 으쓱, 하고 어른 흉내를 내더니 대답했다. 자전거 타고 놀러 나갔다가 사거리 횡단보도에서 봉고차에 치였어. 그대로 끝이었지, 뭐. 생각할 틈도 없었어. 봉고차는 그대로 달아났는데, 차 번호도 모른대. 마치 남의 이야기를 하듯 덤덤했다.

그 자전거가 아직도 담장에 비스듬히 세워져 있었다. 엄마가 핏물은 닦아 냈어, 라고 아이가 말했지만, 바퀴의 바람은 빠져 흐물거렸고 안장에는 흙먼지가 내려앉아 희부연 빛을 띠었다. 저거 좀 치우라고 말하고 싶어, 저거 때문에 내가 아직도 이 집을 못 벗어난

단 말이야. 아이는 가끔 안장을 어루만지며 투덜댔다. 이젠 타지도 못하는 자전건데. 너 내가 이 동네에서 보조바퀴 제일 먼저 뗀 건 알아? 아이의 물음에 나는 고개를 저었다. 완전 신났었거든. 막 자랑하고 다녔어. 너네 아직도 보조바퀴 달고 다니냐? 유치하다 진짜, 하면서. 그래서 애들이 이 악물고 연습하고 그랬는데. 아이는 웃었다. 그때 그렇게 잘난 척하고 다니지 말걸. 자전거 잘 탄다고 자랑하고 다니던 애가 자전거 타다 죽다니.

엄마는 이사를 올 때부터, 나에게 단단히 일러두었다. 수민아, 그 집에선 조용히 지내야 해. 엄마가 부동산에서 들었는데, 일 층 주인집 애가 죽은 지 얼마 안 됐대. 수민이랑 동갑이었대. 그 엄마 아빠가, 수민이 보면 얼마나 마음이 아프고 슬프겠어…… 그렇지? 나는 고개를 끄덕였다. 그러니까, 수민이는 힘들겠지만, 소리 지르지 말고, 살금살금 걷고, 얌전히 예쁘게 지내야 해…… 나는 엄마, 내가 언제 시끄럽게 지낸 적이 있어, 하고 물었다. 그러자 엄마의 손이 내 이마를 어루만지고, 이마 위의 머리카락을 정리해 주었다. 나는 정말이지 원체 조용한 아이였으니까. 그래서 예전 동네엔 친구도 별로 없었다.

그런 말을 했던 엄마에게, 친구가 생겼다고 자랑할 수가 없었다. 엄마가 내 말을 듣고 비명을 지르거나 미쳤다고 하거나 날 병원에 집어넣을 거란 생각은 아니었지만, 그래도 어른들은 겁이 넘쳐 나서, 볼 수 없는 것들이 너무 많으니깐. 엄마뿐 아니라 누구에게도 일 층 주인집 아이와 친해졌다는 말을 할 수 없다는 걸 난 잘 알고 있었다.

아이는 아무렇지 않은 척 까불댔지만 가끔 사고가 나던 순간을 생각하면 의기소침할 때가 있었고, 그러면 나는 이 층의 우리 집으로 조용히 올라와 담벼락에 기대어 밖을 바라보며 엄마 아빠가 퇴근하길 기다렸다.

□

사거리의 그 횡단보도를 매일 건너기 시작했을 때부터 재인에겐 항상 삼 초를 더 헤아린 후 길을 건너는 습관이 들었다. 한강을 건너는 대교로 진입하는 길목에 있는 횡단보도였다. 수많은 사람들이 운전하는 서로 다른 차들이, 한시라도 빨리 강을 건너기 위해 하나같이 몸을 비집고 우회전을 했다. 초록불이 켜지든 말든, 사람이 발을 차도에 내려놓든 말든. 여기 진짜 위험해, 시간만 있으면 민원 넣고 싶다니까. 지하철에서 내려 집으로 돌아가는 재인의 목소리를 나는 매일 들으며 뜨거운 핸드폰을 고쳐 잡곤 했다. 오빠, 나야 눈이 잘 보이니까 그렇지, 여기 만약 눈 안 보이는 사람이 있어 봐. 초록불이란 안내 듣고 그냥 아무 생각 없이 발 딛잖아? 그럼 차가 친다고 그냥. 무서워 죽겠어. 재인의 투덜거림을 한 귀로 들어 다른 귀로 흘리다 보면 졸음이 쏟아졌다. 대충 다니지, 뭐가 저렇게 맘에 안 들고 무섭다는 거야. 의왕의 구석에 누워 한쪽 볼에 핸드폰을 올려놓고 나는 곧잘 잠에 빠져들었다. 수화기 너머 재인이 하는 소리들이 꿈결같이 희미해지곤 했다.

재인과는 대학에서 만났다. 재인이 일 년 후배였다. 아, 내가 재를 만나려고 올해 군대를 안 가고 미뤄 두었나. 오리엔테이션 날 재인을 처음 봤을 때 든 생각이었다. 잘 웃고 잘 먹는 아이였다. 웃음도 웃을 일도 별로 없는 내가 가지지 못한 것들을 재인은 가지고 있었다. 가평의 엠티촌에서, 그 술판의 한복판에서 맨정신으로 정말 침을 백다섯 번쯤 꿀꺽 삼킨 후 재인에게 나가서 산책, 할래, 하고 물었을 때 재인은 아무렇지도 않게 엉덩이를 툭툭 털며 네에, 하고 일어났다. 그리고 그날부터 재인과 사귀었다.

칠 년 동안, 재인은 내 곁을 떠나지 않았다. 나는 군 생활을 연천의 열쇠부대에서 하게 되었는데, 거의 최전방이나 마찬가지다, 싶을 정도로 멀고 추운 곳이었다. 그래도 재인은 이 년 동안 1호선을 타고 소요산으로, 소요산에서 버스를 타고 전곡으로, 그리고 전곡에서 하루 네 대밖에 없는 버스를 타고 또 연천으로 면회를 왔다. 울퉁불퉁 싼 유부초밥과 전곡 롯데리아에서 산 햄버거 세트를 들고. 여기 진짜 멀다, 하고 투덜대면서도. 첫 면회 날 재인은 허옇게 질린 얼굴로 도착했다. 내가 버스를 탔는데 있지, 주변에 다 할머니랑, 동남아에서 시집온 언니들밖엔 없었거든. 그 언니들이 막, 한 손엔 아기 안고, 한 손엔 비닐봉지 들고 타고. 근데 아무리 가도 내가 내려야 할 곳이 안 나오는 거야. 중간에 할머니들 다 내리고, 언니랑 아기들도 다 내리고 하는데, 기사님 아직인가요, 아직도 멀었어요, 하고 물으니까 기사님이 제일 끝이래. 기다리세요 아가씨, 아가씨가 마지막에 내릴 거니까 그냥 기다려요, 하고. 근데 진짜 종점 직전이데? 맙소사! 나 면회 자주 못 와도 뭐라 하지 마. 그렇게 엄포를 놓곤, 그래도 지치지 않고 와 주었다. 나는 어떻게 보답해야 할지는 잘 몰랐고, 그저 행군을 하다 재인폭포라는 곳을 발견하곤 어어 저거 내 여자친구 이름인데! 하고 큰 소리로 외쳤는데 그러면 옆에 있는 동기들이 뭐 어쩌라고, 하는 눈빛으로 쳐다볼 뿐이었다.

그럴 때도 있었는데, 눈치채지 못할 정도로 아주 천천히 관계의 열기가 식는다 하더라도 칠 년의 세월은 길어 어느새, 우리 둘 다 어렴풋이 미적지근해진 온도를 느끼고 있었다. 재인이 먼저 취직을 하고 취직 턱이다, 하고 소고기를 샀을 때, 지글거리는 불판 위에 차라리 내 넓적다리라도 잘라 올려놓고 싶다, 라고 생각하며 나는 고기를 먹었다. 고기 냄새를 풍기며 재인을 집에 데려다주고 의왕으로 돌아올 때의 지하철은, 유독 더 덜컹대고 자주 멈추었던 것도 같다.

석 달 전 재인은 그 횡단보도를 건너다 스타렉스의 뒤꽁무니에 치여 깔려 들어갔다. 그대로 즉사했다고, 그랬다. 서울의 장례식장에서 나는 재인의 부모를 마주했다. 칠 년을 사귀었으면서도 재인의 부모를 만난 것은 처음이었는데…… 그 자리에 재인이 없다는 사실은 내 상상력으론, 생각하지 못할 일이었다. 재인의 부모는 울고 있었는데, 나는 이상하게 눈물이 나지 않아 죄송스러운 마음이었다. 아마, 지나치게 긴 연애의 까닭, 그리고 그 지글대던 불판에 연애의 남은 장작을 다 태운 까닭이었을 것이다. 넌 시력도 좋으면서 왜, 왜 하필 그 자리에서 치였어? 매일 눈 안 보이는 사람을 걱정하던 그 사거리에서. 왜 그날은, 뭐가 그렇게 급해서, 삼 초를 세지 않았어? 영정 앞에서 나는 두 손을 모으고 물었다. 재인에게 무언갈 묻는 것은 정말 오랜만이었는데, 답을 들을 수는 없었다. 발인을 마칠 때까지 매일 밤 재인의 아버지와 소주를 마시고, 나는 의왕의 자취방으로 돌아와 얼굴을 묻었다.

○

엄마와 아빠는 함께 일했다. 초등학생 언니 오빠들을 모아 놓고 영어와 수학을 가르치는 작은 교습소였다. 언니 오빠들이 학교에서 돌아온 뒤부터 수업을 시작할 수 있었으니 해가 떨어지고 어둠이 밀려온 후에도 한참이 지나서야 집에 돌아올 수가 있었다.

예전 집에 살 때엔 지루하고 무서워서 자주 그 교습소에 드나들며 엄마 아빠를 방해하곤 했는데, 이사를 오고 난 뒤엔 그럴 이유가 없었다. 아이와 매일 함께 놀았으니깐. 아이가 이 층에 올라오면 방바닥에 함께 누워 쥐와 바퀴벌레의 발소리를 듣고 키득댔다. 인형과 로봇을 가지고 오호홋, 하고 웃거나 피슝피슝 소리를 내며 놀았다. 내년에 입학할 초등학교에 혼자 구경 갔다가 병아리를 사 온 적도 있었다. 어머 세상에, 아직도 학교 앞에서 그런 걸 파니? 병아리가 담긴 비닐봉지를 들고 동네 어귀에 들어서자 할머니나 아줌마 아저씨들이 물었는데 그럴 때마다 봉지 안에서 삐약삐약 소리가 났다. 진짜 귀여워. 완전 노랗고. 엄청 부드러워. 나와 아이는 함께 그 조그만 공 같은, 혹은 털실 뭉치 같은 생명을 소중히 쓰다듬었는데 너무나 따뜻해서 해가 지는 줄도 몰랐다. 층계를 올라오며 두런두런 대화를 나누는 목소리가 들리자 아이가 얼른, 밖으로 뛰어나갔다. 어엇, 이게 뭔 병아리야! 엄마는 아이고, 금방 죽을 걸 왜 사 왔어, 불쌍하게, 하고 말했고 아빠는 병아리가 입만 열면 시끄럽다고 난리였다. 그러더니 상자에 담아 밖에 내놓으려 했다. 안 돼, 고양이가 채 간단 말이야! 내가 소리쳐도 소용이 없었는데 정말로 딱 한 시간 만에, 병아리는 사라졌다. 엉엉. 나는 아빠 때문이야, 아빠 때문이야, 하고 병아리가 사라진 담벼락에 붙어 엉엉 울었는데 나를 토닥이고 눈물을 닦아 주는 손은 엄마도 아빠도 아닌 아이의 손이었다.

함께 책을 읽는 날도 있었다. 엄마가 어느 아저씨에게 교습소를 살 때, 거기 있던 백과사전 한 질이었다. 그냥 가지슈. 아저씨의 말에 엄마는 좋아했는데 막상 펼쳐보고는 콧방귀를 뀌었다. 완전 오래된 책이다 얘, 이십 년은 된 것 같아. 정말로 그 책에선 아주아주 작은 갈색 벌레들이 기어 다녔고 묵은 종이 냄새가 많이 났다. 그걸 탈탈 털어 내고 펼쳐 아이와 함께 읽었다. 나는 책을 꽤나 잘 읽었고 그게 엄마의 자랑이었다. 아이에게 ㄱ부터 읽어 주었는데 ㄴ에 '나팔꽃'이 있었다. 오, 여기 봐. 내가 아이를 불렀다. 나팔꽃이 피기 전날 밤에 종이 고깔을 씌워 놓고 아침에 고깔을 벗기면 꽃이 피어나는 걸 바로 볼 수 있대. 와 대박. 나 그런 걸 본 적이 한 번도 없어. 나도, 나도. 우리 한번 해 보자. 나는 용돈을 들고 달려나가 동네의 문방구에서 나팔꽃 씨와 적당히 두꺼운 도화지를 사 왔다. 일 층과 이 층의 중간 즈음에 있는 화단에 나팔꽃 씨를 심고, 집에 올라와서는 도화지를 여러 조각으로 잘랐다. 잘 접어야 해. 우리는 빳빳한 도화지를 손톱을 세워 눌러 고깔을 여러 개 만들어 두었다.

저거 뭐니? 그날 밤 집에 돌아온 엄마가 물었을 때 난 그냥, 엄마, 건들지 마, 나중에 쓸 거야! 그리고 화단에 나팔꽃 씨 심었으니까 파 놓지 마! 라고 대답했다. 그러자 엄마는, 잘했네, 싹 나고 꽃대 올라가려면 줄기가 타고 갈 게 필요할 건데 그건 엄마가 마련해줄게, 했다.

싹이 나고 세워 놓은 기둥을 따라 줄기대가 자라고 봉오리가 올라올 즈음 아빠가 사라졌다.

□

모든 날들이, 별다를 것 없는 아침과 느리게 굴러가는 오후로 헐겁게 엉겨 있었다. 다들 견고한 블록으로 시간을 쌓는데 나 혼자 헐거워서 계속 떨어지는 걸까. 면접, 또 면접, 다시 면접. 떨어지고, 또 떨어지고, 다시 떨어졌다. 매일 취업알선 사이트를 뒤져 이름도 모를 여러 업체에 원서를 집어넣었다. 토익학원에 다녀오는 지하철에서 제약회사 임상실험 알바 광고를 보곤 핸드폰을 꺼내 문자를 넣었지만, 이미 정원이 다 찼다는 답변을 받았다. 와, 이것도 떨어지네. 어이가 없어 피식 웃음이 나왔다. 훗, 후훗, 하다가 입꼬리를 내리고 흠, 소리를 냈다. 흠, 소리를 내고는 지하철 손잡이를 잡고 몸을 길게 늘였다. 약을 먹은 듯 어지러웠다.

평촌역에서 내려 층계를 올라 나왔다. 눈앞엔 사거리. 사거리를 보면 재인을 떠올리지 않을 수가 없었다. 재인이 피를 흘리며 누워 있었을 서울의 그 사거리는, 아니지만. 그래서 온전한 사거리, 온건

한 풍경이었다. 그 풍경을 보며 발끝으로 보도블록을 툭, 툭, 쳤다. 인근의 대형 마트에서 나오는 사람들이 와글와글 지나갔고, 나만 제자리에 붙박여 있었다. 내겐 맘대로 사용할 수도 없는 삶이 있구나. 이제 재인은 그걸 얼른 써야만 한다고 자신을 재촉할 필요가 없겠지. 그렇게 생각하니 이상한 부러움과 요상한 배신감이 들기도, 했다. 아무것도 안 해도 되니 참 좋겠네. 혼자 취직에 성공하고 혼자 일하고 혼자 회식 다니고 하더니…… 혼자 그렇게 해방되어 버리고 나만 남겨 둔단 말인가. 이것이 죽은 여자친구에 대해 가질 법한 감정인가 의구심이 들다가도, 밀려드는 그것에는 어쩔 도리가 없었다.

밖에 나오면 다 돈이야. 가장 싼 커피를 파는 카페를 골라 아메리카노를 시키곤 테이블에 앉았다. 학원비, 교통비, 커피 값. 토익 단어장을 펼쳐들고 열심히 따라 쓰며 혀를 굴렸다. conglomerate, 거대 기업, 간절히 가고 싶은 곳. trustee, 임원, 나를 떨어뜨리는 사람들. demote, 강등시키다, 세상이 내 삶에 저지르는 짓. be in the red, 적자이다, 내 하루하루의 값. deadlock, 막다름, 자꾸만 성큼 다가오는 것…… 투명한 사전적 의미에 덕지덕지 삶의 더께를 발라 칙칙하게 만들었다. 이 단어들이 본드나 실리콘처럼 내 하루의 헐거움을 단단히 붙여 줄 수 있을까. 볼펜에 잉크가 없어, 자꾸만 글씨가 뚝, 뚝, 끊겼다. 아…… 땅이 꺼져라 한숨을 쉬었다. 차라리 진짜 지금 이 순간 이 카페가 아래로 푹 꺼졌으면, 하고 바라기도 했다. 볼펜을 사야 한다. 또 돈이다.

세 시간 정도 앉아 있다 종업원의 눈치를 보며 일어났다. 볼펜을 산 후 방에 들어와, 옷을 훌훌 벗고 팬티 바람으로 책상에 앉았다. 너도 알잖냐, 인마. 집에 오면 공부라는 걸 할 수 없잖아. 중학생 때부터 알고 있던 사실인데, 너는 왜 너 자신을 너무 믿는 거냐, 매일같이. 나는 컴퓨터를 켜고, 하릴없이 연예 기사를 보고 예능 클립을 좀 보고 게임도 좀 하고, 하다가, 적당히 잘 시간이 된 것 같아 이불을 펴고 그 안에 기어들어 갔다.

○

나는 이 층에서, 골목에 세워 놓은 채 움직이지 않는 아빠의 봉고차를 바라보았다. 서울로 이사 오기 전, 엄마 아빠가 대전에서 교습소를 할 때 언니 오빠들을 집에 데려다주기 위해 샀던 봉고차였다. 거기로 언니 오빠들이 폴짝폴짝 뛰어오르고 펄쩍펄쩍 내리곤 했었다. 이삿짐센터를 뭘 불러, 버릴 건 버리고 나머지는 여기 다 싣고 갑시다. 그렇게 맨몸으로 이사를 왔다. 서울 간다, 우아 서울 간다, 하고 노래를 부르던 나를 싣고 엉금엉금 고속도로 위를 기던 그 봉고차. 그 위로 드리워진 감나무에서 다 익은 감이 뚝, 뚝, 떨어져 터지며 움직이지 않는 봉고차 지붕을 주황빛으로 물들였다. 감 진짜 맛있겠다. 나는 입맛을 다셨는데 일 층 집에선 그 맛있게 생긴 감을 따서 먹을 생각도 않았다. 내가 따서 먹으면 안 될까⋯⋯ 그런 말을 할 때마다 옆에 있던 아이는, 아쉽다, 내가 살아 있었으면 우리 엄마한테 얘기해서 둘이 같이 먹었을 텐데, 하고 말했다. 그런 말이 참 고마웠다. 역시 착한 애였다. 처음 만난 날부터 알 수 있었다니깐.

엄마는 자주 울며 내 입을 손으로 막았다. 소리 내지 마, 일 층에 들린단 말이야. 항상 소곤소곤 말했는데 얼마나 더 작게 말하란 건지 통 이해가 되지 않았다. 언젠가는, 느지막이 돌아와 저녁을 준비하며 도마에 칼질을 했다. 내 목소리보다 오백 배는 크게 울리는 칼질이었다. 그 칼질 사이사이로 엄마의 혼잣말이 들렸다. 모진 사람…… 짐승 같은…… 치어 놓고 도망간…… 이나, 어떻게 이런…… 왜 이런 일이…… 같은 것들이 띄엄띄엄 들렸다. 엄마, 뭐라고? 하고 외치고 싶었는데 큰 소리를 내면 안 된다는 말이 생각나 얼른 입을 막았다. 무슨 말인지 더 자세히 듣고 싶었는데, 이해가 잘 되지 않았다.

엄마가 혼자 출근하고 조금 지나면 아이가 올라왔다. 이제 거의 다 자랐어. 하루가 다르게 커지는 봉오리를 보며 아이는, 때가 되었군, 하고 같이 보던 만화의 대사를 흉내 내었다. 내년엔 학교 가겠네. 그럼 오전엔 나 혼자 놀아야 하겠네, 아아, 생각만 해도 심심하다…… 하고 말하기도 했다. 학교 끝나면 진짜 전속력으로 뛰어서 올게. 내 말에 아이는, 너는 여덟 살이고 나는 계속 일곱 살인데, 네가 나랑 놀아 줄까? 하고 뾰로통해했다. 아냐, 음, 학교에서 배운 걸 내가 알려 줄게. 여덟 살이랑 똑같이 배우면 여덟 살이나 마찬가지지 뭐. 내 말에도 아이는 기분이 좋아질 기미가 없었다. 네가 학교에서 친구들 많이 사귀면…… 그래서 나랑 노는 것보다 그 친구들이랑 노는 게 더 좋아서 집에도 늦게 오고, 또 네 친구들 여기 초대하고, 그러면 어떡해. 그럴까 봐 무서운데. 나는 야! 하고는 팔을 벌려 그 목을 꼭 껴안았다. 왜 일어나지도 않은 일을 먼저 걱정하고 그래. 그리고 걔네들 중 누구도 나랑 병아리 만져 본 적 없어. 나팔꽃 심어 본 적도 없고. 넌 내 베프야. 베프. 베프 소리를 듣고 나서야, 아이는 마음이 조금 누그러진 것 같았다.

□

한 게 없으니 누워도 잠이 오지 않았다. 재인이 전화하던 시간은 한참 지나 있었다. 그 사거리에선 아직도 수많은 차들이 서로 악다구니를 쓰며, 횡단보도에 발을 딛는 사람을 못 본 체할 것이었다. 재인이 투덜거릴 땐 그렇게 잠이 잘 오더니, 자정을 훌쩍 넘겼는데도 머리가 말똥말똥했다.

잠이 안 오니 자기소개서나 고쳐야겠다고 생각하며 이불에서 다시 나와 컴퓨터를 켰다. 껌벅이는 커서의 속도에 맞춰 숨을 들이쉬고 내쉬다, 사실 나에 대한 소개는, 재인이 가장 잘할 텐데, 하고 생각했다. 칠 년의 세월 동안 나의 손을 잡고 내 옆에서 나의 얼굴을 보아주던 사람. 나와 가장 많은 대화를 하고 가장 많은 음식을 먹고 가장 많이 술을 마시고 또 가장 내밀한 곳까지 알던…… 어느 거죽이나 허울도 걸치지 않은 채 알몸으로 서 있는 나를 세상에서 가장 많이 보았을…… 그 재인.

참 잠을 잘 자는 애였는데. 재인에 대해 생각했다. 어디서든 쉽게 곯아떨어지는. 강의실에서도 카페에서도 지하철에서도 버스에서도, 눈만 감으면 오 초 안에 잠이 들곤 했다. 진짜 신기하다. 나는 매일 감탄했었다. 자, 나 눈 잠깐만 붙일게, 하면 요이, 땅! 하는 것처럼 고개가 픽 쓰러져 내 어깨에 얹혔다. 그러고는 쌕쌕거리는 숨소리가 들려왔다.

그렇게 잠을 잘 잤으니 그만큼 나도 잘 재웠나 봐, 하는 생각이 들었다. 오빠, 내 말 듣고 있어? 재인은 그날 하루 있었던 일을 미주알고주알 이야기하다가 내가 대답이 없으면 외쳤는데 그럴 때마다 나는 응, 으으응, 하고 정신을 차리곤 듣고 있어, 하고 대답했다. 뻥치지 마. 잠들 뻔했지? 눈에 선하다. 그러고는, 오빠 나 이제 집에 거의 다 왔으니까, 조금만 참아 줘. 알겠지? 하고 말하기도 했고, 아니 역에서 집까지 걸어가는 데 십오 분이야. 겨우 십오 분 동안 얘기 들어 주는 건데 그게 그렇게 지루해? 하고 서운한 맘을 표하기도 했다. 재인에겐 매일을 마무리하는 의식 같았던 그 통화가 내겐 지겹고, 귀찮기도 했었다. 사실 그랬는데, 재인의 전화가 없으니, 하루하루 통 잠이 오지 않는 것이었다. 꿈도 꾸지 않으며 깊은 잠을 자던 날이 언제인가, 기억조차 나지 않았다. 그러게, 있을 때 잘하라니깐! 하는 카랑카랑한 목소리가 귀에 들리는 것만 같았다.

그 목소리가 자주 하던 말도, 생각났다. 자신이 거기서 죽을 줄 꿈에도 모르고 하던 말.

여기 진짜 위험해, 시간만 있으면 민원 넣고 싶다니까.

○

꽃이 피기 전날 아이와 함께 고깔을 씌웠다. 맘이 콩닥콩닥했다.

다른 아이들처럼 스마트폰이 있다면 그걸 찍을 수도 있을 텐데. 엄마의 스마트폰을 빌릴 수도 있겠지만, 엄마가 있으면 아이는 불편해하니깐, 아이를 위해서 눈에만 담기로 했다. 내일 아침 일찍 올라와. 엄마가 아침밥 하는 사이에 같이 화단 가서 꽃 피는 거 보자. 내 말에 아이는, 신난다 신나! 하고 손을 높이 들어 뛰었다.

이불을 덮은 배를 토닥이는 엄마의 손을 느끼며 잠이 들었는데, 희미하게 새벽꿈을 꾸는 사이로 뭔가가 깨지고 터지는 소리가 들렸다. 와장창, 쿵쿵, 뚜욱 뚝, 그리고 고함 소리와 울음소리. 항상 조용하던 우리 집에서, 온갖 소리가 나고 있었다.

벌떡 일어나 눈을 떴다. 아이의 부모를 보았다. 일 층 주인집 부부. 한 번도 이 층에 올라온 적이 없던, 길이나 시장에서 마주쳐 안녕하세요, 하고 꾸벅 인사를 하면 으응, 하고 고개를 숙인 후 그때마다 눈가가 촉촉이 젖던, 그래서 인사를 하기도 미안했던, 그 부부. 그 부부가 우리 집의 모든 세간살이를 던져 부수고 있었다. 상을 던지고, 티브이를 던지고, 엄마가 매일 교재를 편집하는 낡은 컴퓨터와, 그 옆의 프린터를 던지고, 부엌에 있던 칼을 들어 장롱을 쑤시고 있었다. 내가 잠을 자던 이불만 멀쩡히, 전혀 상관없이 안전하게 동그마니 남아 있었다. 솜이불이 내 몸에서 스르륵 미끄러져 내려가 내복 차림의 나를 그대로 드러냈다. 나는 장롱을 칼로 긋던 일 층 아줌마의 등을 바라보았는데, 고개를 휙 돌린 아줌마의 눈에선, 눈물이 쉴 새 없이 터져 나오고 있었다. 그리고 깨진 프린터와 터진 잉크를 밟아 검은 발자국을 내는 아저씨를 보았는데, 아저씨도 울고 있었다.

그만하시라며, 애 아빠는 이미 젖값을 받으러 들어갔지 않느냐며, 잘못했다며 무릎을 꿇고 비는 엄마도 보았다. 한없이 늘어난 추리닝을 입고 있어서, 무릎을 꿇고 있는데도 추리닝이 한참 남아 흐물거리고 있었다. 엄마도, 울고 있었다.

그리고 구석에 웅크리고 서 있는 아이를 보았다.

나는 달려가 아이의 손을 잡았다. 내복밖에 입고 있지 않은 모습은 한 번도 보여 준 적이 없었는데, 부끄럽단 생각은 들지 않았다. 키 큰 어른들은 소리를 지르고 물건을 부수고 주저앉아 울었다. 그 악다구니 사이에서, 일곱 살짜리 꼬마, 작은 내가 벗어나기는 어렵지 않았다. 꽃이 피는 걸 봐야 하잖아, 보기로 했잖아. 아이가 내 손에 끌려왔는데, 그 속도가 느렸다. 자전거를 잘 탄다던 말만큼이나, 잽싼 아이였는데, 걸음이 한없이 더뎠다. 나와, 나와, 빨리 나와. 얼른 봐야 하잖아. 억지로 억지로 손을 잡아끌어, 화단 앞에 섰다.

눈앞이 어지러웠다. 같이하는 거야. 잡은 손을 놓지 않고, 반대편 손으로 고깔을 잡았다. 얼른, 빨리, 빨리 잡아. 아이의 작은 손가락이, 내가 잡은 고깔 위에 얹혔다. 하나, 둘, 셋, 하면 잡아당기는 거야. 하나, 둘, 하는데 옆에서 젖은 숨을 삼키는 소리가 들렸다. 세엣! 고깔을 잡아당겼다.

고깔에 눌려 있던 분홍색 보라색 꽃잎이 하얀 햇살을 받으며 기지개를 켜듯, 새로 태어나듯 빠르게 피어올랐다. 꽃이 핀다, 핀다! 생각했던 것보다, 상상했던 것보다 더 빠르고 더욱 예뻤다. 너무 예쁘다, 예뻐! 숨이 막혀 발을 동동 굴렀다. 이렇게 예쁜 건 정말 처음이야! 나팔꽃 씨를 심길 잘했어! 이런 건 정말 처음 봐! 우리가 같이 해낸 거야, 그치!

외치며 고개를 돌려 아이를 봤을 때, 아이의 뭉개진 볼에는 눈물이 줄줄 흐르고 있었다.

□

재인의 시간은 그 사거리에 움푹 고여 흐를 수 없게 되었고 나의 시간만이 유속을 가진다. 민원은 어디에다 넣어야 하는 거지. 잠시 고민했지만 그걸 기다려 줄 만큼 인터넷 속도는, 하염없이 느렸다. 나의 시간만이 유속을 가진다. 인터넷 강국 대한민국, 왜 이래 이거. 낡은 컴퓨터 탓임을 알면서도, 자꾸 세상 타령을 했다.

민원 게시판에 이르러 나는 천천히 키보드를 두드렸다. 그 사거리에 대해서. 눈이 보이지 않는 사람을 걱정하게 만드는 그 사거리에 대해서. 횡단보도에 발을 딛는 사람을 애써 보지 않는 차들에 대해서. 그 빠름, 빠르고자 하는 마음, 빠르게 흘러야만 하는 삶에 대해서. 거기 고여 흐를 수 없게 된 시간에 대해서. 재인의 시간에 대해서. 재인이 누워 삶을 흘린 그 사거리…… 그 사거리에 대해서, 썼다. 거의 이 년 만에, 자기소개서가 아닌 글을 쓰기 시작했다. 너의 시간이 고여 흐를 수 없다면, 그러면 내가 지구를 기울여 줄게. 헐거운 나라도 괜찮다면, 이런 나라도 해낼 수 있다면, 견고한 지구를 기울여 줄게…… 그런 생각을 하며, 한 자 한 자 적어 내렸다. 오랜만에 쓰는 글이라, 속도는 더뎠다.

○

그리고 그때 나도, 내가 울고 있다는 것을 깨달았다.

□

쓰고 지우고 다시 썼다. 창밖으로 동이 터 올 때까지.

내가 만든 여자들

임 차장님을 유심하게 관찰하게 된 것은 차장님이 알아채기보다도 훨씬 전의 일이었어요. 제가 촉이 좀 좋거든요. 나사가 빠졌거나, 어딘가 어귀가 살짝 어긋나 보이는 사람들을 빠르게 알아보죠. 남들이랑은 좀 다른데, 이질적인 존재인데, 집에 가면 뭔가 희한한 짓거리를 할 것 같은데 밖에서는 멀쩡한 척하는 사람들 있죠. 차장님이 그런 존재였어요.

처음 차장님이 이상하다고 생각하게 된 것은, 손가락 끝 때문이었어요. 회식 자리였고 아마 2차였나 봐요. 참, 1차는 무슨 희한한 스시집 같은 데서 했어요. 소주 한 병에 만오천 원이었나. 기모노 같은 걸 입은 종업원분이 종종걸음으로 들어와 무릎을 꿇곤 그릇을 하나둘씩, 스시를 한 점 한 점 세팅해 주는 곳이었어요. 어떻게 하면 그렇게 손님 맘 불편하게 서빙을 할 수 있는지 몰라요. 그런데 단골이라는 부장은, 참 멀쩡하게 종업원 엉덩이를 탁탁, 두 번 두들기더라고요. 아주 익숙하게, 많이 그래 왔다는 듯이. 기가 막혔는데 어쩌겠어요. 내 엉덩이를 두들긴 것도 아니고, 내가 부장한테 뭐라 할 수 있는 것도 아니며, 내 돈 내고 소주 한 병에 만오천 원 하는 스시집에 올 수 있겠냐고요. 그냥 닥치고 먹었죠.

우리 부서는, 차장님 포함해서 절반은 여자거든요. 다들 소태 씹은 표정으로 부장이 종업원 엉덩이를 때리는 꼬락서니를 흘끗 곁눈질했죠. 근데 뭔 말을 할 수 있겠어요.

아, 무슨 얘기 하다 여기까지 왔지. 아, 2차 회식! 2차는 호프집에서 했어요. 다행이었죠. 훨씬 마음도 몸도 편했어요. 스시집에서보다 다들 말이 많아졌죠. 목소리 톤도 높아지고, 얼굴이 다들 벌게지고 깔깔 웃고. 부장이 술을 많이 마셔서 꾸벅꾸벅 조니까, 우리끼리는 더 많은 얘길 할 수 있었죠. 별 얘기 다 했네요. 연예인 얘기도 하고, 영화 얘기도 하고, 뭐 연애 얘기도 가끔은 하고요.

그때 차장님이 화장실에 다녀온 거죠. "희연 씨, 잠시만요. 나 화장실 좀." 제가 통로 쪽에 앉아 있어서, 차장님이 나갈 수 있도록 잠시 일어서서 비켜 주었어요. 차장님은 파우치 하나를 들고 나갔는데, 그러고는 퍽 오랫동안 돌아오지 않았죠. 한 20분 넘게? 그사이 부장은 잠이 깨 버렸고요. 나 참. "임 차장 어디 갔어?" 부장의 물음에 저는 "차장님 화장실 가셨어요."라고 말했고, "뭐야? 언제 오는 건데. 토하는 거 아니야?" "아니요, 차장님 멀쩡하셨는데요." "누구랑 통화 같은 거 하시는 거 아닐까요?" "임 차장 개가 통화할 데가 어디 있어. 독거할멈이지." 같은 말들이 그 후 테이블 위를 핑퐁핑퐁 오갔어요.

마침 그때쯤 차장님이 들어왔어요. "뭐야, 토라도 했어?" 부장의 말에도 차장님은 그저, "죄송해요 부장님. 좀 오래 걸렸어요."라는 말만 하며 파우치를 손에 단단히 들고 제가 자리를 비켜 주길 기다렸어요. 슬금슬금 엉덩이로 걸으며 자리를 비키다가, 저는 차장님의 손끝을 보고 말았는데요.

손끝에 그런 게 있었어요.
검은 머리카락 몇 올이 달린 살가죽 같은 게요.
그 작은 조각이, 차장님의 손가락 끝에 달랑달랑 매달려 있었죠.

손톱 밑은 김장한 것마냥 약간 벌건 주황색으로 물들어 있었고요.
그러고 보니 파우치도 아까보다 불룩해져 있었어요.

숨이 딸깍 넘어갈 것 같았는데 그 자리에서 비명을 지를 수도 없고, 머리를 도리도리 흔든 후 다시 봤더니 그새 살살 털어 냈는지, 손가락 끝은 아무것도 없이 멀쩡하더라고요.
그래도 손톱 밑은 아직 주황색이었어요.
내가 잘못 본 것은 아니었던 거죠.

어디서 손톱 세우고 싸움박질이라도 했던 걸까, 화장실에서 치한이라도 만난 걸까, 치한의 얼굴을 냅다 할퀴어 버린 건 아닌가, 머리끄덩이를 잡고 내동댕이친 건가, 궁금해 미칠 지경이어서 결국 술이 다 깨 버렸어요.
근데 물어보진 못한 기억이 나네요. 그땐 차장님을 그렇게 잘 알

때가 아니었거든요. 그리고 차장님한테 그런 걸 물어보기엔, 전 너무 햇병아리 신입이었고요.

차장님 이름은 임소진. 한 서른여섯 살 정도 되었어요. 본가도 나름 잘산다는 소문은 익히 들어 알고 있었죠. 일도 따박따박 잘해서 인정받아요. 능력치로만 따지면 대부분의 부장들을 압살할 걸요. 아마 이 회사 최초로 여자 부장이 생긴다면 무조건 차장님이 될 거예요. 우리 모두 그렇게 생각해요.

근데 사실, 롤 모델 같은 건 딱히 아니라는 생각도, 그 당시엔 들었어요. 너무 무서워서요. 사람이 좀 따뜻한 맛도 있고 해야 하는데, 차갑기가 이루 말할 데가 없었어요. 실수 한 번이라도 하는 날엔 불호령이 떨어졌죠. "저러니까 시집 못 가고 여태 혼자 생활하지." 남자들이 1층 로비 밖에서 담배 피우며 쑥덕대는 걸 전 뒤에서 여러 번 들었어요. "사이클이라니까. 성격 더러우니까 인기 떨어지고, 인기 떨어지니까 성격 더 더러워지고. 여자가 성질만 드세서, 일 잘한다고 존나 거들먹거리고. 평생 혼자 늙겠지." 낄낄대는 소리가 담배 연기에 섞여 날아갈 때, 제가 할 수 있는 거라곤 못 들은 척 커피를 쪽쪽 빨며 종종걸음을 쳐서 건물 안에 들어오는 것뿐이었죠. 참 여러 가지 생각이 들었던 것 같아요. 차장님이 안됐기도 하고, 그렇게 뒤에서 호박씨 까는 사람들이 재수 없기도 했는데, 또 생각해 보면 차장님이 참 무섭기도 해서, 아, 조금이라도 부드러워지시면 안 될까, 하는 안타까운 생각도 들었고요.

그런데 제가 그런 생각을 해 봤자 뭐 했겠어요. 제가 어떻게 그런 말을 차장님께 하겠어요?

저는 스물셋. 2년제 졸업하고 1년 이리저리 인턴이며 뭐며 뛰다가 간신히 입사한 초짜 중의 초짜, 막내 중의 막내, 아주 밑바닥 신입일 뿐인데요.

그냥 죽어라 "네에, 네에." 하고 구르는 수밖에 없죠. 차장님에게도, 남자들에게도, 부장에게도.

그래도 언젠간, 저도 차장님처럼 인정받는 여자가 되고 싶긴 하다고, 그런 생각을 했었죠.

* * *

그날, 불룩해진 파우치와 주황빛 손톱 끝을 본 그날부터 저는 차장님을 유심히 관찰하기 시작했어요. 힐끔힐끔 쳐다보기엔 너무 무섭고 차장님이 귀신같이 알아차리실 것 같아서, 차라리 대담해지기로 했죠. 제가 또 잔머리 하난 끝내주게 좋거든요.

차장님을 롤 모델로 삼아 졸졸 쫓아다니는 신입 여사원. 그게 제가 설정한 캐릭터죠. 괜찮지 않나요? 대놓고 바라보기 딱 좋은 설정이잖아요.

"차장님, 진짜 멋있으세요." 휴식 시간이면 밖에 나가 커피를 사와 가지곤 차장님 책상에 내려놓으며 말했어요. 발을 동동 구르는 모션도 가끔 하죠. 손을 가슴팍에 모으고. "정말로요, 차장님이 제 워너비예요. 저도 꼭 차장님처럼 될 거예요. 진짜 열심히 할게요.

많이 가르쳐 주세요.” 그러면 돌아오는 대답은 언제나 똑같았죠. “희연 씨, 이런 거 사 오지 마세요. 내 커피는 내가 사 마셔요.” 그래도 그런 철벽에 무너질 제가 아니었죠. 그리고 사실 그 커피는, 나름대로의 죄책감을 덜어 내기 위한 방법이기도 했어요. 누군가의 일거수일투족을 감시한다는 게, 썩 좋아 보이거나 마음 내키는 일은 아니잖아요? 그러니까 제 딴에는, 사과를 그걸로 한 거였죠. 차장님은 전혀 모르겠지, 라고 나는 생각했었는데 참 지금 떠올려 보니 웃기네요.

당연히 저를 곱지 않게 바라보는 사람들도 많아졌죠. “어린 게 말이야, 발랑 까져 가지고.” 같이 들어온 4년제 대학 졸업한 남자 신입이 담배 피우다, 커피를 사 들고 들어오는 제 발치에 침을 탁 뱉던 일도 있었어요. “오희연 너 그래 봤자 뭐라도 될 것 같냐? 나중에 그냥 팽이야.” 기분 나쁘기도 했는데, 차장님을 감시하고 있다고 솔직하게 털어놓을 순 없는 노릇 아니었겠어요? 그냥 무시했어요. 물론 속으로 반야심경을 구십 번쯤 외우긴 했지만요. 저 어렸을 때 절에 다니고 수계도 받아서, 반야심경 하난 아직까지도 외우고 있거든요. ‘마하반야바라밀다심경 관자재보살 행심반야바라밀다시……’ 이하 생략. 그것도 제대로 못 외울 돌머리 주제에, 경쟁심 하난 엄청 세. 4년제 졸 남자라고 연봉도 나보다 많이 받으면서 뭘 그렇게 미워하지? 너 그렇게 담배 피우다 머리 더 나빠진다, 야.

여직원들 중에서도 가끔 제 행동을 의아해하거나 경계하는 사람들이 있었어요. 근데 논리적으로 생각해 보세요. 그게 질투로 이어질 수는 없어요. 차장님이 커피 백 잔 받아 마신다고 해서 저를 편애할 사람이라고는 그 누구도 생각지 않거든요. 여사원들은 그냥, 퇴근 후 소소하게 맥주 마시면서, "열리지도 않을 문 두드리는 거 아냐?"라거나, "부장이 지금 기분 나빠하는 거 안 느껴져? 자기한텐 절대 안 그러면서 차장님한테만 그런다고. 조심해." 같은 조언들을 해 주는 편이었죠. 그럼 전 맥주 벌컥벌컥 마시고, 캬아 소리 내면서, "그냥 차장님이 너무 좋아서 그래. 팬심이야, 팬심."이라고 대답했죠.

차장님을 유심히 관찰하다 보니 확실히 그런 게 보였어요. 화장실. 화장실에 가실 때마다 파우치를 들고 가셨고, 돌아오실 때마다 그게 불룩해졌어요. 손톱 끝이 물들거나 하는 일은 다신 일어나지 않았어요. 아마 호프집에서는 좀 취하셔서 정리를 못 하셨나. 근데 너무 희한하죠? 만약 생리를 하시는 중이었다면 파우치가 홀쭉해져야죠. 패드를 썼을 테니까. 화장을 고치러 가신 거였다면 그대로여야죠. 왜 불룩해져요? 아무리 머리를 굴려도 영 미스터리였어요.

그렇게 한 달 반을, 보기만 했죠. 월급 도둑은 아니에요. 일 열심히 하면서 봤어요.

그러다 드디어, 기회가 왔던 거예요.

* * *

점심시간이었죠. 그날따라 희한하게 배가 너무 아픈 거예요. 배란통인가 싶었어요. 저는 원래 배란통이 엄청 심하거든요. 생리통보다 더. 이거 조절하려고 피임약도 먹고 또 한약도 먹고 별짓 다 했는데, 소용이 없었죠. 그냥 배란일쯤 되면 배 움켜쥐고 진통제 여섯, 일곱 알씩 먹으면서 참는 거예요. 신입 병아리 주제에 연가를 어떻게 써요. 그냥 빨리 연가 쓸 수 있는 짬이라도 되었으면 좋겠다 싶어요, 정말.

어쨌든 그래서, "저는 오늘 몸이 좀 안 좋아서, 안 먹고 사무실에서 쉴게요."라고 했죠. 제일 눈치 없는 놈 하나가 "어디가 안 좋은데?"라고 묻기에, "배란통이다, 이 쌍놈의 새끼야!"라고는 절대 못 하고 그냥, "아침 먹은 게 체한 것 같아서……"라고 할 뿐이었죠. 배를 움켜쥐고 있으니 뭐, 할 수 있는 변명이 그거 말고 또 있겠어요?

어쨌든 그렇게 사람들이 우르르 떠나고 저 혼자 남았는데, 세상에.

차장님 책상 서랍이 진짜 아주 조금, 요만큼, 한 이 센티나 되려나, 그 정도 열려 있었는데, 고 사이로 삐죽, 나와 있는 거예요. 아주아주 삐죽하게요.

파우치 지퍼 손잡이가요!

제 자리에서 일어나 살금살금 차장님 책상으로 걸어갔어요. 머릿속에선 온갖 탐정만화나 추리소설들의 장면들이 뒤섞여 휘몰아쳤죠. 코난이나 셜록 홈스, 애거사 크리스티 같은 것들. 걸으면서도 내내 천장이며 출입문을 힐끔거렸어요. 사무실 내부에 CCTV

가 없는 것은 알고 있어요. 제가 들어오기 한 삼 년 전까지만 해도 있었는데 차장님이 인권 침해라고 문제 제기를 해서 없어졌단 얘길 들었거든요. 입구에만 남겨 놓았다고. 차장님은 삼 년 후에 이오희연이 그걸 믿고 자기 서랍을 뒤지리라곤 아마 상상도 못 하셨겠지만요. 출입문도 반투명 유리라 다행이었어요. 누구 그림자라도 어른거리면 바로 도망치고 얼굴빛 싹 바꿔야지, 책상으로 살금살금 가는 내내 그런 시뮬레이션을 엄청 돌렸다니깐요. 머리가 팽팽 돌아갔어요.

서랍에 이르러서도 바로 열어 보지 않고 한동안 꼼꼼하게 주위를 살폈어요. 혹시 모르잖아요. 머리카락 같은 거라도 걸쳐 놓으셨을지. 소설 읽어 보면 그런 거 많이 나오잖아요. 노트에 머리카락 잘 안 보이게 걸어 놓고, 나중에 돌아와서 그거 없어지면 "아 누가 읽었구나." 하고 꼬리 잡고, 그러는 거…… 그런데, 요모조모 살펴봐도 그런 장치는 보이지 않았어요. 그래서 살포시 서랍을 열고, 파우치가 놓인 각도만 사진 찍듯 찰칵찰칵, 머릿속에 기억해 두었죠. 고대로 다시 놓아야 하니깐.

손이 어찌나 부들부들 떨리던지. 어찌나 초콜릿 생각이 간절하게 나던지! 파우치를 들어서, 아니 왜 이렇게 묵직해, 하는 생각을 하면서, 손가락을 지퍼 손잡이에 가져다 대고, 지이이이익 소리 내며 열 때까지, 침도 못 삼켜서 입에 흥건히 고였어요.

파우치 안에 뭐가 있었냐면요.

아, 진짜 지금 생각해도 제가 그걸 안 떨어뜨린 게 정말 용하죠. 저 아무래도 담력 하난 끝내주는 것 같아요. 아니면 악력이 기가 막히게 좋든가.

뭐가 있었냐, 하면요.

미끄덩한 눈알 두 개랑, 잘린 손가락 세 개가 있었어요.

엄지 두 개랑, 검지 하나.

너무 놀라서 파우치 놓을 각도를 잊어 먹었어요.

* * *

임소진: 희연 씨.
오희연: 네. 차장님?
임소진: 지금 급한 일 없으면 잠깐만 내 자리로 오세요.

"희연 씨, 내 서랍 건드렸어요?"
"네?"
"이런 의심해서 미안해요. 그런데 점심시간에 희연 씨 혼자 사무실에 남아 있었잖아요. 누가 내 서랍을 건드렸어요."
"아니요, 차장님."

"없어진 것도 없고, 어디에다도 얘기 안 할 거예요. 정말 어디에다가도 말 안 해요. 그러니까 솔직하게 말해 줘요. 내 서랍, 열어 봤어요?"

"……"

"정말 약속해요. 누구한테도 말 안 해요. 책임 안 물어요. 본인이 뭐 봤는지 희연 씨가 다른 사람들한테 얘기만 안 했으면 다 용서할게요."

"얘기 안 했어요……"

"파우치 안도 봤죠?"

"아무한테도 말 안 했어요, 차장님……"

* * *

차장님 집에 들어서는 순간 정신이 쏙 빠져 버리는 줄 알았어요. 눈알이 팽글팽글 돌더라고요. 이런 집에서 어떻게 미치지 않고 살 수 있는지. 어떻게 그렇게 냉정하고 자로 잰 듯한 행동만 할 수 있는지. 아니, 이런 집에 살아서 그런 게 가능한 걸까?

신발을 벗고 현관 중문을 여는 순간 보이는 건 온통 신문지였어요. 신문지, 신문지, 신문지. 원래 벽지가 무슨 색이었는지 보이지 않을 정도로, 사방에 신문지가 붙어 있었죠. 가끔은 인터넷 기사를 프린트한 A_4용지도 있었어요. 바닥 한구석에도 신문이 수북하게 쌓여 있었어요. 한구석엔 이미 읽은 거, 다른 구석엔 아직 안 읽은 거.

"무슨 내용인지, 한번 훽 둘러봐요, 희연 씨. 난 커피 내리고 있을 테니까."

어찌할 바를 몰라 발만 동동 구르고 있으려니 차장님이 이렇게 말씀하시곤 부엌으로 쓱 사라지셨어요. 저는 잠시 머뭇대다가, 소파에 양 무릎을 꿇고 앉아서, 소파 위의 벽에 붙어 있는 신문지부터 천천히 읽기 시작했어요.

다 내려진 커피를 차장님이 들고 오실 때쯤 저는 스탠드형 에어컨 옆에 쪼그려 앉아 그쪽 벽에 붙은 기사를 읽고 있었어요.

"뜨거우니 조심해요. 뭔지 대강 알겠어요?"

제 손에 작은 커피 잔을 차장님이 들려 주셨는데, 제 손이 덜덜 떨리니까, 차장님이 얼른 다시 뺏어서 거실 탁자에 놓아 두셨죠.

"성폭행이네요…… 다."

"맞아요. 잘 봤네요, 희연 씨. 그럼 일단 소파에 앉아요. 카페인이 좀 필요할 거예요. 그리고 희연 씨, 커피 안 사도 된다니깐. 마셔 보면 알게 될 거예요. 그렇게 맛없는 걸 매일 사 오면 어떡해요. 사람 난감하게."

그런 커피는 처음이었어요. 전 막 바리스타들이 뭐 꽃향기가 난다거나, 초콜릿 맛을 품었다거나, 볶은 견과류의 고소함이 감돈다거나 이렇게 커피를 평가하는 걸 하나도 안 믿었거든요. 그냥 쓰거나 시기만 한데? 난 잠 깨려고 먹는 건데? 아니면 입안 텁텁할 때 마시거나. 커피는 저한테 그냥 습관이었죠. 아침에 일어나면 물 한 잔 마시는 것처럼.

그런데 차장님네 커피는 정말 다른 거예요. 되게 죄송했죠. 아 내가 진짜 맛없는 것만 사서 차장님을 힘들게 해 드렸구나…… 정말 날 후려치지 않으신 게 다행이다 싶을 정도로 차원이 다른 향과 맛이었어요.

제가 왜 이렇게 쓸데없고 맥락도 없는 커피 얘길 줄줄 하냐면, 그다음에 진짜 놀라운 일이 일어났거든요. 조금이라도 마음을 가다듬고 이야기하려고 이러는 거예요.

그냥 이런저런 회사 얘기 하면서 커피를 다 마셨어요. "왜 성폭행 기사를 이렇게 스크랩해 놓으신 거예요?"라는 질문이 혀끝까지 나왔는데 다시 목구멍 안으로 밀어 넣었죠. 사람이 급하면 안 되잖아요. 급하면 넘어져요. 말씀해 주실 때까지 기다리려고 했어요.

급해서 카페인도 없이 그 현장을 봤더라면 기절했을 거예요.

커피를 다 마시니까 차장님이, "우리 그럼 이제 작은방으로 가요."라고 하셨어요.

"숨 크게 들이쉬고, 눈 번쩍 뜨고, 마음 굳게 먹고 가요, 희연 씨."

* * *

작은방엔 사람이 있었어요.

진짜 사람 말고요…… 아니, 진짜 사람인가…… 아닌가……

만들어지는 도중인 사람이 있었어요.

아직 손가락 두 개랑 코가 없었어요. 머리카락도 절반밖엔 없었고.

알몸뚱이라 가슴 모양이나 성기는 볼 수 있었죠. 여자였어요.

구석엔 피가 가득 담긴 비닐 파우치가 산더미.

* * *

"나도 누군가한테 배운 거예요, 이거.

나 대학 신입생 때 남자 동아리 선배한테 당한 적 있어요. 술 마시고 정신 잃었다가, 깨어 보니까 시멘트 바닥에 누워서 그 무겁고 뚱뚱한 몸뚱어리에 깔려 있더라고요. 아무한테도 말할 수가 없었어요. 요샛말로 '인싸'였거든, 그 사람. 나 같은 신입이 딴지 걸 수 없는 선배였어요. 아마 말했으면 나만 매장당했을 거예요.

그러다 무슨 문화센터인가에서 글쓰기 강의를 들었죠. 스물세 살 때였나. 글은 잘 못 쓰는데 그냥, 학교 밖에서 좀 더 큰 어른들한테 뭐라도 배워 보고 싶었어요. 선생님도 여자 작가였고 학생도 우연찮게 모두 여자라 편했죠. 친해졌고. 그러다 하루는, '트라우마'에 대해 쓸 일이 있었는데…… 그때, 그 경험에 대한 글을 썼어요. 어차피 그 선배는 대학 졸업했고, 그 강의엔 나랑 같은 대학 나온 사람도 없었으니까. 울면서 낭독했죠.

그러고 화장실에 가서 얼굴을 씻는데, 같이 강의 듣던 마흔 살 먹은 주부가 한 분 계셨거든요. 그분이 슬그머니 오시더니 그러는 거야. 복수하고 싶냐고. 내가 방법을 알려 주겠다고."

"그럼 그분도?"

"응, 그분은 아이가…… 아이가 나쁜 일을 당했는데, 그 개새끼는 증거 불충분으로 제대로 처벌도 받지 않은 모양이에요. 근데 사건 담당했던 경찰서의 여경이 조용히 불러서 말해 줬대. 그 새끼 법 밖에서 벌 받게 해 드리겠다고. 사람 만드는 법 알려 드리겠다고."

"사람 만드는 법이라니……"

"되게 중의적이죠? 나쁜 새끼들을 사람 만드는 법이기도 하고, 또 진짜로 희연 씨가 본 것처럼 내가 '사람'을 만드는 법이기도 하죠. 피부 만들고, 안구 만들고, 손가락 만들고. 그분, 그렇게 사람 하나 만들어서 그 새끼 꼬셨어요. 꼬셔서, 칼로 쑤셔 죽여 버렸대요. 미제 사건으로 남았죠. 살인자가 그 어느 나라 국민도 아닌데. 지문도 염색체도 없는 인조인간인데, 잡히겠어요?"

"그렇네요, 정말……"

"벽에 붙은 기사들 중에 분홍 형광펜으로 동그라미 표시해 놓은 것 있잖아요."

"네."

"그거 다 처리 완료된 기사들이에요. 내가 처리한 것들. 정확히는, 내가 만든 여자들이 처리한 것들. 나한테 이거 가르쳐 준 그분은, 딸 복수만 하고 끝내셨어요. 근데 나는 그게 안 되더라고. 나한테 그 짓 한 새끼를 처리하고 났는데 분이 안 풀리는 거예요. 피해자들에게 이 기술을 다 전수해 줄 수도 있지만, 시간이 너무 오래 걸리고 나도 몸이 한 개라, 일도 해야 하는데 너무 바쁘잖아요. 그래서 그냥, 내가 많이 처리하자 생각했죠."

"그럼 회사에서도, 만드시는 거예요? 화장실 가셔서……"

"네. 짬짬이 조각조각 만들고, 파우치에 담아 가져오고. 희연 씨가 열어 봤던 것처럼."

"그런데 왜 저한테 이런 말씀을……"

"나 너무 많이 만들었거든요. 에너지를 넘치게 써 버렸어요. 방전될 것 같아. 근데 이걸 전수해 줄 사람을 못 찾고 있었어요. 그러다 희연 씨가 나를 몰래 바라보는 걸 눈치채게 됐죠. 왜 의심하는지도 대충 알 것 같았고요. 근데, 그 정도의 깡다구나 집요함은 있어야 이 일을 하거든요. 마음에 들었어요, 그게. 그래서 후계자로 희연 씨를 찍은 거죠. 나 짐 떠맡기고 은퇴하는 건 아니에요, 잠시 쉬는 거지. 쉬었다가, 희연 씨랑 같이 일할 거예요. 어때요, 관심 있어요?"

저는 머릿속이 잔뜩 뒤엉켜 버려서, 엉뚱한 말을 해 버렸어요.

"지금 만드시는 건 누구한테 쓰실 거예요? 이거 말씀해 주시는 동안 생각해 볼게요."

"부장이요."

"우리 부장이요?"

"네. 희연 씨 아직 들어온 지 얼마 안 되어서 모르죠. 다들 쉬쉬하고 있으니깐. 한 삼 년 전에 부장 새끼가 주말에 초과 근무하라고 여자 신입 부른 다음 못된 짓 한 적이 있어요. 내가 CCTV 철거하자고 주장해서 없어진 다음 주 주말이었어요. 맘 놓고 더러운 짓 한 거죠. 그러니까 완전 내 탓이에요, 그거…… 그 신입이 관둔 다음에 회사에 투서를 썼어요. 부장이 날 성폭행했다고. 그래서 관둔 거라고. 그런데 사장 이하 모든 사람들이 다 묵인하는 거야. 아무 얘기 안 하는 거야. 여직원들 사이에서 소문이 도니까, 제일 윗대가리 여자인 나를 불러서 사장이 말했죠. 그거 다 거짓이고 조작된 거니까 사실 아니라고 여직원들한테 얘기하라고. 남자인 자신이 이야기하면 안 믿을 테니까, 여자인 네가 이야기하라고."

"'여자인 네가'……"

"그때 뒤엎어 버렸어야 하는 건데, 나도 참 나쁘죠. 그렇게 그 사건, 수면 아래로 가라앉았어요. 그때 여직원들, 대부분 나갔어요. 무섭잖아요. 그 당시 있던 사람들은 남자들만 남았으니 이게 다시 올라올 일 있겠어요?"

"그 부장, 스시집에서도 알바 엉덩이 두들기고 그랬어요."

"그치, 개 버릇 남 못 주거든요. 쓰레기 새끼. 문제 생길까 봐 두려워서 내 주변은 잘 처리 안 했었는데, 그 투서 쓴 아이…… 그 직원에 대한 제 나름의 사과이자 죄책감의 표시이기도 하죠. 이게 성공하면 제 앞날도 어떻게 될지 장담 못 해요. 그래서 더더욱, 희연 씨한테 전수해 주고 싶어요, 이거."

"차장님."

"네?"

"…… 배울게요. 열심히 할게요. 커피 한 잔 더 마셔도 돼요?"

"스무 잔 마셔도 돼요."

* * *

사람을 어떻게 죽여? 사람을 죽이고 나서 아무런 죄의식 없이 살아갈 수가 있어?

누군가 저에게 이렇게 묻는다면 저는 대답할 거예요.

내가 죽일 건 모두, 사람이 아닌 것들이라고.

그리고 심지어 내가 죽일 것도 아니라고요. 내가 만든 애들이 죽이겠지.

* * *

두 번째로 차장님 집에 간 날에는 이런 것도 물었어요.

"그럼 만들어진 애들은…… 나중에 어떻게 살아요? 그냥 없어져요? 혹시…… 혹시 임무 완수하면 막 스스로 강에 뛰어들고…… 그래요? 그럼 너무 슬픈데."

그러자 차장님은 웃었어요.

"희연 씨, 내가 그렇게 무자비한 인간으로 보여요?"

"아니, 아니요."

"나 지금까지 다섯 명 만들었어요. 걔네 다, 내가 일자리 소개시켜 주고 먹고살게 하고 있어요."

"어떻게요?"

* * *

차장님의 차를 탄 건 처음이었어요. 정말 멋졌죠. 왜 클리셰가 된 장면 중에 '주차권 입에 물고 와이셔츠 팔 걷어붙인 채 한 손으로 후진하며 뒤돌아보는 남자', 뭐 이런 거 있잖아요. 차장님이 주차권 입에 물고 원피스 소매 걷어붙인 채 한 손으로 후진하며 뒤돌아보는데, 와, 저는 〈캐롤〉에 나오는 루니 마라가 된 기분이었죠. 차장님은 케이트 블란쳇이고요.

그렇게 차장님 차를 타고 소래 포구에 갔어요. 즐비한 횟집 중 '소망수산'이 있었는데, 그 앞에 딱 서더니 차장님이 큰 소리로 외치더라고요.

"엄마! 나 왔어!"

차장님 어머니가 하시는 횟집이었던 거죠. 그러니까 머리 빠글빠글한 아주머니가 "아이고, 딸냄 왔네!" 하며 나오시더니, 절 딱 보고 뭐라고 하셨는 줄 아세요?

"야야, 이제 일자리 없는데 뭘 또 데려와!"

그러자 차장님은 "아니야 엄마, 뭘 또 데려와. 같이 회 먹으러 온 거야. 오늘 들어온 제일 좋은 놈으로 하나 잡아 줘."라며 웃었어요.

그 횟집엔 종업원이 딱 다섯 명 있었죠. 다 여자.

"주민등록이 없으니 고용 신고는 못 하지. 대신에 시급 두둑하게 줘요. 만오천 원이나 주거든. 게다가 어찌나 깔끔쟁이들로만 성격을 만들어 놨는지, 위생에 대해선 나보다 억만 배는 더 철저하다고." 차장님 어머니가 한 종업원의 팔짱을 끼고는 신이 나서 말씀하셨죠. "다들 아주 복덩이야. 일을 어찌나 잘하는지 몰라. 얘들 덕에 우리 집 장사 정말 잘돼요. 너무너무 잘돼. 착한 딸이 다섯 명이나 더 생긴 기분이야."

세상에, 어머니. 저도 딸 시켜 주세요!

* * *

배불리 먹고 소주도 한두 잔 마시며 신나게 수다를 떨다 보니 어둑해졌죠. 어머니가 오늘 장사 일찍 접자며 셔터를 내리시더라고요. "너희만 마시냐. 우리도 마시자고."

스티로폼 상자에 회를 잔뜩 포장해서 모두 바닷가로 나갔어요. 차장님, 차장님 어머니, 종업원 다섯(경희, 희진, 진솔, 솔이, 이현 씨였어요. 제가 "차장님, 끝말잇기로 이름 지으셨어요?" 하니까 차장님이 "역시, 내가 사람 잘 봤다니까. 눈치 하나는 기가 막히게 좋네요."라고 하시더라고요. "내가 이름 짓기엔 워낙 재능이 없어서요."), 그리고 저.

여덟 명이서 소주를 한 병씩 들었어요. "각자 눈치 보지 말고 주량껏 자기 병나발 불어라." 어머니 말씀에 모두 킥킥거리며 "네." 하고 합창을 했죠. "건배사는 뉴페이스가 하는 게 어때요?" 차장님 말씀에 별 박힌 눈동자들이 저를 일제히 돌아보더라고요. 밤공기 속에서도 볼 수 있던 눈동자들. 저는 "그럴까요?"라고 말한 뒤 흠흠 목을 가다듬었죠. 제가 건배사 같은 건 또 잘하거든요. 그날의 건배사는 이랬어요.

"다들 고생하셨고, 앞으로도 걱정 없이 잘 살아요. 두려울 게 뭐 있어요? 바다가 여기 있잖아요!"

모두를 위해 건배! 전 오늘도 차장님 집에 갑니다.

오늘이 마지막 수업이래요!
내일은 부장 처리 디데이고요!

삼백칠십오 년의 라벤더,
그리고 남아프리카 원산지의 크크크

이것은 만남과 사랑에 대한 이야기이다.

사람과 사람이 어떻게 만나 서로 사랑하는지에 관한 망상이다.

시공간과 물리법칙 따위를 갈아 삼켜 버린 힘이 어떻게 우리가 서로 만나는 결과를 빚어내는지에 대해 쓴, 개연성이라곤 꾹꾹 구기고 짝짝 찢은 후 자근자근 밟아 쓰레기통에 던져 버린 헛소리이다.

그러니 손톱을 세워 사랑하는 자의 심장을 할퀴기 전 다시 한번 침을 꿀꺽 삼키고 곰곰이 생각해 보길 바란다.

당신들을 만나게 한 초월적 존재가, 그 손톱을 또각또각 자르고 서걱서걱 갈아 무해하게 만들어 버리고 싶어 안달이 난 상태이므로.

라벤더

냄새들이 치고받고 싸운 것은 지구가 태어나고 물에서 못생긴 생명 하나가 헐떡대며 기어 나와 뭍에 누워 눈을 가늘게 뜨고 해를 바라보기 시작했을 때부터였다. 내가 더 세! 내가 더 강해! 내가 너희를 다 밟아 버릴 거야! 저 코엔 내가 들어갈 거거든! 냄새들은 그렇게 외치며 서로의 몸에 대고 발길질을 했는데 그래도, 그 당시는 그래도 좋은 시절이어서, 모든 전투는 일대일로만 이루어졌다. 가끔은 프테라노돈의 거대한 날개에 맞아 터지기도 하고 에피덱시프테릭스가 작은 이빨로 벌레를 씹어 먹을 때 같이 먹히기도 했는데 그럴 때마다 모습이 약간씩 변하거나 개체 수가 열 배로 늘어나거나 때론 방귀 색의 화장을 하고 몰라볼 얼굴로 다시 등장하기도 했다. 그렇게 등장해서, 다시 일대일로 주먹질을 하며 싸웠다.

근데 그것이, 천육백사십삼 년 프랑스에서 루이 십사세가 왕위에 등극했을 때부터 갑자기, 팀전의 양상을 띠기 시작했다.

인간의 기준이, 냄새들의 각축전에 슬그머니 끼어들어 제멋대로 판정을 하기 시작한 것이다.

선취 대 악취.

왕은 씻지 않아 땀과 살과 때 냄새가 질질 흐르는 몸에 향수로 코트를 만들어 걸쳤다. 조향사들은 신이 났고 떼돈을 벌었다. 아이가 태어나면 아빠들은 엄마가 몸을 추스를 시간도 주지 않고 가장 먼저, 그 코에, 비싼 돈 주고 산 장미를 들이밀었다. 아기란 무릇 발버둥 치고 울기 마련이지만 가끔은 울음을 멈추고 관음보살의 표정으로 코를 벌렁대는 갓난쟁이들이 있었는데, 그러면 아빠들은 기뻐하며 우리 집안을 일으킬 아이가 탄생했다, 고 사방팔방 외쳤다. 그런 아이들은 걸음마를 떼고 말귀를 알아듣기 시작하자마자 조향사의 공방에 도제로 들어갔다.

왜 우리가 이렇게 싸워야 해? 돼먹지 못한 소리를 한 것은 라벤더였다. 평소에도 분위기 파악 못 하고 훈장질을 하는 경향이 있어 친구가 그리 많진 않았는데, 막 오늘의 전투를 마치고 패배의 슬픔에 젖어 바닥에 누워 있는 향기들이 즐비한 막사에서 그런 소리를 했으니 결과가 어떨지는 안 봐도 뻔했다. 저 새끼 뭐야. 향기들이 슬그머니 몸을 일으켜 라벤더의 보랏빛 얼굴을 노려보았다.

우린 다 평등한 냄새야. 개개의 향, 개개의 냄새가 다 소중하다고. 우린 하늘이 주신 향권을 가지고 있어. 누가 선취와 악취의 기준을 나눠? 인간들의 잣대에 따라 나눠진 그 깃발을 왜 우리가 들고 피 터지게 싸워야 해? 우리 서로 사랑하며 살면 안 될까? 서로의 가치를 존중하고……

존중하고, 라고 할 때 머스크가 쏜 화살이 귓바퀴를 스치고 지나갔다. 화살이 막사의 천을 뚫고 밖으로 날아갔는데 멋모르고 거기서 잠입을 시도하며 얼쩡대던 분변 냄새가 그걸 맞아 쓰러진 걸 향기들은 알지 못했다.

라벤더의 귀에서 뜨거운 피가 주룩 흘러 목덜미를 적셨다. 변절자! 머스크는 고함을 쳤다. 혼자 고매한 척하려거든 썩 꺼져! 머스크의 뒤에서 동료들이 우우, 하고 야유를 했다.

머스크는 백발백중의 명사수였다. 화살이 라벤더의 귓바퀴만 건

드린 것은 의도였을 터였다. 라벤더는 머스크와 함께 컸다. 그 불같은 성정을 잘 알고 있었고, 한마디를 더하면 그 화살이 자신의 가슴으로 날아올 것이라는 예측도 쉽게 할 수 있었다.

그래서 라벤더는 막사의 천을 걷고 천천히, 후들대는 다리를 간신히 움직여 걸어 나왔는데 그 앞에 분변의 시체가 길게 누워 있었다. 분변의 시체를 낑낑대며 등에 짊어지려는 것은 토사물 냄새였다. 이럴 수가! 너무나 허망하게 한 생명이 죽어 버리다니! 나 때문에! 라벤더는 눈물이 콱 나오는 걸 참으며, 손을 들어 토사물을 도우려 했는데 그때 토사물이 내뱉었다.

손 치워. 그리고 여기 잠복하다 네 말을 다 들었어. 배부른 소리 그만하시지. 상류층이라 그런 얘길 할 수 있는 거야. 너 같은 위선자들이 우리는 제일 역겨워. 손 치우고 썩 꺼져. 안 그러면 죽여 버릴 테니.

그래서 라벤더는 흐느끼며 짐 보따리를 싸고 그 땅을 떠나 발길 닿는 대로 정처 없이 떠돌았는데 삼백칠십오 년 동안 울다 울다 갑자기 눈물이 뚝 멎어 오메 여기가 어디여, 하고 돌아보니 머리 까만 동양인들이 가득한 서울시 영등포구 양평 이 동이었던 것이다.

소라

그리고 거기에, 소라가 혼자 살고 있었다. 소라는 한쪽에만 쌍꺼풀이 있는 짝눈에 낮고 동그란 코, 특징 없는 입술을 가지고 있는 서른 살의 여자였는데 직장을 때려치운 후 집에 틀어박혀 글만 쓰고 책이나 읽었다.

그러한 미래는 사실, 소라가 네 살이었을 때부터 예견된 것이기도 했다. 소라는 〈백설공주〉를 엄청나게 좋아해서, 그 동화가 녹음된 카세트테이프를 듣고, 또 듣고, 계속 듣다 결국 외워 버렸다. 그리고 그 외운 걸 바탕으로, 책의 글자를 하나하나 지그시 들여다보았고, 결국 그렇게 혼자서 글을 깨우쳐 버렸다. 물론 너무 어려서 발음이 좋지 않아 '사과'를 '아와'라고 한다거나, '이럴 수가!'를 '이벌 수가!'라고 외친다거나, 하는 문제는 있었지만. 소라의 엄마는 고속버스 안에서 〈백설공주〉를 암기하여 줄줄 읊어 주며 엄마, 이 부분이 좋아, 이 부분이 최고야, 하고 덧붙이는 소라의 머리를 쓰다듬었다. 그 총명함에 흐뭇한 마음이 밀려들어 여러분, 제 아이가 이렇게 똑똑하답니다, 제 아이 아무래도 천재 같아요, 하고 고속버스에 비치된 마이크를 잡고 에코 가득한 소리를 왕왕 지르고 싶은 심정이었는데 아마 글에 대한 소라의 집착이 스물여섯 해 후 그 아이의 밥줄을 끊어 버릴 것이라는 걸 알았다면 머리를 쓰다듬기는커녕 거세게 쥐어박고 집에 가서 비디오나 보자, 했을 것이었다.

글자에 대한 소라의 사랑은 언제나 변함이 없어서, 오늘은 거실에서 삼겹살을 구워 먹자, 하는 엄마의 말에 신문지를 거실 바닥에 내려놓다가 자기도 모르게 스르르 주저앉아 그 기사들을 한없이 읽곤 했다. 그러다 어이쿠 내가 신문지를 깔아야지, 하고 화들짝 놀라기도 했는데 다행히 엄마는 쌈채소를 씻느라 소라의 그런 모습을 보진 못했다.

초등학교 오 학년 땐 〈해리 포터〉 시리즈에 빠져 그 시리즈의 최신판이 나오는 날엔 득달같이 구입해 밤새 네 권을 홀라당 읽어 버리기도 했다. 읽기만 하는 것에는 도저히 만족할 수가 없어서, 사 편까지 나온 시리즈의 뒤를 이어 스스로 속편을 쓰고는 팬사이트에 업로드했다. '가라사대 해리 포터'라는 그 팬사이트엔, 원래는 '해리 포터 가라사대'라고 써야 맞지만 그저 검색했을 때 가장 먼저 나왔으면 좋겠다는 주인장의 마음을 담아 뒤집어 놓은 이름을 가진 그 사이트엔, 어쨌든 그 때문인지 방문자 수가 많았고 거기서 소라의 글은 폭발적인 인기를 끌었다. 어떻게 이렇게 롤링처럼 글을 쓰는 거예요, 진짜 롤링이 쓴 것 같아요, 롤링 문체랑 똑같아요, 롤링 사촌 아니에요? 사람들은 이렇게 댓글을 달았고 소라는 난생처음 받아 보는 관심에 몹시 신이 났는데 실은, 초등학교 오 학년의 소라가 영어로 속편을 쓴 것은 아니니 롤링 문체를 따라 했다고 하기보단 롤링을 번역한 김혜원 씨나 최인자 씨의 문체를 모방했다고 말하는 편이 옳겠다.

어쨌든 소라는 육 학년까지 그렇게 해리 포터와 놀며 살았는데, 이제 중학교에 갈 거니까 글은 그만 쓰거라, 하는 엄마의 말에 울며 육 편을 끝으로 연재를 마무리해야 했다. 예나 지금이나 말은 잘 듣는 애였으니 말이다. 소라가 쓴 육 편에 따르면 해리는 칠 편에서 죽어야만 하는 운명이었는데 소라가 쓴 고별사에 한 독자가 '안 돼요, 그러면 해리는 이제 무조건 죽는 거잖아요.' 하고 댓글을 달기도 했다. 그걸 읽고 소라는 놀이터로 뛰쳐나가 그네에 앉곤 발을 구르며 오열했다. 그렇게 자신의 해리 포터를 죽게 내버려 두었다.

소라는 친구도 별로 없었고 스무 살 때부터 십 년 동안 연애를 네 번 정도 했지만 모두 환멸감에 휩싸여 끝내는 경험을 해야 했던 불운한 사람이었기에, 결국엔 책 속의 인물들과 사귀고 자신이 만들어 낸 인물들과 사랑을 나누곤 했다.

너에게선 왜 여자 같은 향이 안 나지? 절 냄새가 나. 마지막으로 사귄 남자가 물었을 때 소라는 차라리 그 침대를 뛰쳐나가 머리를 박박 밀고 불가에 귀의하고 싶은 심정이었다. 아제아제 바라아제 바라승아제 모지 사바하. 소라는 향수나 디퓨저를 별로 좋아하지 않았는데, 특히 라벤더 향은 정말 정말 최악이었다. 그 향을 맡을 때마다 머리가 지끈지끈 아팠다. 강한 냄새에 역함을 느끼냐, 하면 희한하게도 그것은 아니었다. 왜냐하면 소라는 어렸을 때 흔히 방구차라고 부르던 방역차를 동네 꼬마 애들 중 가장 열심히 따라다니며 동네를 스무 바퀴는 돌았으며, 지하주차장에 내려갈 때면 누구보다도 숨을 깊게 들이마셨고, 손목에 멘소래담을 바른 후엔 그걸 연신 코에 갖다 대고 킁킁대며 좋아했기 때문이었다.

이를테면 소라는, 향기 대신 조금 이상한 냄새들을 포용하고 사랑하는 능력이 남달랐다고 할 수 있겠다. 포용과 사랑은 언제나 칭찬받아 마땅할 가치임에 틀림없긴 하지만, 향수에 대해선 시큰둥했고 라벤더엔 질색했으니 어쨌거나 냄새들이 보기에 소라는 어딘가 영 불완전한 사람이었던 것이다.

라벤더

삼백칠십오 년 만에 갑자기 걸음이 멈춰 노란 잎이 가득 쌓인 은행나무 밑을 얼쩡대며 어리둥절, 여긴 어디, 나는 누구, 하던 라벤더가, 콩나물이며 풋고추, 두부 같은 것들이 든 장바구니를 들고 걷는 소라를 발견했다. 소라는 걷다가, 버스정류장에서 마침 출발하던 육백오 번 버스가 분출해 낸 배기가스 냄새에 발을 멈추고 한 번 크게 숨을 들이마신 후 만족스러운 미소를 지었는데 그걸 본 라벤더의 눈이 눈꺼풀을 뚫고 도망쳐 길바닥에서 통통 소리를 내며 튀었다.

라벤더는 소라의 자취방에 머물며 소라를 오랫동안 지켜보았다. 덕분에 소라는 지끈대는 편두통에 시달려 진통제를 하루에 세 알은 먹어야 했는데, 라벤더는 조금 미안했지만 이것이 기회라는 생각에 어쩔 수가 없었다. 그 프랑스에서 실패했던 선취와 악취의 화해, 협상, 종전들을 마침내 이뤄 낼 수 있겠다는 확신이 들었다. 이 여자가 우리의 구원자다, 라벤더는 생각했다. 이 여자가 향수나 디퓨저에서 나오는 냄새까지 사랑하게 만들면, 그러면 모든 냄새를 공평하게 사랑하는 향계의 보살이랄까 성인이랄까, 뭐 그런 것이 탄생하게 되는 것이라고, 라벤더는 확신했다.

크크크

하루 종일 책상에 앉아 글을 쓰거나 책을 읽거나 라면을 끓여 계란 하나를 탁 집어넣곤 한 가닥씩 꼼꼼히 집어 먹는 소라를 관찰하기가 지루해지면 라벤더는 밖으로 걸어 나가 동네를 어슬렁댔다. 소라가 통 움직이질 않으니 자신이라도 조금 더 활달해져야겠다는 생각이 들어 발끝에 힘을 꽉 주곤 영차 영차 뛰어다니기도 했는데 하교하는 초등학생 무리와 뒤섞이면 그 속도가 세 배는 빨라졌다. 젊어지는 기분이군. 초등학생 이백 명 정도의 콧구멍 속을 탐색하며 라벤더는 울며 걷던 날들을 슬그머니 접어 주머니 깊숙이 넣어 두었다.

그러다 냄새 하나를 만났다. 아주 말갛고 여리여리한 냄새였는데, 놀랍게도 싸움을 걸어오지 않았다. 싸움을 걸어오지 않는 냄새는 처음이었다. 그 냄새는 콧구멍 속을 드나들고 점프하는 라벤더를 물끄러미 바라보다가, 안녕 라벤더야, 하고 인사를 걸었다.

처음 보는 냄새였다. 핑크색과 흰색이 섞인 빛의 얼굴은 별 모양이었다.

아이들이랑 노는 게 즐거워 보인다. 신기하네. 왜 내게 싸움을 걸지 않는 거야? 그 냄새가 자신의 생각과 똑같은 말을 하기에 라벤더는 매우 놀라 대답은 잊어버리고, 넌 이름이 뭐니? 라고 물었다. 난 크라술라 아르넨테아야, 라는 대답이 돌아왔다. 크…… 뭐라고? 크라술라 아르넨테아. 여전히 크…… 까지밖에 기억나지 않았는데, 크…… 크…… 크…… 하고 되새겨 보니 크크크가 되었고 그것이 흡사 웃음소리처럼 들려 착해 보이는 그 냄새의 이미지에 퍽 어울리는 듯도 해서, 라벤더는 제멋대로 그를 크크크, 라고 부르기로 했다.

내가 라벤더인 건 어떻게 알았어? 라벤더의 물음에 크크크는, 내가 살고 있는 집의 주인 때문이야, 라고 말했다. 그래? 응, 그 집주인이 키우는 화분에 내가 살지. 집에 온실을 만들어 놓고 꽃들을 키워. 난 원래 남아프리카 출신이래, 그 땅은 밟아 본 적이 없지만. 크크크가 말을 이었다. 주인이 향수를 만들어. 조향사야, 자격증 같은 건 없는 야매 조향사. 여기 근처에서 가게를 하는데, 거길 들락날락하다 보니 네가 라벤더인 걸 곧바로 알아볼 수 있게 되었지. 싸움을 걸어올까 봐 몸을 최대한 바짝 낮추고 돌아다니곤 하는데, 이 라벤더는 희한하네, 이겨 볼 생각 없이 초등학생들만 쫓아다니니, 하고 오랫동안 너를 쳐다봤어.

크크크는 그러더니, 나랑 가게 한번 가 볼래? 너랑 가면 허리를 좀 펼 수 있을 것 같아, 하고 덧붙였다.

책방, 그 앞의 벤치

소라의 자취방에서 나가 앞구르기를 연속해서 삼 분 정도만 하면 되는 거리에 그 가게가 있었다. 놀랍게도 책방이었다. 크크크가 사는, 화분을 키운다는 조향사가 운영하며 향수와 디퓨저, 책과 차를 함께 파는 곳이었는데 알록달록 다양한 색과 글씨체의 독립출판물을 주로 다뤘다.

신이시여! 처음 조향사의 얼굴을 보았을 때 라벤더는 무릎을 꿇고 눈물과 콧물과 침을 질질 흘리며 울었다. 그의 눈, 코, 입, 귀가 너무나도, 소라가 좋아하는 스타일이기 때문이었다. 소라는 눈썹뼈가 툭 튀어나오고 눈구멍이 움푹 들어간 얼굴을 좋아했는데 하필 그것은 극동아시아에선 거의 찾아볼 수 없는 모습이었기에 차라리 동남아시아나 서아시아에 가서 살면 좋겠다, 하고 자주 생각하기도 했다. 라벤더는 소라가 장을 보러 가는 사이에 종종 소라의 노트북을 훔쳐보곤 했는데 거기엔 눈썹뼈와 눈구멍들이 가득해서, 하이고, 하는 탄식이 절로 입에서 터져 나왔었다.

그런데 이 남자는, 라벤더가 두 손으로 대롱대롱 매달리는 게 가능할 만큼 눈썹뼈가 도드라졌고 눈은 주먹으로 맞은 듯 쑥 들어가 있었던 것이었다. 신이시여, 라벤더는 울부짖으며 외쳤다. 신이시여, 향계의 평화를 이루기 위해 이 남자를 하늘에서 내려 주셨군요. 은혜가 하해와 같사옵니다. 제 몸과 마음을 다 바쳐 기필코 성공하겠습니다. 아아, 신이시여, 은혜로운 존재이시여.

물론 남자의 취향을 라벤더가 알아보지 않고 넘긴 것은 너무나 흥분한 라벤더의 실수였는데, 신이시여, 자비롭고 희한하게도, 남자는 코가 낮은 여자를 좋아했다.

소라의 코는, 서울에서 가장 낮았다.

크크크는 울고 있는 라벤더를 데리고 책방을 나와 그 앞에 있는 벤치에 앉히고 자신도 옆에 앉았다. 라벤더가 주머니에서 고이 접힌 이야기들을 다시 꺼내 털어놓았다. 삼백칠십오 년 전의 전쟁이 나 그 후의 방황, 그리고 소라의 방 같은 것들이 술술 흘러나왔다.

라벤더는 소라의 방에 걸린 세계지도를 손가락으로 짚으며 내가 삼백칠십오 년 동안 어딜 걸었나, 되새겨 본 적이 있었다. 갑옷을 입고 엉엉 울며 걸어가는 라벤더에게 시비를 거는 냄새들은 참 많았다. 삼백칠십오 년 동안 냄새들도 싸우고 인간들도 싸웠으며 그 과정에서 국경선이 수없이 많이 바뀌었겠지. 라벤더의 손가락이 그 국경선들을 따라 움직였다. 이즈음에선 마스카르포네와 카망베르가 발을 걸어 날 넘어뜨리려고 했어. 쿠스쿠스와 후무스가 기관총을 발사하던 기억도 난다. 저쪽에선 높은 곳에서 기름에 지지는 냄새가 대포를 쏘고 낮은 곳에서 아무것도 먹지 못한 자가 토한 위액의 냄새가 그에 맞아 죽었다.

가끔은 첨벙대며 수영을 해야 할 때도 있었다. 바다를 건널 때 라벤더는 상어의 살갗 냄새와 산호에 숨은 물고기의 숨 냄새, 떠돌며 이야기를 전하는 플랑크톤 냄새를 마주하곤 했다.

잠든 냄새를 급습하는 것은 무언의 금기였는데, 그걸 아무렇지 않게 어겨 버리곤 잠든 라벤더의 목을 사정없이 조르는 냄새도 있었다.

게베어 1898에서 튀어나온 7.92×57㎜ 마우저의 탄약 냄새가 목을 졸랐다.

M43이 터질 때 우다다 튀어나오던 막대형 수류탄 냄새도
플라멘베르퍼 41이 일 초에 백만 명씩 낳던 화염 냄새도
판처파우스트가 불태운 어린 군인들의 익은 살갗 냄새도
산 사람들을 짐짝처럼 차곡차곡 쌓아 달리던 기차의 레일 냄새도
그 안에서 기절하고 죽어 가던 사람들의 오줌과 똥 냄새도
왼쪽 팔뚝에 숫자 문신을 새길 때 터져 나오던 비명이 흘리는 피 냄새도
짝이 맞지 않는 나막신의 차가운 냄새도
박박 민 머리에 기어 다니던 이가 흘리는 냄새도
샤워하러 간다는 말에 단정히 벗어서 개켜 놓은 옷, 그 옷에 밴 살 냄새도
비르케나우의 치클론 B, 그 가스 냄새도
구덩이에 시신을 쌓아 불을 놓을 때, 그 연기에서 나는 냄새도
전임자의 시신을 치우는 존더코만도가 일을 끝내고 받은 빵에 섞인, 구운 톱밥 냄새도
예쁜 문신을 한 수용자의 주검에서 벗긴 가죽을 무두질해 만든 말안장의 냄새도 목을 졸랐다.

그 모든 것을 겪고 삼백칠십오 년을 살았다.

그런 일이 있었구나. 크크크는 고개를 끄덕이곤, 나도 마침내 완성될 이야기의 한 조각 정도는 될 수 있는 거겠지, 너를 여기 데려다주었으니, 라고 말했다. 라벤더는 팔을 벌려 크크크를 안았다. 그

래, 그래, 이제 정말로 뭔가를 이룰 수 있을 것만 같아.

나도, 보답으로 이야길 해 줘야겠어. 크크크는 말했다. 나는 남아프리카가 원산지라곤 하지만 사실 화분에서 태어나 자랐기에, 나에 대해 해 줄 이야긴 별로 없어. 대신에, 하고 숨을 고른 후 크크크는, 나는 나를 키운 사람, 저 책방의 주인에 대한 이야길 하고 싶어. 길지만, 아직 바람이 차진 않으니 들어 줘, 하고 덧붙였다.

주원

책방 주인의 이름은 주원이었다. 주원은 두 형제 중 첫째로 태어났는데, 갓난아기 때엔 머리가 몹시 컸다. 주원의 어머니는 자궁이 약해 주원을 임신하기 전 두 번 유산을 했다. 유산기가 심한 터라 주원을 임신했을 때 넉 달이나 누워만 지내야 했는데, 가끔 비척비척 일어날 수 있을 때엔 태교 명목으로 꽃꽂이를 하며 마음을 다스리곤 했다. 어떤 허브는 임산부에게 좋지 않아요. 누군가는 이렇게 충고했는데 이미 두 번 유산한 어머니로선, 될 대로 돼라, 였다.

꼬박 하루를 채운 산통 끝에 태어난 주원은 머리가 몹시 컸다. 갓난아기였는데도 얼굴이 울퉁불퉁했다. 고슴도치도 제 자식은 예뻐하는 터라 어머니는 주원의 그 커다란 얼굴이며 이목구비가 사랑스러워 쪽쪽 뽀뽀를 하곤 했는데, 불행하게도 아버지는 그렇지 않았다. 저 새끼 뭐야. 아버지는 주원에게 뽀뽀하는 어머니 옆에서 생각했다. 두상이 영화 〈화성침공〉에 나오는 외계인과 다를 바 없잖아. 어쩌다 저런 놈이 나온 거지?

그래서인지 주원과 아버지의 사이는 통 좋아지지 않았다. 주원은 자라며 자주 앓았는데 그것마저도 아버지는 꼴 보기가 싫었다. 단칸방 신세를 지고 있는 형편에 병원을 그토록 드나들어야 한다니, 돈 빨아먹는 하마가 아닌가. 다른 애들은 딱 한 번만 걸린다는 홍역을 두 번 걸렸을 때엔 정말이지 애를 어디 흐르는 강물에라도 던져 놓고 싶은 심정이었다. 아니, 홍역 아니라니까 이 양반이 참! 이미 작년에 한 번 걸렸다고! 다섯 번째로 방문한 소아과에서 홍역 진단을 내렸을 때 주원의 아버지는 가슴을 탕탕 치며 이렇게 소리쳤는데 그 말에 의사는 버럭 화를 내며 파르르 떨곤, 무슨 소리 하는 겁니까, 홍역이라고! 홍역이야! 애 죽이려면 내 말 믿지 말고 그냥 집에 가! 하고 윽박질렀다. 실제로 주원은 홍역에 또 걸린 것이었고 그래서 아버지의 마음속엔, 의사에게 졌다는 패배감이 더해져 주원에 대한 원망이 두 배로 커지기도 했다. 그해 말쯤 홍역 예방접종 주사 부작용으로 수많은 아기들이 사망했다는 뉴스가 대서특필되기도 했는데 주원의 아버지는 신문을 보지 않는 사람이었고 집에 티브이를 들여놓을 형편도 아니었다.

왜 모두들 날 괴롭힐까? 주원은 초·중·고를 다니며 내내 곰곰이 생각했는데 그걸 입 밖에 내놓을 성격은 아니었다. 초등학교 졸업 앨범의 속지엔 누군가 '여, 대두, 잘난 척하지 마.'라고 적었다. 그걸 쓴 애는 주원의 머리가 큰 만큼이나 뚱뚱한 애였기에 주원은 그 아이의 앨범에 '여, 돼지.'라고 쓰고 싶었는데 그 뒤에 무슨 말을 붙여야 할지 떠오르지 않아 참았다.

어쩌면, 주원의 티셔츠 때문에 다들 주원을 괴롭힌 것일지도 몰랐다. 주원은 매일같이 여름성경학교나 어린이불교학교 티셔츠를 입고 다녔는데, 그것은 교육열이 높지만 교육비는 없는 어머니가 돈 안 드는 교육기관만 골라 보낸 탓이었다. 주원은 성당, 교회, 절에 모두 다녔고 심지어는 향교에 가서 사자소학을 따라 쓰기도 했다. 부생아신 모국오신. 향교의 선생은 공중에 뿌리라고 파는 에프킬라를 피부에 직접 뿌리는 사람이었다. 구석구석 칙칙.

결과적으론 성모님과 예수님과 부처님, 심지어는 공자 어르신의 사랑까지 한 몸에 받는 존재가 되었으니, 물론 그 사랑이 주원의 피부로 와닿는 것은 아니었지만 어쨌든, 자고로 결과가 좋으면 과정은 퉁쳐지는 것이다.

주원의 유일한 낙은 시향지를 모으는 것이었다. 얼굴에 바르는 것이라곤 어머니가 슈퍼에서 사 온 존슨즈 베이비로션이 다여서 매일같이 버짐이 허옇게 펴 있었으며 옷도 어머니가 아파트 장터에서 사 비닐봉지에 담아 들고 온 것만 입을 수 있던 주원은, '꾸미는 행위'라는 것의 저 높은 꼭대기에 향수가 있다고 여겼다. 눈에 보이지 않는 꾸밈이란, 그 얼마나 사치스럽고 또한 축복되며 충만한 것인가. 주원은 그것을 생각할 때마다 마음이 울컥거리고 심장이 벌렁벌렁해서 눈물이 날 지경이었다. 그런데 향수를 살 돈이란 것은 지당히도 존재하지 않아서, 주원은 인근 아파트 단지 상가의 화장품 가게를, 염치 불고하고 들락날락거리기 시작했다.

사람들이 쓰고 버린 시향지 있나요? 누나, 저 그거 좀 주시면 안 돼요?

화장품 가게의 주인은 바글바글한 펌을 한 마흔다섯의 여자였는데 '누나'라는 말에 그만 홀딱 넘어가 시향지를 몽땅 주고 말았고, 나중엔 여자들만 들락거리는 화장품 가게에 남자가, 중학생이긴 했지만 어쨌든 남자가 자주 찾아온다는 사실이 퍽 자랑스러워 주말에 만난 애인에게 그 얘길 했다가 곰탕집에서 대판 싸우기도 했다.

어쨌거나 주원은 그러한 경로로, 향수를 사랑하게 되었다. 공부라곤 도통 하지 않고 시험 전날에도 시향지가 가득 든 봉투를 들고 들어오는 주원의 꼬락서니가 보기 싫어 어머니가 꽁꽁 언 동태를 집어 던진 일도 있었는데, 때마침 주원이 타이밍을 잘 맞춰 방문을 탁, 닫았기에 주원의 머리 대신 그 나무로 만든 문이 절반쯤 부서졌다. 주원이 그 큰 머리로 동태를 헤딩했더라면 아마 이 이야기는 만들어지지 않았을 것이니 역시 인생은 타이밍인 것이 틀림없다.

그렇게 초·중·고를 졸업한 후엔 고향을 떠나 서울시 강서구에 있는 국립 전문대학 패션디자인과에 진학했다. 집안에 돈이 없으니 사립대학은 꿈도 꾸지 마라, 라고 엄포를 놓은 어머니 아버지 덕이었다. 조향사가 되면 어떨까 했는데, 화학을 전공해야 한다는 걸 고 삼이 되어서야 알아 버렸다. 어이쿠, 이런, 수학이 싫어 문과를 택했었네. 그러니 결국, 여름성경학교나 어린이불교학교에서 나눠주었던 티셔츠에 맺힌 한이 주원의 손을 잡아 그쪽으로 거세게 당졌던 것이었다. 전문대학이라기보다는 차라리 평생교육원이라는 이름이 맞을 정도로 규모가 작고 다양한 연령의 사람들이 모여 있는 곳이었는데, 면접 전날 벼락치기를 하듯 읽던 스트리트 패션잡지에서 'T.P.O'라는 말을 보지 않았더라면, 그리고 그 단어가 면접 질문으로 나오지 않았더라면 주원은 아마 그곳에 합격하지 못했을 것이었다.

아아, 다시 한번 말하건대, 인생은 타이밍이다.

어쨌거나 옷보단 향수에 대한 열정만 가득해 샤프심 지름 같은 학점을 받고 그곳을 졸업한 주원은 유니폼 업체며 삼성물산 하청업체, 교복 업체 등을 전전하고 동대문시장과 남대문시장을 발바닥에 불이 나도록 뛰어다니며 몇 년을 보냈다. 서른이 될 때까지만 참아야지. 서른만 되면 그만둔다! 주원은 상인들에게 욕을 먹고 삼성물산이 속을 썩일 때마다 이를 바득바득 갈았다.

이윽고 서른이 되었을 때 주원은 은행에 찾아가 직장이 있다는 신분을 내세워 대출을 받곤 그다음 날 그 직장을 관둬 버렸다. 그리고 그 대출금을 들고, 십여 년 전엔 아무것도 없는 황무지였지만 최근에 공원이나 카페 같은 것이 생겼고 주변에 롯데제과 공장이 있어 바람이 불 때면 달달한 냄새가 허공을 살랑살랑 떠돌곤 하는 영등포구 양평 이 동을 찾았다. 눈에 보이지도 않는 곳에 구겨져 있는 아주아주 작은 공간 하나를 빌려, 직접 페인트칠을 하고 중고 의자나 테이블 같은 것을 갖다 놓은 후, 그래도 나름 패션디자인을 전공한 안목을 살려, 공원에서 데이트를 하고 돌아가던 커플이 어엇, 예쁘다, 하고 멈춰 설 만큼 아기자기한 간판을 내다 걸었다.

향기 파는 책방. 향기야 주원이 오래전부터 사랑해 오던 것이었고, 굳이 책을 함께 파는 이유는, 'T.P.O'라는 말을 하필 그달의 기사에 써 주었던 그 스트리트 패션잡지에 대한, 일종의 감사 표시였다.

가게에선 향수를 만들고, 집에 와선 작게 만들어 둔 온실의 화초들에게 물을 주며, 주원은 그렇게 살고 있었다.

라벤더와 크크크는 선유도공원엘

크크크가 주원의 이야기를 마쳤을 때는 어느새 저녁놀이 양평이 동을 감싸 안아 흐르고 있었다. 카페 유리창에 비치는 커플, 커플, 커플들을 보며 라벤더는 크크크의 손을 잡았다. 그렇구나. 그 눈썹뼈가 툭 튀어나온 남자가, 그렇게 자란 거구나.

크크크는 라벤더의 손을 이끌었다. 오르막을 오르고, 차들이 쌩쌩 달리는 육교를 건너고, 한강을 가로지르는 다리 위를 걸었다. 선유정수장 개조, 우리나라 최초의 환경재생 생태공원이래. 크크크가 공원 앞에 선 안내판을 읽는 소리에, 재생, 하고 라벤더는 중얼거렸다. 프랑스에서 서로를 죽고 죽이던 전쟁, 거기서부터 시작해서 여길 왔어. 그동안 수없이 맞고 얻어터졌는데…… 그 일들이 모두 희미해지고 있는 것만 같아. 삼백칠십오 년 동안 울면서 걸었는데, 이젠 눈물이 나오질 않아. 라벤더의 말에 크크크가 고개를 끄덕였다. 우는 일은 꼭 필요해. 울어야만, 그 뒤에 진짜 웃음이 오거든. 비극을 진짜로 이해해야만 삶의 희극을 찾아볼 수 있다고 했어. 크크크의 말에 라벤더는, 야, 넌 화분에서 태어났단 애가 뭘 그렇게 아는 척이야, 라고 대답했는데 그것은 진지해진 분위기에 대한 겸연쩍음에서 나온 농담이기도 했다.

크크크와 라벤더는 손을 잡고 함께 공원을 걸었다. 공원의 끝에는 온실이 하나 있었고 문을 열고 들어가자 초겨울의 공기가 자리를 잽싸게 비켜, 온기가 가득했다. 주원이 여길 자주 와. 와서 잎을 하나하나 만져 보고, 나무나 풀 냄새를 양껏 들이마시고 그러지. 나도 졸졸 따라 자주 왔었어. 크크크의 말에 라벤더는 흡, 하고 공기를 빠르게 들이마신 후 하아아아아, 하고 천천히 뱉었는데, 삼백칠십오 년의 소금기가 그 숨을 타고 빠져나갔다.

온실 너머에는 차들이 미친 듯이 달리는 대교가 있어, 크크크와 라벤더는 행여 치일세라 두려워 등을 돌리곤 온 길을 다시 돌아, 한강을 가로지르는 다리 위를 걷고, 차들이 쌩쌩 달리는 육교를 건너고, 내리막을 데굴데굴 굴렀다.

내일 봐.

크크크가 손을 흔들었다. 난 주원이랑, 가게에서 기다리고 있을게.

응, 내일 봐.

라벤더가 웃었다. 내가 어떻게 해서든, 소라를 거기로 데려갈게.

소라, 주원, 라벤더와 크크크

이 책을 사려면 어디로 가야 할까? 어느 블로그 글을 읽고 소라는 검색창을 열었다. 독립출판물에 그다지 관심은 없었는데, 소개된 내용을 보아 하니 호기심이 동했다. 책은 무조건 인터넷 서점을 통해 구입을 했고 택배기사와 마주치지 않도록 '문 앞에 놓아 주세요.'라는 배송 메시지를 잊지 않는 소라였는데, 아무래도 이런 책을 인터넷 서점에서 팔진 않을 거 아냐, 하고 생각했고 실제로도 그랬다. 근데, 요거 정말 재미있을 것 같아. 읽어 보고 싶다. 소라는 딸깍딸깍 마우스 소리를 내며 '독립출판 서점'을 검색했다.

도봉구 노해로, 강북구 삼양로, 동대문구 회기로, 종로구 대학로에 위치한 책방의 이름들이 떴다. 너무 먼데. 소라는 깎지 않은 새 연필로 등을 긁으며 생각했다. 시월 한 달 교통카드에 찍힌 금액이, 영 원이었다. 편도 한 시간 정도 되는 거리는 그냥 걸어 다녔는데 그게 딱 홍대까지였다. 아, 그냥 포기해야 하나. 소라는 연필을 내려놓곤, '지도 더 보기'를 눌러 서울특별시 성북구 성북동으로 엉뚱하게 지정되어 있는 현 위치를, 서울특별시 영등포구 양평 이 동으로 고쳤다.

어어.

소라는 첫 번째로 뜬 서점의 위치를 보고, 고개를 갸우뚱하며 클릭했다. 어어, 여기 우리 동네인데. 완전 가까운데. 한 삼 분만 걸어가면 나오겠는데. 왜 몰랐지.

맨날 집에 틀어박혀서 책이나 읽고 글이나 쓰니까 모르잖아! 옆에서 속이 터져도 일백 번은 터졌을 라벤더가 외쳤지만 그게 소라의 귀에 들릴 일은 없었고 그저 그 입 냄새가 다시 편두통을 유발했을 뿐이었다. 얼른 나가! 옷 갈아입고 나가서 책 사러 서점에 가란 말이야! 라벤더의 고성에 창틀이 부르르 몸을 떨었다. 오늘 아침 테팔 커피메이커에서 태어난 커피 향 아기가 왜 그래요옹, 너무 화내지 말아요옹, 하고 영문을 모른 채 다독였는데 오늘 아침 태어난 놈이 삼백칠십오 년의 여정이 쌓아 온 기원을 알 리가 없으니 그저, 야 빨리 어떻게든 쟤 등 떠밀어 봐, 하고 대답할 따름이었다.

소라는 일어나서 머리를 대충 묶고 야상을 걸쳤다. 삼 분만 가면 되니깐 양말은 안 신어도 되겠지. 커피 원두가 다 떨어졌으니 갔다 오면서 원두도 좀 사야겠다. 낡은 운동화를 꿰어 신고 문밖을 나섰다. 은행잎도 벌써 다 떨어져 가는구나. 아, 금방 한 살 더 먹겠다…… 혼자 중얼거리며.

내리막을 걷고 횡단보도를 건너는 소라의 발걸음에 맞춰 라벤더가 함께 걸었다. 기대감에 부풀어 다리가 후들후들 떨릴 지경이었다. 아, 여기네. 향기 파는 책방. 소라는 잠시 멈춰, 아, 들어가면 향수 냄새 때문에 머리가 아플 것 같은데 그냥 집으로 돌아갈까, 하고 중얼댔고 그걸 들은 라벤더가 뒷목을 부여잡으며 졸도하기 직전에서야 아, 최대한 숨 얕게 쉬면서 얼른 들어갔다 나오면 되겠지, 하고 고개를 끄덕였다. 끄덕이고 문손잡이를 잡아당겼다.

어서 오세요, 하고 주원이 책에 파묻고 있던 머리를 들어 소라를 보았다.

크크크가 라벤더를 보곤 두 팔을 활짝 들었다.

바지락 봉지

눈을 떴을 땐 사방이 높은 벽돌담이었다. 누워 있는 그녀의 얼굴에 하늘에 걸려 있던 햇빛이 쏟아져 내렸다. 마냥 의아했다. 정신이 다시 몽롱해지려는 순간, 그녀는 몸에 힘을 주어 서서히 상체를 들어 올렸다. 하늘은 노랗고 구름은 보라다. 몸을 지탱한 팔꿈치 밑에서 연한 청색의 낙엽이 연신 바스락거렸다. 팔로 무릎을 그러모아 앉았다. 바람이 이따금씩 불어왔는데 그렇게 차진 않았다.

마지막 순간에 대해 기억나는 것이라곤 앞서 가던 화물차의 뒤꽁무니가 갑자기 눈앞으로 빠르게 달려왔다는 사실, 그리고 몸 여기저기에서 뚝뚝 소리가 났고 핸들에 그녀의 가슴이 거세게 부딪혔으며 에어백이 터지지 않았다는 사실 정도였는데, 그 기억이 무색하게 온몸이 멀쩡했다. 생채기 하나조차 없었다.

이곳이, 저승이란 건가. 그녀는 똑바로 섰다. 눈앞은 뚫려 있었는데 모퉁이를 돌자 계속해서 좌우로 정렬된 벽돌담이 그녀를 맞이했다. 미로…… 미로같이 생겼구나. 아마, 여길 빠져나가야만 하는 건가 보다. 누가 알려 주지 않았는데도 용케 그녀는 정답을 알아냈다. 언제나 그녀는, 문제를 읽고 이른바 출제자의 의도를 파악하며 틀린 선지를 하나씩 지워 점수를 얻는 일에 익숙했으니까.

손가락을 죽 펴 벽돌담을 쓰다듬자 흙 알갱이가 손에 와서 붙었다. 손을 좌로 우로 위로 아래로 움직여 문지르는 순간, 머릿속에 퍼뜩, 다섯 해 전의 수수께끼 하나가 떠올랐다.

아. 아……

* * *

남편과는 소개로 만났다. 좀 맹한 사람이긴 한데, 착해. 그냥 밥 한번 먹는다 생각하고 만나. 그것은 소개를 시켜 준 친구의 말이었다. 착하면 돼, 난 무조건 착한 사람이 최고야. 그녀는 고개를 끄덕거리며, 별 기대는 안 하지만 잘되면 내가 밥 한번 살게, 하고 대답했었다.

그녀는 홍대 케이에프씨 앞으로 약속 장소를 정했다. 언제나처럼 구 번 출구는 기가 막히게 붐볐고 그 덕에 오히려 사람들은 한 걸음 한 걸음을 매우 신중히 걸어야 하는 우스운 모양새로 층계를 올랐다. 그녀 역시 엉금엉금, 천천히 지상으로 나왔다. 저는, 초록색 코트에 청바지를 입고 검은색 목도리를 두른 단발머리예요. 그는, 저는 갈색 코트에 검은 터틀넥이요, 하고 대답했다. 갈색 코트에 검은 터틀넥을 입은 남자들은 케이에프씨 앞에 백오십 명쯤 있는 것 같았는데 용케 그가 먼저 그녀를 찾아내어 어깨를 톡톡, 두드렸다.

저, 죄송합니다, 진아 씨 맞으시죠.

그녀는 그 죄송합니다, 에 반했다.

뭐 먹으러 갈까요? 그녀의 말에 그는 아, 몇 개 찾아 놓긴 했는데…… 실은 제가 경기도 사람이라 이쪽 지리를 잘 몰라서, 추운데 헤맬 수도 있을 것 같아요. 괜찮으시겠어요? 하고 물었고 그 괜찮으시겠어요, 에 그녀는 또 반해 버렸다. 소개로 만나면 무조건 남자가 장소를 정해야 한다느니, 하는 그 고루한 규칙 아닌 규칙들이, 그녀의 마음속에서 픽 죽어 버렸다. 어머 그럼, 전 여길 잘 아니까요, 그녀는 주머니 속에 있던 손을 꺼내 남자의 코트 소매를 잡았다. 그럼 제가 좋아하는 데로 가요. 고르세요. 중식도 있고요, 태국음식점, 시칠리아 음식점, 그리고 바지락칼국수! 남자는 머쓱 웃더니 소개팅인데 칼국수 드시면 제가 죄송하죠, 하고 대답했는데 그녀는 고개를 젓곤 물었다. 소주 좋아해요? 남자가 고개를 끄덕이자마자 그녀는 그를 끌어당겼다. 너무 추우니깐, 칼국수에 소주 한잔 마셔요.

그는 땀을 뻘뻘 흘리며 칼국수를 먹었고 차가운 소주로 속을 식혔다. 섞박지를 앞니로 잘라 아작아작 씹어 먹었는데 신기하게 고춧가루 한 톨도 이에 남지 않아 깔끔했다. 저, 이런 거 먹는 소개팅은 처음이에요. 그럼 뭐 먹었어요, 맨날? 당연히 파스타? 남자는 고개를 끄덕였다. 전 아녜요, 전 무조건 국물이 좋아요. 술 한 잔 곁들여서 따악 따뜻하게 먹을 수 있는 거요. 겨울이잖아요. 칼국수 값은 그녀가 냈는데 남자가 이차에도 술, 혹시 괜찮으신가요, 라고 묻는 바람에 그녀는 세 번째로 반해 버렸다.

결혼한 후에도 삶은 맛있게 끓었다. 넘치지도 않고 졸아 버리지도 않게 적당히, 간이 잘 배어 있었다. 남편은 그녀보다 항상 조금 먼저 퇴근했다. 오늘은? 나가사키 짬뽕. 오늘은? 시원한 얼갈이된장국. 오늘은? 칼칼한 동태탕이지. 오늘은 뭐로? 오늘은 오빠 먹고 싶은 걸로. 사무실 문을 나오면 늘 그는 그녀에게 전화를 걸어 메뉴를 물었고 답을 들으면 곧장 마트로 향해 필요한 것들을 척척 사 오곤 했다. 그는 요리를 썩 잘했는데 그래도 언제나 그녀는, 미리 해 놓지 마, 같이해, 라고 말했다. 그래서 재료를 식탁 위에 올려놓고, 소파에 앉아 티브이를 보며 그는 그녀가 퇴근하길 기다렸다.

그날엔 회의가 있었다. 나 오늘 회의 조금 늦게 끝날 것 같아, 오늘은 오빠 먼저 밥 먹을래? 아침에 재킷을 휙 둘러 걸치며 그녀는 물었다. 아냐, 기다릴게. 그는 웃으며 그녀의 볼을 톡톡 쳤다. 대신, 메뉴는 내가 정할게. 회의하느라 전화 못 받을 거 아냐. 오케이, 알겠어. 그럼 이따 보자. 구두를 꿰고, 현관을 나섰다.

그랬었다.

자, 회의 들어갑시다. 부장의 말에 그녀는 핸드폰을 책상 위에 놓곤 다이어리와 볼펜을 챙겨 회의실로 향했다. 회의는 지루하게 질질 끌며 이어졌고 일곱 시 반에 끝날 예정이었는데, 여덟 시 반까지 이어졌다. 부장이 회의실의 시계를 치워 놓아서, 그렇게 오래 했는지도 그녀는 모르고 있었다. 어쩐지 엉덩이가 아프더라. 투덜대며 다시 자리에 앉아 퇴근 준비를 하려는데, 부재중 전화가 스무 통이었다.

뭐야?

모르는 유선번호로 열 통, 그리고 아랫집 여자로부터 온 열 통이었다. 십 층에 이사 온 신혼부부입니다, 잘 부탁드립니다, 라고 남편이 떡을 돌렸는데, 유일하게 잘 먹었다며 알싸한 갓김치 한 통을 올려 보내 준 집이었다. 그날부터 언니 동생 하며 지내는 사이가 되었다.

열 통이라니. 무슨 일일까. 뱃속이 서늘했다.

짐을 대충 챙겨 주차장으로 내려가며 여자에게 전화를 걸었다. 신호음이 채 두 번 가기도 전에 상대는 전화를 받았다. 진아야! 여자가 다짜고짜 소리를 질렀다. 응 언니, 전화했었네, 회의…… 라고 대답하려 하는데 여자가 듣지도 않고 대뜸, 외쳤다.

진아야, 네 남편 마트에서 쓰러졌어!

무슨 말이야, 그게?

내가 저녁 찬거리 사러 마트 갔는데 어디가 시끌벅적한 거야, 그래서 가 봤더니 네 남편이 쓰러져 있었어. 마트 한복판에. 사람들이 일일구에 신고하고, 그래서 병원으로 싣고 갔어.

무슨 말이야, 그게?

아이고, 괜찮을 거야, 진아야. 그렇게 쓰러지면서도 바지락 봉지는 꼭 붙들고 있었다니까…… 아마 지금쯤 깨어나지 않았을까. 그래도 얼른, 얼른 병원 가 봐. 병원에서 연락 안 왔어?

무슨 말이야, 그게?

신호는 자꾸만 빨간불로 바뀌었다. 씨발! 신호에 걸릴 때마다 그녀는 소리를 지르며 머리를 흔들고 핸들을 손으로 세차게 내리쳤다. 퇴근길의 정체를 그녀의 차는 갈지자로 뚫어 병원으로 향했다.

단단히 취한, 단단히 잘못된 저녁이었다. 남편은 그렇게 쓰러지면서 장을 보던 사람들의 저녁, 그 무채색의 저녁에 시퍼런 점을 쿵, 찍어 주었다. 다들 흥분해서 쑥덕거리며 집으로 향했다. 아마 그날엔 그 어느 집도 서로에게 언성을 높이지 않았으리라. 재미있는 일이 생겼으니까. 그 남자 어떻게 됐을까? 깨어났을까? 무슨 병이 있는 걸까? 세상에, 그렇게 쓰러졌는데도 손아귀 힘은 엄청나, 그치? 수군수군 대화하며 밥을 먹고 국물을 뜨고 김치를 아삭아삭, 씹었을 것이다.

그녀는 보호자용 침대에 걸터앉아 남편의 감긴 눈을 보았다. 왜 저런 것들이 주렁주렁 매달려 있을까? 옆에 즐비한 기계들은 불안의 영역으로 그녀를 몰아넣고 있었다. 저 기계는, 이 기계는, 무엇 때문에 필요한 걸까. 미래를 예상하고 답을 찾아내는 건 그녀의 특기였으며 그 능력이 뚜벅뚜벅 걸어와 귀에 대고 속삭이는 중이었다. 그렇게 간단한 문제가 아닐 걸, 아닐 거다, 아닐 것이다, 라고.

검사가 끝났다. 보호자분 들어오세요, 라는 간호사의 말에 몸을 일으켰는데 거기로 걸어 들어가고 싶지가 않았다. 간호사의 얼굴에, 당혹스러움과 미안함이 어른거리는 것을 그녀는 보고야 말았다. 아무것도 듣지 않으면 아무 일도 일어나지 않게 되지 않을까. 말이 먼저인가 현상이 먼저인가. 현상이 먼저인가 말이 먼저인가. 그녀는 거기 그대로 서 있는 듯했는데, 몸이 쑥 맘대로 들어가 의사 앞에 앉아 버렸다.

죄송합니다.

그게 첫마디였다.

네?

무어라, 병명이 있었다. 열 자도 넘는 병명이 귓바퀴를 흐르다 머리 뒤로 그냥 지나가 버렸다. 원인을 모른다고, 추정만 할 수 있다고 했다. 히로시마에 원자폭탄이 떨어진 이후 발생하기 시작한 케이스입니다. 의사는 안경을 벗고 안경알을 닦았다. 양국에 쉰여섯 건 정도…… 보고된 게 다입니다. 마음의 준비를 하십시오……

그녀는 의사의 손목을 잡았다. 선생님. 최대한 성대를 누르려는데 목소리가 사정없이 떨렸다. 선생님. 누가 그런 말을 믿어요? 선생님. 어떻게 그런 병이 있을 수 있어요? 선생님. 그게 말이 되나요? 몇십 년 전 일을요? 다른 나라에서 일어났던 일 때문에요? 그 일 때문이라고요? 선생님. 왜요? 선생님. 그건 아닌 것 같아요. 선생님.

왜 제 남편이요?

눈물도 나오지 않았다. 아무도 믿지 않을 거야, 그런 병이 어디 있어, 소설이라고 해도 안 믿겠다, 하고 모두 비웃을 거야. 복도를 걸으며 그녀는 생각했다. 그 아주 오래전의, 역사서에서만 봤던 일,

그 일 때문에 생긴 희귀병, 그 병에 내 남편이 걸려 의식을 잃고 누워 있다는 거…… 그게 가능한 일인가.

논리와 개연성, 설득력 따위가 전혀 없이 성큼 다가온 죽음의 기운이 삶의 뺨을 후려치고 있었다.

남편의 핸드폰으로 전화가 온 것은 그가 쓰러진 날부터 이 주 뒤 숨을 거둘 때까지, 그 중간의 어디쯤이었다. 병실로 달려온 남자는 머리가 허옇게 센 중년이었다. 얼굴에 주름살이 가득했는데, 남편의 얼굴을 마주한 그 주름살들이 일제히 떨었다. 아니…… 어떻게 이런 일이…… 하고 남자는 두 손바닥에 얼굴을 묻은 채 주저앉았다.

접촉 사고가 났었습니다. 그와 그녀는 병실 밖의 의자에 나란히 앉았다. 그는 커피를 아주 조금씩 마셔 목을 축였다. 제가 뒤에서 박았어요. 아주 가벼운 접촉사고라, 서로 연락처만 주고받았어요. 수요일, 퇴근하던 길의 일이었지요. 사람이 착해 보여서 사고가 났는데도 별 걱정이 안 되고, 오히려 기분이 좋아지기까지…… 아, 정말 착한 사람이다, 고맙다, 하고 다행스럽기까지…… 했었는데.

수요일은, 남편이 쓰러진 날이었다.

그런 병이 있으리라곤 믿을 수가 없어요. 남자는 고개를 푹 숙였다. 그렇게 허무맹랑한 원인이 어디 있습니까. 너무 오래된 일인데…… 그 시대 살던 사람도 아닌데…… 혹 핏속에 그 무언가가 남아 태어날 때부터 내려왔다 하더라도…… 그는 잠시 말을 멈추고 침을 꿀꺽 삼켰는데, 그 소리가 옆에 앉은 그녀에게까지 선명히 들렸다.

어쩌면…… 제가 방아쇠를 당긴 게 아닐까요.

그녀는 더 이상 들을 수가 없어 귀를 막고 싶었는데, 손이 귀까지 올라가질 않아, 손바닥으로 목덜미만 꾹꾹 누르고 주물렀다.

제가, 제가 방아쇠를 당겨서, 평생 발사되지 않을 수도 있었던 총이…… 그 총알이…… 튀어 나간 건 아닐까요. 제가…… 제 잘못이 아닐까요. 저 때문에 남편분이, 젊은 사람이…… 제가 방아쇠를 당겨서, 그래서요……

아녜요. 그녀는 남자의 어깨를 잡았다. 아녜요, 그런 생각 절대 하지 마세요…… 까지 말했는데, 울컥 눈물이 터져 나왔다. 부끄러웠기 때문에 울었다. 실은, 남자가 나타났을 때부터 그녀가 했던 생각, 그 미운 생각들을 남자가 한 톨도 남김없이 그대로 말했기 때문이었다. 그 사고가 없었다면…… 남자가 남편의 차를 뒤에서 박지 않았다면, 그랬다면 오늘도 나는 남편과 따뜻한 국물을 떠먹고 있을지도 모르는데, 저 남자가 그러지만 않았다면, 하는 생각을 읽은 듯 말했기 때문이었다. 그래서 그녀는 울었다. 부끄러웠다.

저도 사실 믿을 수가…… 믿을 수가 없어요…… 너무 말도 안 되는 일이잖아요…… 아무도 안 믿을 병이잖아요…… 그래도, 그래도 그런 말씀은 하지 마세요…… 아저씨 잘못이 아녜요, 아녜요…… 죄송해요…… 제가 나빠요…… 죄송해요……

엉엉 우는 그녀의 어깨를 남자는 토닥였다. 남자의 옷소매가 그녀의 눈물로 축축하게 젖었다.

아무것도 알 수 없으니 마냥 남편의 손을 잡고 기다리는 수밖에 없었는데, 이렇게 오랫동안 손을 놓지 않은 것은 결혼하고 나서 처음이었다. 세 시간이고 네 시간이고 손을 놓지 않고, 손가락으로 그의 손을, 바지락 봉지를 꼭 쥐고 있었다는 그 큰 손을, 조물조물 만졌다. 가끔은 손 대신 눈꺼풀이며 콧날이며 턱, 목울대며 젖꼭지, 배꼽 주변과 음낭 같은 것들을 조심스레 쓰다듬기도 했다.

속눈썹이 긴 남자였다. 콧날은 날카롭진 않아도 각진 곳 없이 죽 뻗어 있었다. 그녀는 단단한 그의 턱을 좋아했다. 두 번째로 만난 날 터틀넥이 아닌 라운드 티셔츠를 입고 왔는데 그 덕에 커다란 목울대가 보여, 그녀의 눈길을 뺏었다. 사랑을 나눌 때마다 단단하게 서던 젖꼭지를 입에 넣으면, 그는 그렇게도, 좋아했다. 배꼽 안엔 상처딱지가 있었다. 엄마가 날 낳았는데, 아무리 용을 써도 탯줄이 안 잘리더래. 그래서 할머니가 손에 쥐고 뜯었다지 뭐야. 그 딱지야, 지금까지도 안 떨어지네. 그 때문인지 그는 배꼽을 건드리면 아파했고 그래서 그녀는, 안 돼 채널 돌리면 배꼽 만질 거야, 하고 엄포를 놓곤 했었다. 그리고 그들은…… 내년 즈음 아기를 가지면 어떨까, 하고 싶다는 것 시키고, 자유롭게 행복한 아기로 키우자, 라는 대화를, 지난달쯤 나눴었다.

그것들을 뺏기고 있다는 생각에 자주 목구멍이 울렁거리며 눈이 뜨거워졌다. 백발의 남자가 놓고 간 토마토주스 따위를 천천히 마시며 그 눈과 코를 바라보다, 입을 보고, 저 입이 이 주스의 맛을 다시 볼 수 있을까, 하는 생각이 들면 다시 눈물을 흘리곤 했다.

남편이 눈을 뜬 것은, 쓰러진 지 이 주째 되는 날이었다. 오빠! 하고 부르려 했는데 큰 힘이 목젖을 쥐고 누르는 것처럼 읏읏, 웅웅, 거리는 소리만 났다. 웅웅, 소리를 내며 그녀는 울었는데 눈물 때문에 자꾸만 시야가 뿌옇게 흐려져 남편의 얼굴이 흐릿해졌다 선명해졌다를 반복했다. 눈물을 닦고 싶었는데 오른손은 남편의 손을 잡느라, 왼손은 그의 얼굴을 쓰다듬느라 그럴 수가 없었다.

자기야.

남편이 말했다.

읏, 웅, 웅?

자기야. 그 어느 미로에 갇혀도 빠져나올 수 있는 방법이 있어.

읏. 으.

벽에 손을 대고 걸으면 돼. 절대 손을 떼지 않고 계속 걸으면 돼. 그러면 무조건 빠져나올 수 있어.

으.

꼭 기억해. 꼭. 꼭이야.

그 말을 끝으로 남편은 숨을 후, 토해 낸 후 멈추었다.

남편은 일찍 어머니를 잃었다. 시아버지와 시동생 하나가, 그녀와 함께 장례식장을 지켰다. 언니, 그냥 그렇게 간 거예요? 의식 한 번도 못 찾았어요? 유언…… 같은 거라도, 없었어요? 입술을 밀랍으로 봉한 듯 꾹 다문 시아버지를 대신해 시동생이 물었을 때, 그녀는 어떤 말을 해야 할지 몰랐다. 그 어떤 미로에 갇혀도 빠져나올 수 있는 방법, 그걸 마지막 말로 남긴 채 죽었다고, 어떻게 저들에게 이야기하고 납득시킬 수 있을 것인가. 남편이 쓰러진 날부터 온 세상은 논리와 개연성, 인과관계를 무시한 채 멋대로 돌아갔다. '왜'를 전혀 찾을 수 없는 일들이, 꼬리에 꼬리를 물고 일어나 둥그런 연속체를 이루었다. 그 연속체가 그녀의 팔다리를 단단히 묶고 있었다. 응, 없었어요…… 그녀는 대답하다가, 또 왈칵 울음을 토했다. 허공을 떠도는 육개장 냄새가 그 울음을 먹고 컸다.

접촉 사고를 냈던 남자도 장례식장을 찾았다. 찾아와서, 영정사진 앞에 무릎을 꿇고 눈물을 흘렸다. 자꾸만 남편분이 꿈에 나와요. 그는 음식엔 손도 대지 않고 소주만 마시며, 맞은편에 앉은 그녀에게 이야기했다. 자꾸 나와서 저를 말없이 쳐다보기만 합니다. 정말로 저 때문에, 저 때문에 돌아가신 건지…… 뒷말을 흐리며 그는 고개를 떨구었다. 그녀는 테이블에 덮인 하얀색 비닐만 만지작거리며, 아니에요, 그렇게 생각하지 마세요, 자꾸 생각하시니까 자꾸 꿈에 나오는 거예요…… 하고 대답했다. 비닐은 손에 잘 붙지 않고 스르륵 빠져나갔다.

원망. 살아 있을 땐 티끌도 없던 원망이, 죽은 남편을 향한 마음을 가득 메웠다. 마지막 힘이 있었으면, 미로 따위 얘기할 힘이 있었으면, 그녀는 매일 생각했다. 그러면, 사랑해, 사랑해, 라는 말을 해도 되잖아. 미로가 다 뭐야. 어쩌라는 거야. 어쩌자는 거야. 그 순간을 떠올릴 때마다 가슴을 탕탕 쳐도 진정이 안 되어 물을 석 잔은 마셔야 했다. 왜, 왜 그런 헛소리만 하다 간 거야. 왜…… 아무리 생각해도 알 도리가 없었다.

혼자 남겨진 집은 휑했다. 불 대신 매일 컴퓨터를 켰다. 컴퓨터에 이런 검색어를 넣었다. 히로시마, 히로시마 원자폭탄, 히로시마 원폭 후유증, 후유증을 호소하는 사람들의 사진이 떴다. 그 당시 거기 있던 사람들도 있고, 2세도 있다고, 했다. 그런데 세상 사람들은 마치 약속한 것처럼, 아무런 관심을 주지 않았다. 그녀도 그랬으니까. 만약 아랫집 여자의 남편이 이런 병으로 숨을 거뒀다는 말을 들었다면, 어머, 세상에, 어떻게 그런 일이 있어, 하곤 돌아서서 다시 잘만 살아갔을 터였다. 버섯 모양의 구름 사진을 그녀는 하루 종일 쳐다보았다. 그 구름이 머릿속에서 새하얗게 다시 피어올랐다.

그다음엔 이런 검색어를 넣었다. 미로, 미로 반드시, 미로 빠져나가기, 미로 반드시 빠져나가기, 미로를 나가는 방법 따위를. 휴일엔 종일 그렇게 지냈다.

남편이 말한 방법은, 실제 존재했다. 한 손을 벽에 줄곧 대고 걸으면, 중복 없이 모든 벽을 다 훑게 되므로 언젠가는, 탈출할 수 있다고. 그 방법엔 그럴듯한 이름도 붙어 있었다. 왼손을 쓰면 좌수법, 오른손을 쓰면 우수법.

어쩌라고.

모니터 불빛이 어둠 속에서 그녀의 얼굴만 비추었다.

좌수법, 우수법, 그게 다 뭐라고. 어쩌라고.

남편이 쓰러진 이후 그 어떤 것에도 답을 찾을 수가 없었다.

어쩌라고 그런 얘길 한 거지. 마지막 순간에. 왜.

사랑해, 같은 말 대신.

국물을 먹을 수가 없었다. 점심시간이 되면 혼자 밖에 나가 편의점엘 갔다. 편의점에서, 샌드위치나 김밥 따위를 사서 사무실에 돌아와 홀로 먹었다. 동료들이 굳게 앙다문 그녀의 입술을 흘끗대고 눈치를 보았다. 장례식장에서 게걸스레 육개장 국물을 후루룩 마시던 부장의 모습이 떠올랐다. 미치도록 미웠는데, 속에만 그 감정을 얹었다. 바지락도 먹을 수가 없었다. 회식은 조개찜 어때, 하는 말에 그녀는 화장실로 달려가 점심에 먹은 김밥을 몽땅 게워 냈다. 미치도록 미웠는데, 역시 속에만 얹었다. 마트에도 갈 수가 없었다. 남편이 쓰러진 마트의 상호가 찍힌 봉지를 든 아랫집 여자와 엘리베이터를 탔다. 미치도록 미웠는데, 내내 속에만 얹었다.

그러고는 방에서 혼자 답을 찾으려 애썼다. 아무도 그 답을 줄 수 없다는 것을 알고 있었다. 답을 줄 수 있는 사람은 이미 세상에 없었으니까. 이미 숨을 멈추고 재가 되었으니까. 그래서 자신이 생각한 답이 맞는지 확인조차 받을 수가 없었으니까. 그만두자, 그만두고 정신 차리자, 하고 생각해도 마음은 머리를 통 따라 주질 않았다.

그 어느 것에도 이유를 찾을 수 없어, 미치도록 미웠다.

다섯 해 후 삼중 추돌 사고로 화물차와 버스 사이에 끼여 사망할 때까지, 그녀는 원망을 먹고 살았다. 그래서 핸들이 가슴팍으로 밀고 들어오던, 몸이 이리저리 꺾이던 그 순간, 머리만은 훨씬 편안해졌다.

그녀는 모르는 사실이었는데, 그녀의 장례식장엔 백발의 남자가 들어와 하염없이 울었다. 어떤 사이이신가요? 그녀의 어머니가 묻는 말에 그는, 제가 빚을 많이, 많이 졌습니다, 라고만 대답하며 울었다. 그녀의 어머니는 남자를 상에 앉히곤, 손수 밥과 국을 내왔다. 드세요. 그녀는 남자의 손을 잡았다. 우리 애가 착해서, 그 빚, 다 잊을 겁니다. 그니까…… 그러니까, 담지 말고, 드시고, 털어 내세요. 남자는 왜, 왜 이렇게 젊은 사람들이…… 대체 왜…… 라며 연신 흐느꼈는데, 어머니는 울진 않고, 드세요, 다 잊을 겁니다, 드세요, 라고 반복할 따름이었다.

* * *

여기 왔었지, 오빠.

다섯 손가락을 담에 대고, 걷기 시작했다.

여기 왔었지…… 내가 나중에, 여기서 나가질 못할까 봐, 그래서…… 그래서 마지막 힘을 내어 잠시 돌아왔던 거지…… 답을 알려 주려고…… 어떻게 나가야 하는지, 어떻게 길을 찾아야 하는지…… 알려 주려고 그랬던 거지. 혹시 못 나가고 영영 헤맬까 봐. 그래서 그런 거였지…… 그래서……

그런 거였어.

중복 없이, 모든 벽을 훑는다. 벽돌담은 우툴두툴했다. 얼마나 큰 미로일까, 얼마나 오래 걸릴까. 왜 저승은 날 이런 미로에 던진 것일까, 하고 그녀는 속으로 스스로에게 물으며 걸었다. 꽤 걸었는데 해가 움직이지 않는 것을 보니 내내 낮인 모양이었다.

그때, 담벼락에 닿은 그녀의 손끝에서 뭔가 피어났다.

글씨였다.

나는 태어났다.

그렇게 시작하는 글씨였다. 그녀의 눈동자가 동그랗게 커졌다. 조금 더 걸었다.

나는 엄마의 젖을 먹고 자랐다. 볼이 통통하고 발그레한 아기가 되었다. 나의 엄마는 직접 산 소고기를 다졌다. 쌀을 불리고 당근을 썰었다. 그걸 끓여 나를 먹였다.

희한하게, 너는 마트에서 산 이유식은 죽어도 안 먹고 구역질을 했어. 웩, 웩, 하고. 그래서 내가 다 손으로 만들어 먹여야 했지. 입은 고급이어 가지고 말이야. 그녀의 엄마가 오래전 했던 말이었다. 잊고 있었다. 그렇게 정성 들여 키웠어, 엄마가, 너를. 그녀는 그때마다 뭐라 대답해야 할지 몰라 그저 웃고 말았는데, 그때, 고마워, 사랑해, 라고 했어야 했다.

그녀는 계속 걸었다. 기억에서 사라졌던 일들이 손끝에서 피어올라 이야기를 빚어냈다. 아, 맞아, 이런 일이 있었어. 그렇지, 까맣게 잊고 있었네. 가끔은,

나는 옥상에서 친구들과 술을 마셨다.

와 같이 부끄러워 웃을 수밖에 없는 일들도 기록되었다. 중학교 2학년 때였지, 만취해서 집에 들어오고. 엄마랑 아빠한테, 손바닥으로 얻어맞고. 얼른 남편을 만나던 때로 가고 싶었는데, 자신의 이야기가 재미있어서 그걸 하염없이 읽느라, 걸음이 조금 느려졌다. 그렇지만, 결국 거기 이르렀다.

나는 홍대입구역 9번 출구에서 남자를 만났다.

그 얼굴, 눈, 코, 입, 그리고 입에서 피어오르던 입김, 갈색 코트, 꽈배기 문양의 검은 터틀넥, 헐렁하던 청바지. 다 기억이 났다. 어딘지 모르게 어색하게 다듬었던 머리칼과, 도드라지던 눈썹. 발갛던 볼.

그녀의 걸음이 좀 더 느려졌다. 맞아, 이런 일이 있었어. 교통카드만 달랑 든 채 아무 버스나 타고 아무 정거장에나 내리는 데이트를 하루 종일 하며 서울 시내를 돌던 기억. 커다란 잔디밭에서 아이마냥 남편의 목말을 타고 축제를 구경했던 기억. 황금빛 햇살 아래 빨래를 함께 널고 맥주를 마시던 기억. 아직 사람이 전혀 없던 서촌마을에서 뽑기를 하고 각진 옛날 자동차를 구경하던 기억. 텅 빈 노포에서 사장 노부부와 함께 티브이를 보며 주꾸미와 소막창을 구워 먹던 기억. 결혼 전 남편이 살던 성남의 모란시장에서 할아버지들이 지네를 고아 먹는 장면을 보며 으으엑엑 소스라치면서도 눈을 떼지 못하던 기억. 먼 항구까지 굳이 찾아가서 물회만 먹고 바다는 보지도 않은 채 목표를 달성했다면서 흡족해하며 돌아오던 기억…… 두 해의 연애와 한 해의 결혼 생활 동안 있었던 일들을 그녀는, 다섯 해의 원망 속에서 지워 내고 있었다. 그 기억들이 다시 고스란히 손끝에서 쓰였다.

남편이 쓰러지고 세상을 떠나는 부분에선 그녀는 조금 울었지만 걸음을 멈추진 않았다. 그리고 다섯 해 동안의, 혼자 지낸 세월이 기록되었다.

미안하다, 라고 그녀는 생각했다. 나에게 미안해. 그때의 나에게. 왜, 이유가 뭔데, 라는 답을 찾을 수 없는 물음과 미움에 빠져 허우적대던 나에게. 사실 다리를 쭉 펴면 바닥을 딛고 나갈 수도 있었을 터인데, 스스로 무릎을 굽힌 채 물이 깊다고만 생각했지. 그녀는 손바닥으로 글씨들을 살살 쓰다듬었다. 이렇게, 언젠가는 수수께끼를 풀게 될 것을. 이렇게, 다 알게 될 것을.

이유가 있는 것도 없는 것도 있었다. 모든 것이 자로 잰 듯 명확한 과학과 논리와 인과관계, 그리고 개연성으로 설명될 수가 없었다. 사람이니까. 살아 있는 것들이니깐. 대체로, 오류와 어긋남이, 기쁨과 사랑을 만들어 내는 것도 사실이었다. 삶은 가끔은 밀고 들어오고, 가끔은 우르르 썰물처럼 빠져나가기도 했다. 거기에 왜를 묻는 물음이, 굳이 존재해야 할 필요는, 없었다.

그냥 숨 쉬면 되는 건데. 숨 쉬고, 오빠가 죽었어도 오빠를 사랑하며, 살아갔으면 되는 건데. 도대체 무슨 까닭에서, 라는 질문에 숨 막히지 않았어야 하는데, 지금 이렇게 답을 찾았는데…… 그녀는 거기 잠시 앉아 훌쩍대고 울다가도 웃었다.

그리고 다섯 해의 기록을 마치는 그 즈음에, 출구가 있었다.
누군가 기다리고 있다.

내내, 거기서 기다려 왔다.

앨리

앨리와 나는 2006년, MF크루의 공연장에서 처음 만났다. MF는 '무심천 펑커스'의 약자였고, 무심천은, 청주, 그 작은 도시를 가로지르는 더 작은 하천이었다. 다시 말해 우리는, 개울에서 발광한단 이름을 가진 하드코어 밴드 연합이 연주하던 비좁은 클럽에서 처음 만났다.

야, 재 봐. 상민 오빠가 귓속말하며 손가락질한 자리에 여자아이 하나가 있었다. 부스스한 반곱슬, 앞머리도 없이 질끈 묶은 포니테일, 유행 지난 통바지에 무테안경, 감전된 사람처럼 몸을 부르르 떨며 제자리에서 헤드뱅잉을 하는 모습. 둘러보니 그 아일 보며 낄낄대는 것은 상민 오빠만이 아니었다. 힐끔대는 사람들의 시선에서, 공연을 볼 때보다 천만 배는 큰 호기심이 묻어났다.

대박! 저 패션 뭐야. 너무 크게 웃어 버려 침방울이 튀었다. 와, 존나 쪽팔린다. 한 십 년 전 옷 아니야? 저 줄무늬 목티는 뭐야, 아파트 장터에서 샀나? 청바지 통은 왜 저렇게 넓어? 바닥 쓸고 다니겠네. 오늘 공연장에 오기 전 방에서 옷을 고르던 게 생각났다. 아, 너무 야한 거 아닌가, 민망하지 않을까, 거울 앞에서 몸에 댔다가, 입었다가, 벗었다가, 고개를 갸웃거리다, 다시 입고 나온 스키니진이 씩 웃는 것 같았다. 거 봐, 내가 나 입고 오라고 했지, 하고. 이런 스키니진을 세 벌은 만들 수 있을 만큼, 그 아이의 통바지는 넉넉했다.

그렇게 비웃곤 잊어버렸는데, 그날 밤 MF크루의 카페에 공연 후기가 올라왔다.

열여덟 고딩의 삭막한 삶에 한 줄기 빛을 주셔서 감사해요. 킵 락킹!

신입 회원의 자기소개 게시판에도 글 하나가 올라왔다.

안녕하세요, 제가 작년에 부모님과 미국에 여행 가서 찍은 사진입니다. ^^ 이 동상의 손을 만지면 하버드에 간다고 하던데 하버드는커녕 부모님이 원하시는 대학에라도 갈 수 있을진 모르겠네여.

그 밑엔, 그렇게 공연 내내 머리를 흔들며 목 근육을 단련시키던 그 여자아이가, 두 팔을 쭉 뻗고 동상 앞에 대 자로 서 있는 사진이 있었다.

그 아이의 닉네임은 '앨리'였다. *앨라니스 모리셋의 이름에서 따*

온 *닉네임이예여.* 그 아이는 자기소개에 그렇게 썼고 나는 앨라니스 모리셋 같은 소리 좋아하네, 하고 혼잣말을 했다. 극장에서 섹스하는 내용을 담은 그녀의 노래가 떠올랐다. 걘 평생 섹스할 수 있을까? 아마 못 할걸. 그렇게 통바지를 입고 다녀서는.

상민 오빠와의 채팅창에 *야, 너랑 동갑이네ㅋㅋㅋㅋㅋ 친하게 지내라ㅋㅋㅋㅋㅋㅋㅋㅋ,* 라는 글이 떴고 나는 *아, 씨발, 재수 없는 소리 하지 말고 닥치세요 좀,* 이라고 대답했다.

그랬는데, 어쩌다 보니 공연이 끝날 때마다 하릴없이 무심천을 함께 걷는 사이가 되고 말았다. 오빠들은 신나게 공연 뒤풀이를 하다가 겨우 미성년자 둘 때문에 경찰서에 갈 배짱이 있는 사람들은 아니었으니까. 작은 하드코어 클럽의 관객들은 대부분 낯이 익은 사람들이었기에 공연이 끝나면 밴드 멤버들까지 다 함께 호프집으로 우르르 몰려가 맥주를 마시고 치킨을 뜯곤 했다. 나도 너무너무 가고 싶어. 오빠 진짜 오늘은 나 데려가면 안 돼? 난 상민 오빠에게 매일같이 매달려 칭얼댔는데 오빠는 그럴 때마다 드럼 스틱을 휘두르며 미자는 물러서거라, 훠이 훠이, 하고 야속한 소리를 했다. 아, 씨, 짜증 나. 나는 맥주를 마실 기대에 부풀어 기타 소리보다 더 왁자지껄하게 떠드는 관객들과 악기를 정리하는 밴드 멤버들을 헤치고 툴툴대며 거리로 나왔는데 그러면 언제나 뒤에서 앨리가 수아야, 같이 가, 하고 따라 나왔다.

집에는 가고 싶지 않아 무심천을 산책했다. 앨리는 자꾸만, 눈치도 없이 내 그림자를 졸졸 밟았다. 촌스러운 앨리와 함께라는 것이 창피해서 나는 항상 조회 시간의 옆으로 나란히, 만큼 간격을 둔 채 걸었다. 아, 누가 보면 어떡하지. 우리 학교 애가 보면 어떡하지. 앨리는 천변에 널린 강아지풀을 뜯어 손바닥 위에 놓곤, 수아야, 이게 왜 강아지풀인 줄 알아? 하더니, 이렇게 손바닥을 살랑살랑 앞뒤로 흔들면, 강아지처럼 다가와서 강아지풀이야, 왈왈, 하고 말했고 나는 하, 또 개소리하네, 하고 앨리에게 들리지 않게 중얼댔다. 넌, 학원 안 다녀? 나 오늘 사실 영어학원 빠지고 왔다? 학원 샘이 집에 전화하면 난, 난 뒈지는 거야, 하는 그 애의 말이 다 우스웠다. 학원 빠지는 걸 최고의 일탈로 여기는 답답함. '뒈진다'는 단어를 말할 때에도 멈칫, 하는 한심한 꼬락서니. 신이시여, 왜 제 인생에 저런 범생이를. 나는 가끔 오십 미터쯤을 전력 질주할 때도 있었는데 그 애는 뒤뚱대며 야아, 왜 뛰어, 너 진짜 잘 뛴다, 계주 선수 같다, 하고 쫓아와 헉헉댔다. 난 정말로 도망가고 싶었는데 말이다. 차라리 무심천에 뛰어들 걸 그랬나 싶었다.

언젠가는 내가 길바닥에 침을 뱉는 모습을 보고 앨리가 따라 한 적도 있었다. 그랬는데, 잇새에 가래침이 길게 늘어져 대롱거렸다. 테…… 퉤…… 퉤에……를 여러 번 반복해도 대롱거리는 침은 떨어질 생각을 하지 않다가 결국 앨리의 턱에 붙어 버렸다. 대박! 나는 그 앞에서 배를 잡고 웃곤, 그날 밤 상민 오빠와의 채팅에서 그 얘길 이야기하며 ㅋ를 오천 개쯤 쓰기도 했다. *병신 같은 년*이라고도 쓰고.

앨리의 시선이 어딘가에 머무르기 시작한 것은, 그리고 내가 그걸 알아챈 것은 앨리를 만난 지 두 달쯤 뒤였다. 그날엔 MF크루가 야심 차게 준비한 공연이 있었다. 청주뿐 아니라 서울, 부산, 제주, 심지어는 싱가포르에서까지, 하드코어 신에서 굵직한 자리를 맡고 있는 밴드들이 한데 모였다. 이거 기획하느라 얼마나 힘들었는데. 누가 이 촌까지 와서 공연을 하려고 했겠어. 섭외하느라 진짜 힘들었다? 상민 오빠는 내게 하소연을 해 댔는데 정작 오빠의 밴드는 아직 신생이라서, 공연의 오프닝을 맡아 가벼운 박수만을 받았을 뿐이었다.

와아, 간지 쩔어! 싱가포르에서 온 밴드의 보컬은 마르고 자그마한 여자였는데, 무대에 서자마자 가슴통이 터질 것처럼 그로울링을 해 댔다. 관객들이 술렁이더니 이내 미친 듯이 환호했다. 도저히 눈을 믿을 수가 없을 지경이었다. 저 몸에서 어떻게 저런 파워가 나오지? 야 괜히 유명한 게 아니지. 와 대박 대박, 우리나라엔 저런 여자 보컬 없냐. 여기저기서 감탄하는 소리들이 들려왔다.

그때, 앨리의 모습이 눈에 띄었다. 사람들 모두 보컬에 넋이 나가 있는데, 몸은 여전히 강박적으로 부르르 떨면서도, 눈은 무대가 아닌 다른 곳을 향해 있는 앨리. 앨리의 시선을 좇았을 때, 그 끝엔 콘솔을 잡고 있는 사람이 있었다. 상민 오빠였다. 얼씨구. 나는 입을 쭉 내밀며 무대를 보다 앨리를 보다 다시 보컬을 보다 앨리를 보다 했는데, 앨리의 시선은 상민 오빠에 내내 고정되어 떠날 기미가 없었다.

그날 공연이 끝나고 무심천을 걷다 나는 그 애를 불렀다. 야, 앨리. 응? 앨리는 0.1초도 걸리지 않고 대답했는데 그 목소리에서 반가움과 놀라움이 동시에 묻어 나왔다. 내가 뭔가를 먼저 이야기하는 것은 처음이었으니까. 너 솔직히 말해, 너 상민 오빠 좋아하지. 그러자 앨리는 아냐아아아, 무슨 소리야아, 하고 말했는데 이미 얼굴이 새빨갛게 달아올라 터질 것만 같았다. 구라 치지 마, 너 아까 공연할 때 공연도 안 보고 상민 오빠만 찾고 있는 거 내가 다 봤어. 구라 치면 오빠한테 말할 거야. 내 말에 앨리는 두 팔을 휘저으며 안 돼 안 돼, 말하지 마, 응? 수아야, 말하지 마, 제발, 너무 부끄럽단 말이야…… 라고 속사포같이 외쳤다. 그날 헤어져 집에 와서도, 채팅을 걸어 *수아야, 절대 말하면 안 돼, 절대 절대 안 돼,* 라고 난리였다. 짜증 나게.

그냥 묻지 말 걸 그랬다. 속마음을 들키자 앨리는 오히려 내게 채팅을 더 많이 걸기 시작했다. 다 상민 오빠 얘기였다. *오늘 드럼 치는데 넘넘 멋있어서 심장마비 오는 줄,* 이라거나, *너는 상민 오빠랑 어떻게 그렇게 친해? 완전 부러버ㅠㅠ 나도 친해지고 싶은데…… 같은 것들. 상민 오빠가 제일 좋아하는 밴드 As I Lay Dying 이거 맞아? 엄마가 용돈 줬는데 시디 사서 들어 보려고,* 라는 얘기도 했다. *공연이 있는 날엔, 아, 나 뭐 입고 갈지 세 시간 고민함, 오늘 고데기 첨 해 봤는데 어렵다ㅋㅋ,* 같은 메시지가 날아오기도 했는데 꼭 그런 날의 패션과 헤어가 최악이었다. 도저히 유행에 대한 감각이라고는, 존재하지 않는 아이였다. 틴트가 벌겋게 묻은 앞니를 드러내며 오빠 앞에서 안녕하세요, 하고 활짝 웃을 땐 그래, 더 웃어라, 더 쪽팔리게, 라며 속으로 외치곤 했다.

나는 두려웠다.
내가 앨리처럼 될까 봐.

괴롭히고 싶은 아이로 돌아갈까 봐.

* * *

중학교 일 학년 때였다. 아빠가 퇴근을 했는데 도넛을 잔뜩 사 왔다. 이게 뭔 도넛이야, 아빠, 좋은 일 있어? 내가 묻자 아빠는, 세상에, 고향 친구 태식이랑 이십 년 만에 연락이 닿았는데, 알고 보니 105동에 살지 뭐야, 하고 신이 난 소리로 말했다. 어머, 진짜? 옆옆 동에? 엄마도 호들갑을 떨었다. 응, 그래서 만나러 가야겠어, 수아도 가자, 딸이 수아랑 동갑이래. 학교도 같던데? 나는 우와, 누구? 하고 물었는데 이름은 모르겠다, 가 보면 알게 되겠지, 하는 대답이 날아왔다.

며칠 후 태식 아저씨의 집에 처음 갔는데, 태식 아저씨의 딸은 김유희였다. 헐! 나는 소리치곤, 재 일진인데, 하고 엄마의 손을 잡았다. 어머, 정말? 근데 막 엄청 나쁜 일진은 아니고, 공부도 잘해. 그러자 엄마는, 얘 그럼 차라리 잘됐다, 친해지면 되겠네, 그럼 학교생활 편해지지 않을까, 했다. 유희는 학교에서와는 조금 다르게, 집에선 조용했고 사뿐사뿐 걸었는데 나와 단둘이서 자기 방에 있을 땐 다시 말이 많아졌다. 주로 남자애들 이야기를 많이 했는데, 근데 너네 오빠도 잘생겼는데, 라는 나의 말에 유희는 지랄, 성격 존나 더러워, 나 여기 멍든 거 보이냐? 그 새끼가 때린 거야, 라고 대답했다. 진짜? 내가 묻자, 언젠간 죽여 버릴 거야, 라고 유희는 대답했다. 정말로 죽여 버릴 거야.

수아 엄마, 오늘 우리 집 제사 있어. 음식을 많이 했으니깐, 와서 먹고 가. 저녁 준비하지 말고. 우리도 음식 남으면 골치 아파. 아줌마의 전화를 받고, 아빠가 퇴근하자마자 모두 태식 아저씨의 집으로 향했다. 그런데 나는 미처 몰랐다. 그것이 유희 친엄마의 제사인 줄은. 그때까지, 아줌마가 유희의 새엄마인 줄도 몰랐으니까.

유희는 아파트 현관문을 열고 어서 오세요 엄마, 하고 혼을 집 안으로 모셨다. 향을 피우고 꾸벅 절을 했다. 유희와 태식 아저씨, 둘이서. 아줌마는 베란다에 나가 있었다. 나는 거기 서서, 경호 오빠는 바쁜가, 왜 집에 없나, 하고 생각했다. 잘생긴 경호 오빠를 한 번이라도 더 보는 게 좋았으니까.

제사가 끝난 뒤, 제사 음식을 곁들여 아빠와 엄마, 태식 아저씨와 유희의 새엄마가 함께 소주잔을 기울였다. 나와 유희는 빨리 방에 들어가 놀고 싶은 마음에 얼른 밥을 먹고 귤을 챙기기 시작했는데, 이경호, 나와서 너도 한잔해라, 하는 태식 아저씨의 말에 자기 방에 있던 경호 오빠가 나와 술상에 함께 앉았다. 어, 경호 오빠 집에 있었구나! 내 말에 유희의 어깨가 잠시 움찔했다.

나는 그저, 조금 신기했을 뿐이었다. 학교에선 니 에미 니 애비 욕을 하는 유희의 엄마는 돌아가셨고 새엄마와 산다는 것. 엉덩이까지 줄인 교복 치마를 입고도 다리를 쩍쩍 벌리는 유희가 집에선 발뒤꿈치를 들고 걷는다는 것. 오빠들 무릎에 아무렇지도 않게 앉곤 하는 유희가 의붓오빠의 그림자만 봐도 몸을 움츠린다는 것. 이게 신기해서, 입이 근질거렸고, 누군가와 이야기하며 그 신기함을, 놀라움을 나누고 싶었다. 그래서 난 딱 한 명에게만 이야기했다. 딱 한 명에게만. 그뿐이었다.

김찬혁이 내 교복에 가래침을 뱉었다.

박호제가 허리 돌려 봐, 쌍년아, 저번 축제에서 춤추던 것처럼 돌려 봐, 하고 웃었다.

너희 엄마가 학부모 상담 와서 담임한테 꼬리 친다며, 하고 최가영이 내 머리를 몇 번씩 치기도 했다.

이은영은 내 이어폰을 빌려 가더니 남에게 팔아 버렸다.

비싼 펌을 하고 등교한 날엔 주미진이 머리카락에 껌을 붙였다.

그리고 유희는 언제나, 그 모두와 함께 거기 있었다. 거기 서서 팔짱을 끼고, 아무 말도 없이 나를 노려보고, 개년아, 아직 갚아 주려면 멀었어, 라고 말하기도 하고, 가끔은 입꼬리를 슬쩍 올리며 웃기도 했다.

집에는 말할 수 없었다. 아빠 친구인 태식 아저씨의 딸이 엄마가 없다는 것을 학교에 소문냈다고, 성이 다른 오빠에게 맞는다는 것을 퍼뜨렸다고, 그래서 매일같이 괴롭힘을 당한다고, 예쁜 후드 집업을 입고 가면 뺏긴다고, 유행하는 가방을 들고 가면 찢긴다고,

말할 수가 없었다.

일 년 뒤 아빠가 청주로 발령을 받아 이사를 왔다.

모든 걸 원점으로 돌리고, 유희처럼 될 수 있는 곳으로.

* * *

앨리가 코트에 손을 넣고 발을 동동 구르며 클럽 문을 열고는 머리를 쑥 들이밀었다. 거리에서 찾아보기도 힘든, 어깨뽕이 과한 코트였다. 엄마 거 훔쳐 입고 나왔나. 한심하긴. 인사도 않는 내게 앨리는, 수아야, 와 있었네, 벌써 겨울이야, 너무 추워, 하더니 이제 고 삼이라 여기도 자주 못 오겠다, 공부하다 스트레스 받아서 콱 죽으면 어떡하지, 하고 말했다. 아아, 2학기 기말을 망쳐서…… 수시로 대학 가고 싶은데, 어째야 할지 모르겠어, 한 열 개 넣으면 하나는 될까, 의대 넣을까 말까, 수아야, 너는 학교 시험 잘 봤어? 내신 등급 얼마나 나와? 너희 학교는 내신 따기 좋지? 아, 난 괜히 빡센 학교 갔나 봐…… 하는 그 애에게 닥쳐, 닥치라고, 하고 싶었는데 사람들이 너무 많아 입을 꾹 다물고는 슬금슬금 옆으로 걸어 간격을 벌렸다. 그때마다 그 애는 어디 가, 중앙에서 봐야지, 라며 내 소매를 다시 끌어당겼다.

안 되겠다, 나는 생각했다. 진짜 쪽팔리고 짜증 나 죽겠네. 그냥 조져 놔야겠어. 다신 못 오게.

그날 공연이 끝나고 나는 상민 오빠의 바짓가랑이에 대롱대롱 매달렸다. 오빠, 오빠아아. 오늘은 진짜 그냥 못 가. 잉잉 우는 소리를 냈다. 나도 이제 고 삼인데, 맥주 한 잔은 마실 수 있단 말이야. 앨리가 옆에서 얼쩡거리며 발을 들었다 놨다 하고 있단 걸, 안 봐도 알 수 있었다. 그래서 더 크게 말했다. 민증 나온 거, 그거 숫자도 바꿔 놨단 말이야. 내가 이비에스 수능특강에서 그 숫자 벗겨서 붙이느라 얼마나 힘들었는데…… 스물두 살로 바꿔 놨단 말이야. 시내에 미자만 받는 술집도 있는데 왜…… 하드코어 하는 사람들이 이렇게 겁이 많아서야 간지가 나냐구…… 그러고는, 앨리의 손을 잡아당겼다. 앨리도 맨날 이렇게 열심히 공연 보러 오는데 고마워서라도, 맥주 한 잔 사 줘야 하지 않겠냐구. 나랑 앨리랑 같이 데려가서 딱 한 잔만, 생맥 한 잔만 사 줘…… 응? 응? 결국 상민 오빠가 못 이겨 고개를 끄덕였다. 딱 한 잔만이다. 그리고 바로 일어나서 집에 가. 나는 고마워 오빠 고마워, 하고 소리를 지르곤 앨리에게 팔짱을 꼈다. 앨리, 가자! 고고! 내가 특별히 상민 오빠 옆에 앉혀 준다! 내 외침에 앨리는 말도 못 하고 웃기만 했다. 좋냐, 좋냐고.

나는 술이 셌다. 고등학생인 걸 뻔히 알면서도 눈감아 주는 술집이 시내에 한 군데 있었다. 청주시의 온 고등학생들이, 거기 다 모여 술을 마셨다. 가끔은 영업정지를 당하기도 했는데 그게 휴가라고 여길 만큼 수많은 고등학생들이 술을 팔아 주었다. 들어가면서 절대 주위 둘러보지 마. 눈 깔아서 바닥 보고 들어가. 눈 마주치면 바로 야려봤다고 시비 걸거든. 선배의 조언을 들으며 바닥만 뚫어져라 쳐다보던 그날부터 나는 그곳의 단골이 되었는데, 소주 두 병 정도는 아무렇지 않게 마시고 양치질을 한 후 집에 들어갈 수 있었다.

밴드 멤버들과 관객이 섞여 시끌벅적한 대형 테이블에서 나와 앨리는 상민 오빠를 사이에 두고 앉았다. 네가 데려왔으니 네가 책임져라, 하는 사람들의 말 때문이기도 했고, 물론 내 의도이기도 했다.

으아, 취한다! 생맥주를 반 잔쯤 마신 후 나는 일부러 머리를 흔들었다. 아아아, 어지러워, 하고는 상민 오빠에게 몸을 기댔다. 이상하네, 나는 내가 술을 잘할 거라고 생각했는데에, 라고 말꼬리를 늘였다. 앨리는 두 손으로 맥주잔을 꼭 붙든 채 입술만 홀짝홀짝 적시며 눈을 동그랗게 뜨고 사람들을 구경하고 있었는데, 출입문에 달린 종이 울릴 때마다 움찔거리며 그곳을 바라보곤 했다. 마치 금방이라도 경찰관이 들어올 것처럼. 그것은 흡사, 언제일지 모르는 순찰을 애타게 기다리는 것처럼 여겨지기까지 했다.

야, 재 취한 것 같은데 집에 보내라. 맥주잔을 거의 다 비우고 취한 척하는 연기의 흥이 최고조에 달했을 때쯤 테이블 저쪽에서 말이 날아왔다. 기다리던 말이었다. 이이잉, 나 안 취했어어어어어, 하고 나는 일부러 앙앙 소리를 냈다. 그러곤 벌떡 일어났다가 피휴우우우, 하고 다시 앉아 상민 오빠에게 몸을 기대고 머리를 떨궜다. 그러게 미자를 왜 데리고 오냐, 하는 핀잔을 들으며 상민 오빠는 집에 가, 혼자 집에 갈 수 있겠어? 하고 물었고 나는 오빠가아아,

산책 한 번만 시켜줘어어어, 그럼 정신 차릴 거야아아아, 그리고 버스 정류장까지마안, 데려다줘어어, 앨리도 같이 가자아아아, 같이이이이, 하고 말했다. 앨리가 그래, 같이 산책하고 가자, 하며 자리에서 튕기듯 일어났다. 적발되기 전에 이곳을 나간다는 것에 깊이 감사한 듯.

초겨울의 무심천 바람은 찼다. 마른 갈대가 슷슷 소리를 내며 흔들렸다. 갈지자로 비틀거리는 내 어깨를 상민 오빠가 감싸 안고 걸었다. 그 옆에서 앨리가 종종거리며 상민 오빠에게 말을 거는 소리가 들렸다. 오빠, 드럼은 언제부터 쳤어요, 오빠, 다른 악기는 뭐 할 줄 알아요, 오빠, 나 애즈 아이 레이 다잉 들어 봤는데 너무 좋았어요, 오빠, 왜 밴드 이름이 그래플링이예요, 오빠, 오빠, 오빠…… 그 애가 백 단어 정도를 말하면 상민 오빠가 그제야 두 단어 정도로 대답을 했는데, 그러면 그 애는 다시 호들갑을 떨며 이백 단어를 덧붙이곤 했다.

더 이상은 참을 수가 없었다.

나는 상민 오빠의 목에 팔을 걸고, 갈대숲에 들어갔다. 마치 앨리가 없이 우리 둘뿐인 것처럼. 까치발을 들고 상민 오빠의 입에 입술을 댔다. 앨리가 갈대숲 밖에 아직도 서 있었다. 오빠의 혀가 입술을 밀고 들어오는 것이 느껴졌다. 닭 비린내가 함께 들어왔다. 토하고 싶었지만 참았다. 오빠의 손이 내 가슴을 더듬더니 옷 속으로 쑥 들어와 속옷 밑으로도 내려갔다. 손이 찼는데, 참았다.

눈을 동그랗게 뜨고, 앨리가 등을 돌리는 것을 보았다. 등을 돌려 천천히 걷는 것을, 발을 질질 끌며 계단을 오르는 것을, 강변 위의 인도에 올라섰다가, 아마도 횡단보도를 건너고, 저 너머로 더 이상 보이지 않는 곳까지 희미해지는 것을 지켜보았다.

그 등이 사라지자마자 나는 속옷 밑의 손을 뿌리쳤다. 집에 갈래, 라고 말하며, 몸을 똑바로 세워 갈대숲을 나왔다.

마지막까지 통바지야, 씨발, 촌스러워. 집에 오는 내내 중얼거렸다.

앨리는 그날 이후 MF크루의 공연장에 모습을 드러내지 않았다. 전동녀 어디 갔냐? 죽었나, 살았나? 멤버들이 가끔 농담을 하곤 했는데 나는 아무런 대꾸를 하지 않았고, 상민 오빠의 대답은, 공부라는 것을 하시느라 바쁘신가 보지, 였다.

수능 시험지에 머리를 묻었는데 꿈에 앨리가 나오기도 했다. 그 범생이는 수능을 잘 봤을까. 한 이 초 정도 궁금했다.

수능이 끝나고는 상민 오빠와 한 번 자기도 했는데 영 힘들기만 하고 별로 좋진 않았다.

MF크루로 향하는 발길이 점점 뜸해지다가, 결국 끊겼다.

* * *

2018년에 나는 앨리를 다시 만났다. 앨리'와' 다시 만난 것은 아니고, 나만 앨리를 만났다. 티브이로.

인디밴드도 발라드 가수도 가끔은 아이돌도 나오는 심야 음악 프로였다. 요새 인디신에서 아주 핫한 밴드죠, 라고 소개가 흘러나온 후 4인조가 등장해 연주를 하기 시작했는데, 드러머의 얼굴이 어딘지 모르게, 기시감에 빠져들게 했다. 누구지, 어디서 봤지, 아는 사람인가, 라는 생각이 들었지만 하루 종일 집과 유치원, 마트만 오가는 내가 알 사람일 턱이 없었다. 아이의 입에 숟가락을 연신 넣었다 뺐다 하며, 그 노래를 끝까지 들었다.

그게 누구였는지 알게 된 것은 엠시가 인터뷰를 시작했을 때였다. 안녕하세요, 저는 드러머 앨리입니다. 밑에 자막도 떴다. 앨리, 라고. 어깨선 정도 오는 머리를 초록빛으로 염색하고, 입술과 코에 작은 링을 걸고, 귀에도 다닥다닥 뭔가를 박아 넣었다. 마이크를 잡은 손가락엔 요란한 그림이 그려져 있었다.

대학 선배님의 프로에 출연하게 되어 영광입니다, 같은 말들이 보컬의 입에서 흘러나왔다. 아, 이 멤버들이 다 서울대 동기거든요. 오오, 하는 청중들의 반응. 아니, 공부하라고 대학 보내 놨더니 왜 음악을 해요! 엠시가 소리치더니, 그럼 다 동갑인가요? 했다. 아니요, 앨리 씨가 나이가 제일 많아요. 앨리가 마이크를 들더니, 제가요, 사수를 했거든요, 라고 머쓱해하며 너털웃음을 터뜨렸다. 아니, 사수까지 해서 대학에 갔는데 왜 음악을 해! 엠시가 다시 호통을 치자 멤버들이 무릎을 치며 웃었다.

핸드폰을 들어 앨리를 검색했다. 이런저런 인터뷰 기사들이 떴다. 가장 긴 어느 웹진의 기사에는 이런 말들이 적혀 있었다. *음악에 빠진 건 고등학교 2학년 때였어요. 다른 친구들보다는 좀 늦은 편이죠. 원랜 공부하느라 너무 스트레스를 받아서, 때려 부수는 음악을 듣고 싶다는 생각으로 그런 음악을 어디서 들을 수 있는지*

찾아봤어요. 하하. 저 청주 출신이거든요. 그런데 알고 봤더니 청주가 완전 하드코어의 도시인 거예요. 유명한 인디 하드코어 밴드들, 청주에 적을 두고 활동하는 밴드들이 많았어요. 가서 매일 몸을 덜덜 털고 오곤 했죠. 이렇게. (웃음) 이런 공연 보러 오는 여고생은 처음이라고 다들 신기해했어요. 카페에도 혼자서 열심히 글 올리고. 공연 끝나면 혼자 터덜터덜 하천 옆을 산책하고 그랬죠. 언젠가 한 번은, 미성년자인데 혼자 뒤풀이 쫓아가서 맥주도 마시고 그랬어요. 아 이런 얘긴 하면 안 되나? 그때부터 시디 사고, 찾아 듣고, 음악잡지도 구독하고 웹진 같은 것도 들어가서 보고 게시판에서 활동도 하고. '안녕하세요 여고생입니다.' 이런 글 쓰면 댓글 엄청 달리고, 구라 치지 말라고…… 하하. 여고생이 이런 걸 왜 들어…… 이런 거 듣는 여고생이 세상에 어디 있어…… 하하하. 특히 어떤 밴드의 드러머를 하염없이 짝사랑했어요. 지금 생각하면 잘생기지도 않았는데 왜 그랬나 모르겠지만. 그분 때문에, 대학 가면 무조건 드럼 배워야지, 했어요. 사수를 하느라 오래 걸리긴 했지만요. 대학에 가서는 드럼 스틱 잡고 음악만 했네요. 덕분에 학사 경고를 몇 번을 먹었는지 몰라요. 전공은 뭐였어요? 의류학과요. 하하. 진짜 웃기죠, 저 옷 같은 거 진짜 못 입었거든요. 그냥 점수 맞춰 넣었는데 가서 많이 배웠네요. 학점은 바닥이지만. 하하하. 그걸 읽은 후엔 이미지 탭을 눌러 보았다. 전위적인 패션 화보에나 실릴 법한 옷을 입고 드럼을 두드리는 사진들. 인스타그램을 열어 '#앨리'를 검색했다. 앨리님 너무 좋아. 완전 힙함. 내 페이보릿, 완전 찬양. 동영상에서 앨리가 춤을 추듯 드럼을 두드렸다.

앨리의 인터뷰를 다시 읽었다. 거기엔 내가 기억하는 그때의 모든 것이 있었다. 고등학교, 때려 부수는 음악, 청주, 하드코어, 밴드, 카페, 하천, 맥주, 드러머, 짝사랑…… 그런데 처음 읽을 땐 스르륵 넘겼던 문장 몇 개가, 눈에 들어왔다.

아이가 발버둥 치며 울기 시작했는데, 고개를 돌릴 수가 없었다. 아이가 던진 숟가락이 내 몸에 맞고 바닥에 떨어졌다. 숯덩이를 얹은 듯 배 속이며 가슴팍이 뜨거웠다. 얼굴이 홧홧하게 달아오르고, 손이 사정없이 떨렸다.

혼자?

혼자서 했다고?

왜 유일한 척을 해?

왜 내 존재를 지워?

같이 카페에서 채팅하고, 같이 무심천을 산책하고, 같이 맥주를 마시고 같이 공연을 봤잖아.

왜 여기 나는 없지?

MF크루도, 하드코어도, 드러머도 다 그 자리에 있는데.

왜 나만 남겨 두는 거지?

앨리는 거짓말쟁이야. 키보드를 두드리며 이런저런 말들을 썼다 지우며, 말을 고르다가, '드러머 제가 예전에 알던 분인데 사실과는 좀 다른 말들을 하시네요. 거짓말로 자기 포장 잘하는 듯.'이라는 문장을 여기저기에 남겼다. 뉴스에, 블로그에, 카페에. 앨리는 스스로를 포장하고 있어. 자신이 혼자, 대단한 것처럼. 아이가 막 잠들었을 때 퇴근해 들어온 남편에게도 이야기했다. 남편은 그게 뭐, 하는 시큰둥한 반응이었지만 나는, 주변에 그 프로 본 사람 있을 거 아냐, 그냥 자연스럽게, 밥 먹다 아 어제 티브이 봤나, 뭐 이러면서, 응, 근데 내 와이프가 그 드러머를 안다는데…… 사실과 다른 게 많다네, 뭐 그렇게, 응, 얘기 좀 해 봐, 자연스럽게…… 하고 계속 뇌까렸다. 처음엔 아, 무슨 소리야, 하던 남편도 침대 머리맡까지 이어진 내 성화에 지쳤는지, 알겠어, 알겠으니까 얼른 자자, 하고 대답했다. 알겠지, 여보, 사람들한테 꼭 좀 말해 줘. 나는 그렇게 이야기하면서 침실등을 껐다. 잠이 통 오지 않아 몸을 뒤척이다가, 얕은 잠이 드는 바람에 꿈을 꾸었다.

꿈에는 초록색 머리의 김유희가 나오고 교복을 입은 앨리가 나오고, 했다.

처음 본 언니의 손을 잡고 집에 올 때

전화가 온 것은 공동현관문에 다다를 즈음이었다. 여보세요? 핸드폰을 귀에 댔더니, 크음, 하고 목소리를 고르는 소리에 방금 만났던 여자의 말이 곧바로 이어졌다. 저기, 혹시, 저희가 너무 급해서요…… 언제부터 출근 가능하세요? 혹시 오늘부터 바로 일할 수 있으세요? 나는 잠시, 한 삼 초간 생각하다가, 제가 저녁밥을 먹고 가야 해서…… 여덟 시쯤엔, 갈 수 있을 것 같아요, 하고 대답했고 여자는 그럼 그때 뵈어요, 하곤 전화를 끊었다.

되게 급하긴 급한가 보네, 자취방에 들어와 라면을 끓일 물을 올리며 생각했다. 알바 구인 사이트에 올라온 공고를 본 것이 오전 즈음이었다. 집에서 딱 삼 분만 걸어가는 거리에 위치한, 노란 간판을 번쩍이며 서 있는 포차였다. 알바 구함, 파트도 가능하고 풀도 가능해요, 제가 여자라서 같이 편하게 일할 여자 친구였으면 좋겠어요. 먹는 걸 좋아해서 밥도 잘 챙겨 줘요. 시급은, 풀타임 팔천오백 원, 파트는 팔천 원이에요. 칠천오백삼십 원을 숫자 하나 틀리지 않고 야멸차게 적어 내는 다른 곳들에 비해, 오, 어찌 됐건 앞자리가 팔이잖아, 하고 호감이 생겼고 여자 사장, 편하게 일할, 밥도 잘 챙겨, 같은 말들이 옆에서 함께 속닥였다. 밑져야 본전인데 연락 한 번 하자, 나쁘지 않을 거야.

글을 쓰겠다고 잘 다니던 직장, 아니 뭐 다니는 내내 죽을 생각만 했으니 잘 다녔다고 말하기엔 무리가 있지만 어쨌든 다른 사람들이 보기엔 잘 다니던 직장을 때려치우고 나온 지 석 달 된 차였다. 쓰기야 쓰는데, 자꾸만 자기에 대한 불신이 생겼다. 어떤 것이었느냐 하면, 내게 경험이 너무 적다는, 글감이 별로 없다는, 특히 타인의 시선보다 아래 높이 즈음에 무릎을 꿇고 돈을 벌어 본 일이 없으니 내가 쓰는 모든 글이 한낱 샌님의 징징거림에 불과하다는 반성과 의구심이 고개를 슬그머니 쳐들곤 나를 노려보았다. 아마 그 고개를 세워 준 것은 그때쯤 읽었던 책 한 권이기도 할 터였다. 노동에 관한 책을 쓰겠다며 진도의 꽃게잡이 배, 서울의 편의점과 주유소, 아산의 돼지 농장, 춘천의 비닐하우스 그리고 당진의 자동차 부품 공장에서 모두 일한 후 실제로 그 모든 경험을 써낸 어느 작가의 작품이었는데 기가 막히게 재미있었고 또 끔찍하게 나를 억눌렀다. 세상에 저런 사람이 있다. 저렇게 발버둥 쳐 글을 쓰는 사람이 있다, 라는. 내겐 진도에도 아산에도 춘천에도 당진에도 갈 용기가 없지만 그래도, 서울에서 아르바이트 정도는, 해 봐야 하지 않을까, 뺨도 맞고 손도 데고 욕도 먹고 해 봐야 하지 않을까, 하는 생각이 매우 크게 들었던 것이다. 그러면서도 시급을 확인하고 공고의 무게를 재는 내 모습에 헛웃음이 나오는 건 사실이었지만.

다섯 시쯤 면접 오세요, 라는 대답을 받고 시간 맞춰 포차에 들어섰을 땐 젊은 여자 하나와 남자 하나가 테이블에서 머리를 맞대고 수북하게 쌓인 먹태를, 나는 그때까지 먹태라는 것을 먹어 본 적이 없으니 그것이 먹태인 줄도 몰랐지만, 짝짝 찢고 있었다. 아아, 문자 주신 분이구나. 여자는 메모지를 들고 앉더니 쑥스러운 목소리로 더듬더듬 물었다. 이름은요? 나이는요? 사는 곳은 여기서 얼마나 걸려요? 경험은 있어요? 여기서 나는 더 쑥스러운 목소리로, 아니요, 없어요…… 라고 했는데, 나이가 서른이에요, 라고 아까 했던 대답이 얼굴을 붉히며 쓱 수면 아래로 잠수하는 것이 눈에 선했다. 아아, 그렇구나…… 그럼, 원래 했던 일은 뭐예요? 나는, 타인이 보기엔 지극히 편히 산 사람 같아 보이는 이전의 직업, 즉 학교 교사라는 대답을 하기가 왠지 두려워 그냥, 저, 사람 돌보는 일을 좀 했는데요…… 자세히는 물어봐 주시지 않으면 감사하겠습니다, 라고 어처구니없는 말을 늘어놓았다. 아아, 아마 요양병원, 뭐 이런 데서 간병인 같은 거 하셨나 보네요, 그럼 궂은일은 잘하시겠다. 그녀가 멋대로 그 말을 해석했다.

저희 알바가 꽤 오래 일을 했는데 갑자기 오늘 아침에, 오늘부터 저 못 나가요, 그렇게 문자 하나만 보내고 잠수를 타서요. 여자가 볼펜으로 테이블을 톡, 톡, 두드렸다. 그래서 사람이 좀 급하긴 하거든요. 일단은 알겠습니다, 정해지면 연락드릴게요.

그러니까 정리하자면, 정해지면 연락드릴게요, 라는 방금 전의 대사가 무색하게도 삼 분 만에, 언제 출근할 수 있어요, 라는 전화가 온 것이었다.

* * *

사장인 정미는 나보다 한 살이 어린 스물아홉의 여자아이였다. 어딘가 익숙한 얼굴이야, 누굴 닮았나, 한참 생각했는데 저 백지영 닮았다는 소리 자주 들었어요, 하는 말에 나는 아아, 진짜 그러네, 하고 앞치마를 두른 무릎을 탁 쳤다. 근데 가끔은 문채원 얘기도 나와요, 하는 말엔 누구보다 빠르게 에이 그건 아니다, 라고 곧바로 야유를 했다. 언니는 뭐 닮았지, 하는 말에 나는 나를 포뇨라고 부르던 수많은 학생들을 생각하며 그 왜, 애니메이션, 벼랑 위의 포뇨 닮았단 얘기 많이 들었는데, 라고 대답했고 정미는 허리를 잡고 웃느라 반건조오징어를 좀 태웠다.

정미는 진짜로 밥 먹는 걸 좋아해 식사를 할 때면 하루치 먹어야 할 칼로리를 한꺼번에 입에 욱여넣는 아이였는데 밥보다 더 좋아하는 건, 술이었다. 술 잘해요? 첫날 정미는 눈을 반짝이며 내게 물었고 아, 엄청 좋아해요, 하는 나의 말에 오 앗싸, 대박, 하고 소리를 쳤었다. 마감하면 두 시 반인데⋯⋯ 그땐 술 마시자고 사람들 부르고 싶어도 다들 자고 있잖아요. 언니, 저랑 술 많이 마셔 줘요. 완전 잘됐다, 기대된다, 라고 그 애는 그럼 오늘은 첫날이니깐 먹고 싶은 메뉴 골라요, 마감하고 한잔하죠, 하고 말했다. 나는 메뉴판을 보다가, 정확히는 메뉴의 금액을 보다가, 가장 싼 해물라면이

나 황도 따위를 이야기하는 것은 너무 말도 안 되는 일이라 만이천 원짜리 김치전을 골랐다. 좋아요, 김치전. 이따 마감하고 부쳐서 술 마셔요. 정미는 말을 더 얹었다. 특별히 빠삭하게 해 줄게요.

그날부터, 하루건너 하루씩 정미와 나는 술잔을 기울였다. 어느 날은 셔터 내린 가게 안에서, 어느 날은 인근의 24시간 순댓국 집이나 곰탕 집, 혹은 부대찌개 집 같은 곳에서. 특히 정미는 젤리를 엄청나게 좋아해서 하루에 두 봉지씩 먹었는데, 도가니 씹으면 꼭 젤리 같아, 하는 말도 안 되는 이유로 곰탕 집에서 언제나 도가니탕을 시켰다. 그러다 보니 곰탕 집 아주머니와 우리는 퍽 친해져 이런저런 대화도 나누고, 손님들 흉도 보곤 했다.

소주병에 한 잔 정도가 남으면 반 잔씩 따르면 되는데, 둘 다 '반 잔'이란 걸 전혀 모르는 바보들이라서 한 병을 또 따고, 다시 따고, 거듭 따다 보면 어느새 동이 트는 아침이었다. 그렇게 병을 딸수록 속에 있는 이야기들이 나왔는데, 당연히 기쁘고 재미있는 이야기보단, 슬프고 화나는 이야기들이, 물결치며 테이블 주위를 흘러 다녔다.

* * *

첫날 면접 볼 때 먹태를 뜯던 남자는 삼 년째 사귀고 있다는 정미의 애인으로, 정미보단 아홉 살 연상이었는데 직업 없이 정미의 반지하 집에 얹혀살고 있었다. 삼 일 차쯤 내가 일에 익숙해지자마자 그는 매장에서 내빼 피시방으로 향했고, 잘 돌아오지 않았다.

그럼 둘이 사는 거예요? 내 물음에 정미는 고개를 저으며, 아니, 셋이요, 라고 대답했다. 셋? 제 남동생도 같이 살거든요. 고 삼짜리예요. 조만간 볼 일이 있을 거예요. 학원 끝나고 여기 와서 자주 밥 먹거든요.

그러니까, 결론적으론 반지하 집에 정미와, 정미의 애인과, 정미의 남동생이 함께 기묘한 동거를 하고 있는 셈이었다. 동생 학원비며 핸드폰 요금 같은 것들을 다 정미가 내주고 있다는 사실을 알게 된 것은 며칠 후였다. 스물아홉 여자애가 짊어지기엔 무거운 짐이라고 생각했다. 그런데 그게 다가 아니었다.

* * *

으아, 오늘 생리해서 너무 힘들어. 감기도 걸릴 것 같고요. 칼칼한 동태탕 먹고 싶다. 정미의 말에 우리는 24시간 동태탕 집을 검색했다. 걸어갈 거리가 아니어서, 택시를 탔다. 동태탕 집은 홀 두 개로 이루어져 있었는데 한쪽 홀의 불을 꺼 놓곤 의자를 테이블 위에다 올려 두고 청소를 하고 있어 우리 테이블 역시 어둑어둑했다.

언니 오늘 나 되게 통쾌했어요. 두 병을 비웠을 즈음 정미가 말했다. 오늘 언니가 울 아빠한테 뭐라고 한 거요. 되게 되게 좋았어요. 딱 내가 하고 싶던 말이었는데. 으아, 완전 사이다.

정미의 아버지는 동네에서 횟집을 하고 있었는데, 마감이 끝나곤 항상 딸의 가게에 와서 밤참을 얻어먹었다. 그러면서 그날의 매출액이 적힌 정산증을 눈앞에 들이밀었다. 야, 이거 봐라, 아빠는 오늘 백팔십만 원 팔았다, 백팔십만 원. 그런데 너는 뭐, 한 육십은 팔었냐. 장사는 그렇게 하는 게 아니여, 그렇게 하면 망한다고. 똑바로 좀 하라고. 정미가 애써 무시하면 내게도 들이밀었다. 알바야, 아빠는 매일이 전쟁이여. 매일 바빠서 정신도 못 차려. 근데 너흰 뭐 이렇게 한가하냐. 엉, 엉?

아니, 횟집과 포차가 같은가. 횟집은 안주도 기본 삼사만 원에 직원도 많아 인건비도 꽤 될 텐데, 포차는 비싸 봤자 만육천 원, 직원도 나 혼자라서 나가는 돈도 적지 않은가. 그걸 다 고려해야 하는 것이 당연지사 아닌가. 나는 속으로 끙끙 앓다가, 그날 그만 견디지 못하고, 아니 아버님, 빠져나가는 걸 고려하셔야죠! 순수익이 중요하지, 매출액만 비교하면 뭐 해요! 너무하시네, 정말! 하고, 나름대로 웃는다고 노력했지만 전혀 웃지 않는 표정으로, 크게 외친 참이었다.

아니, 뭐…… 하고 싶은 말 한 거니까. 머쓱해진 내 말을 안주 삼아 정미가 소주를 한 잔 넘기더니, 우리 아빠 진짜…… 진짜 나쁘거든요, 하곤 이야길 시작했다.

아빠의 사업 실패. 무너진 가세를 일으키기 위해 엄마가 차린 해물탕 집. 장사가 잘되자 자격지심에 사로잡힌 아빠. 해물탕 집에 매일 와서 술을 들이붓고 손님들에게 행패를 부려 내쫓는다. 바닥에 누워 깽판을 친다. 가끔은 술을 마시다 주방에 있는 엄마에게 가서 귓속말을 한다. 무슨 귓속말을 하냐면, 쌍욕을 한다. 해물을 손질하는 엄마의 귀에 대고, 창녀라고, 화냥년이라고, 남자 손님만 오면 질질 싸는 걸레년이라고, 소곤대며 욕을 한다. 남들은 사랑의 밀어를 속삭이는 그 자세로 욕을 한다.

견디지 못한 엄마는 친정으로 도망가고, 모든 경제적 권리를 포기한다. 그러자 기다렸다는 듯 그 잘되던 해물탕 집을 그대로 횟집으로 바꾼 후 자신이 만든 가게인 양 떵떵댄다는 것이다. 이젠 엄마에게 욕을 할 수 없으니 그걸 그대로 큰딸, 즉 자신에게 한다는 것이다. 술만 먹으면 전화해서.

한 잔 더 마시고는 그런 얘기도 한다. 어렸을 때의 기억. 엄마 방문이 잠겨 있던. 119대원들이 구급차를 몰고 와서 문을 억지로 따고 엄마를 실어 나르던 기억. 집안 어른들은 모두 자신이 너무 어렸기에 기억하지 못한다고 여기고 있지만, 자신의 머릿속엔 모든 것이 생생하다는 이야기도 한다. 언니, 그땐 아빠가 나쁜 줄 알았는데요, 장사하다 보니까 남자들은 다 똑같나, 하는 생각도 들어요. 다들 더럽고 거지 같아서, 도대체 어떤 남자를 믿을 수 있나 하는 생각이 들어요. 오빠도 나랑 결혼하면 그렇게 될까요? 겁이 나요.

그래서 제 여동생은 자기가 돈 벌어서, 유학 간다고 미국으로 도망갔어요. 한국 안 들어와요. 창밖에서 햇빛이 새어 들어와 졸아붙은 동태탕 냄비를 비춘다. 나도 그냥 도망가고 싶다…… 그러고 싶네요.

동태탕 집을 나와 김밥을 한 줄씩 샀다. 손에 들고 덜렁거리며 택시를 세웠다. 나는 뒷좌석에, 정미는 조수석에 각각 자리를 잡았는데, 택시기사가 중년의 여성이었다. 아줌마! 헐 아줌마 이렇게 일찍부터 일하시는 거예요? 아침은 드셨어요? 아니 뭐, 빵 먹고 나왔죠, 하는 기사의 대답에 정미는 은박지를 다각다각 소리를 내며 펼쳐 김밥 한 알을 들곤 자, 아아, 하세요, 아아아, 했다. 동네 어귀에 도착해 보니 정미의 김밥은 반 줄 밖에 남아 있지 않았다.

* * *

정미의 애인이 아무런 언질도 없이 친구들과 강원도로 여행을 간 게, 벌써 그저께의 일이다. 나랑은 여행도 안 가면서! 말 한마디도 없이! 내 돈을 들고! 정미는 분통 터져 하며 국자를 들곤 주방에서 발을 쿵쿵 굴렀다. 아 진짜, 아 너무 짜증 나요! 아 진짜, 몰라, 이틀 참았으니까 나도 오늘 술 마실 거야, 죽을 때까지 마실 거야, 아 진짜 화나 죽겠다, 으아악. 오늘도 정시 퇴근은 글렀군. 나는 잔 설거지를 하며 생각한다. 하아, 그놈의 애인 새끼를 왜 차지 않는 걸까, 좋은 일 하나 만들어 주지 않는 애인을, 이라고 의문을 가지기도 하는데, 저 너무너무, 가정 이루고 싶거든요, 난 정말 아기 낳으면, 행복한 애로 잘 키울 거야, 라던 말들이 동태 냄새를 풀풀 풍기며 기억을 비집고 들어온다.

열두 시쯤 엘지 로고가 박힌 조끼를 입은 한 남자가 가게 안으로 들어선다. 혼자 계란말이를 시켜 참이슬 오리지널 한 병을 먹는다. 아, 오빠, 왔어? 정미가 반갑게 인사를 하더니, 여기 새 알바인데, 처음 보지, 하고 나를 소개한다. 안녕하세요. 얼굴이 붉고 마른 남자가 고개를 꾸벅, 한다. 알바도 같이 한잔하나? 그가 정미에게 묻자 정미는, 당연하지, 언니 술 겁나 세, 오빠 조심해야 돼, 라고 으름장을 놓는다.

슬슬 마감을 할 때다. 정미는 일찌감치 주방 청소를 끝내고 남자의 테이블에 앉아 있다. 나는 매장을 쓸고, 락스로 화장실의 세면대며 변기, 바닥 청소를 하고, 수저를 다시 수저통에 채워 넣는다. 남자는 혼자 조용히 술을 마실 때완 조금 다르게, 정미가 앉은 앞에선 말이 많다. 달변이다. 재미있네, 나는 그렇게 생각하며 술병이 가득 든 궤짝을 몇 개씩 날라 냉장고에 꽉 차게 채워 넣은 후 소주병과 맥주병을 하나씩 들고 거기 앉는다. 전 오늘은, 소맥이요.

정미야, 오빠랑 술 먹는 것도 이제 당분간은 못 한다, 못 해. 5월 말이다. 이제 오빠 에어컨 고치느라 팔다리 후들후들 떨릴 일만 남았다. 아, 여름 어떻게 버티냐, 진짜. 점점 체력도 떨어지고…… 죽겠다 진짜. 그래도 여름에 바짝 땡기는 거잖아, 정미가 핀잔을 주자 남자는 콧방귀를 뀐다. 야, 뭘 바짝 땡기긴 땡겨. 내가 땡기냐? 센터가 땡기지.

나도…… 나도 가게 내놓은 거 제발 좀 나갔음 좋겠는데, 진짜 쉬고 싶은데…… 정미의 말에 나는, 어어, 가게 내놨어요? 그럼 나 실업자 되는 건가? 라고 묻는다. 야, 걱정하지 마, 가게 내놓은지 일 년 반은 됐을 거다. 남자가 대신 대답한다. 맞아요 언니, 전전전 알바 때부터 그 얘기 계속 들었어요. 가게 내놨어요? 저 실업자 되는 거예요? 어쩜 그렇게 대사들도 다 똑같은지 몰라. 정미가 킥킥 웃는다. 정말로, 나도 남이 해 준 안주 한 상 가득 차려서 먹고 싶어요. 가게 나가기만 해 봐, 이 동네 술집 다 돌면서 메뉴 있는 대로

다 먹어 볼 거야…… 남동생이 누나 나 오늘 포차에서 저녁 먹을게, 라는 전화를 걸면 툴툴대며 돈가스와 스팸 프라이와 무뼈닭발과 주먹밥을 하는 그 아이의 소원에, 나는 잠시 가슴께가 저리다.

술병은 점점 쌓여 간다. 어디선가 뿅 하고 블루투스 마이크가 튀어나온다. 자아, 노래 하나씩 부르시겠습니다아! 남자가 부르는 노래는 알앤비 발라드인데 어딘지 모르게 뽕짝 같고, 정미는 90년대 댄스곡 하나를 부른다. 나도 한 곡을 부르는데 우아 언니 노래 잘 부른다, 하고 정미가 손뼉을 짤깍짤깍 친다. 당연하지, 이 노래로만 십오 년을 버텼는데. 나는 근데 이 노래밖에 못합니다아, 감사합니다아, 하고 마이크에 대고 소리를 지른다. 다아, 다아, 하고 시멘트 벽이 왕왕 울리는 듯하다.

야아, 오늘 흥이 좀 나는데 이차 가자! 남자가 말한다. 오빠가 이젠, 여름 다 갈 때까진 못 오니까, 거하게 쏠게! 이야아, 어디 어디? 정미의 호들갑에 남자는 큼큼, 하더니 야, 너 양주 먹을 줄은 아냐? 하고 묻는다.

양주? 오빠 진짜야?

그러엄, 저기 왜 성은이 있잖아, 걔 지하철역 옆에서 바 하잖아.

아 그 언니 잘 알지.

내가 전화 넣을 테니까 거기 가서 양주 싹 조지자, 조져!

남자가 전화를 걸어 뭐라 뭐라 이야길 하는데, 정미가 그걸 잽싸게 뺏어 들곤, 성은 언니, 저 정미예요, 한다. 언니, 언니 가게 처음 가는 거라 빈손으로 어떻게 가요. 뭐 먹고 싶은 거 없어요? 바에서 안 파는 안주로, 먹고 싶은 거요. 아니, 아니, 진짜요. 언니가 말 안 하면 저 안 갈 거예요. 오늘 술 엄청 많이 마실 건데, 대박 손님 하나 잃는 거예요. 빨리 얘기해요. 아이, 그런 안주 말고 좋은 걸로요. 비싼 걸로요. 언니 해물 좋아하지 않아요? 우리 갑오징어 숙회 있는데. 괜찮아요? 아아, 오케이, 좋았어요. 그럼 갑오징어 숙회 준비해서 갈게요, 언니. 네, 네에, 언니. 이따 봐요.

취한 채로 칼을 들고 주방에서 투닥거리던 정미가, 자 준비 다 됐다, 언니 이것 좀 포장해 줘요. 얼른 들고 가게, 한다. 정미가 내온 것을 봤더니, 갑오징어뿐 아니라 소라와 해삼까지 가지런히 썰려 있다.

전문 바텐더가 따라 주고 설명하는 바엔 두어 번 가 봤다. 날씬한 여자의 실루엣이 그려진 수상쩍은 입간판이 서 있는 이른바 '모던 바'는, 난생처음이다. 어머 어머, 정미 왔네. 진한 화장을 한, 성은이라는 이름의 여자 사장이 정미를 안고 등을 토닥인다. 야, 나는 안 보이냐? 남자가 묻자, 정미가 먼저지, 오빠가 먼저야? 하고 여자는 남자의 팔을 찰싹찰싹 때린다.

나는 늙다리니깐 별로고, 너희 둘 미팅이나 하게 동생들 좀 불러줄게! 남자의 전화 한 통에 곧, 젊은 남자 둘이 바 안으로 들어선다. 아, 저는 서른, 이 옆에서 태권도장 하고요…… 얘는 스물아홉, 도장 밑에서 이자카야 하는 애예요. 남자들이 자기소개를 한다. 정미는 그 소개를 듣곤, 나는 얘! 하며 손가락으로 이자카야를 가리킨다. 평소엔 부끄러워 주방 밖으로 잘 나오지도 못하면서…… 오늘 술에 좀 취하긴 취했구나. 나는 속으로 생각한다.

모르던 것이 많다. 나는, 이런 바에선, 마담 언니도 테이블에 앉아 손님과 함께 술을 마셔야 하는구나, 하고 처음 알게 된다. 글렌피딕을 시키자 한 사람당 하이볼 잔 두 개에 샷 글라스 하나가 서빙된다. 혀가 찌릿할 정도로 설탕을 들이부은 아이스티가 기본으로 나오는구나, 테이블 손님은 담배를 매장 안에서 피워도 제지받지 않는구나, 도 알게 된다. 연기가 자욱하게, 테이블 위를 떠돌다 천장에 발을 붙이고 우리가 하는 양을 지켜본다.

아아, 저는 샷으로 마실게요. 안주를 워낙 많이 먹은 탓에 배가 불러 얼음을 거절하는데, 정미가 옆에서 어어, 나도 언니 따라 해야지, 저도 여기다 마실게요옹, 하곤 샷 글라스를 든다. 나 위스키 처음 마셔 봐. 이야아, 오빠 덕에 이런 호사를 다 누리네. 담배를 피우던 남자가 히히, 하고 웃고, 태권도장과 이자카야는 몸의 중심을 오른쪽 엉덩이에서 왼쪽 엉덩이로, 다시 왼쪽 엉덩이에서 오른쪽 엉덩이로 옮기며 어찌할 바를 모른다. 야, 새끼들아, 쫄지 마. 남자가 태권도장의 어깨를 친다. 아직 나이가 어려서 이런 데 안 와 봤지? 태권도장과 이자카야가 고개를 끄덕인다. 새끼들아, 이제 자주 오게 될 거니까 미리 익숙해져 놔라. 형님 감사합니다, 첫 경험을 하게 해 주셔서, 하고 고마워하란 말이야. 성은 언니가 옆에서 너털웃음을 터뜨린다. 별걸 다 고마워하래! 지금 얼마나 불편하겠냐고, 어린애들이. 그러더니, 무서워하지 말고요, 편하게 드세요, 편하게, 한다. 남자들은 네에, 하고 대답하지만 표정은 네에, 하고 있지 않다.

어어, 저렇게 마시면 안 되는데. 큰일이네. 술이 머리끝까지 오른 정미는 연신 위스키를 소주처럼 마신다. 고개를 꺾어, 원 샷. 또 한 잔 따라서, 원 샷. 태권도장과 이자카야는 자기들끼리 얼굴을 맞대고 소곤거리다가, 테이블에서 피워도 되는 담배를 피우러 굳이 밖으로 나간다. 왜, 여기서 안 피우시고요? 내가 물었더니, 형님 앞에서 맞담배를 피우기가 그래서…… 라는 이유다. 성은 언니는 남자와 이야기하느라 정신이 없고, 결국 위스키를 소주처럼 마시는 정미의 손을 잡고 끊어, 끊어서 마셔요, 라고 연신 일러 줄 수 있는 것은 나 혼자뿐이다.

화장실에 잠시 다녀온 정미가 눈물을 뚝뚝 흘리며 소리 내 울기 시작한다. 왜, 왜 울어, 왜. 성은 언니와 내가 정미를 동시에 껴안는다. 왜 갑자기 울어, 뭐 힘든 일 있어? 성은 언니의 물음에 정미가, 언니, 오빠가 나한테 말도 안 하구, 친구들이랑 강원도를 갔는데요. 오빠가 전화를 안 받잖아요. 그저께도 어제도…… 오늘은…… 전화 스물다섯 통 했는데 한 번두, 한 번두 안 받구…… 카톡은 보는데…… 대답도 안 하구…… 그러더니 통곡을 한다.

언니, 언니도 알잖아요. 언니도…… 나 진짜…… 우리 엄마랑…… 아빠랑…… 동생이랑 남동생이랑…… 해물탕 집이랑, 하더니 또다시 흐느낀다. 응 알지 알지, 정미야, 알지, 하고 성은 언니는 정미의 손을 토닥이더니, 그 새끼 진짜 나쁜 새끼네, 언니가 뭐라고 해 줄게, 강원도에서 오면 불러다 혼쭐을 내 줄게, 한다. 그 와중에도, 언니도 정미 애인 아세요? 라고 물을 정신이 내겐 남아 있고,

응, 내가 걔 중학교 선배야, 하는 대답이 따라온다. 그 새끼 진짜 아직도 정신 못 차렸네. 정미가 이렇게 잘하는데, 정미야, 그치, 언니가 뭐라 해 줄게, 울지 마. 그래도 정미는 눈물을 그칠 기미를 보이지 않고, 태권도장과 이자카야는 반은 무료하고 반은 뜨악한 표정으로, 한숨을 쉬거나, 몸을 긁적거리거나, 밖엘 자꾸 나갔다 들어왔다, 한다.

나는 속으로, 매일 포차에 와서 공짜 음식을 얻어먹고도 고맙단 말 한 번 하지 않는 정미 애인의 친구들, 그 동네 건달들에게 쌍욕을 퍼붓는다. 개새끼들. 아홉 살이나 어린 정미의 방에 얹혀살면서 땡전 한 푼 가져오지 않는 정미의 애인에게는 두 배로 한다. 나쁜 새끼, 미친놈. 씨발새끼.

정미는 울다 욱, 욱, 소리를 내더니 뭔가 대처를 해 줄 새도 없이 바닥에 토를 왈칵한다. 한 번 더 욱, 또 한 번 더 욱, 욱. 자신이 주방에서 썰고 다지고 끓이고 지졌던 것들이 정미의 티셔츠에 묻고, 바지에 흐르더니, 바닥에 둥그렇게 원을 그린다. 으앙. 정미가 더 크게 운다. 어떡해, 언니 가게 처음 오는 건데…… 완전 진상이야…… 가게에 토하는 손님이 제일 싫은데…… 어떡해요 언니, 어떡해요 미안해서…… 하더니 다시 한번 와르르 쏟아 낸다. 막바지 손님들을 막 내보낸 참인 종업원 언니들이 서둘러 대걸레며 빗자루를 들고 오고, 성은 언니는 정미를 안고는 괜찮아, 괜찮아, 그럴 수도 있지, 언니가 다 잊어버릴게, 한다. 미안해요, 언니, 미안해요, 라고 백 번쯤 말하는 정미에게, 그렇게 미안하면 언니가 정미 가게 가서 한 번 토하지 뭐, 그럼 됐지? 그니까 그만 울자, 그만 울고 정리하고, 이제 나가자, 라고 한다.

그때가 되어서야, 정미의 애인에게서 전화가 온다. 야 집이냐, 나 지금 서울 진입했다, 하고.

정미의 애인이 몰고 온 차에 정미를 실어 보낸 후에 자, 모두 해장합시다, 오늘은 다 내가 산다, 하고 남자가 말한다. 설렁탕이나 먹읍시다. 벌써 햇빛이 희부옇게 빛나기 시작한 사거리는 아직 텅 비어 있는데, 그걸 뒤로 남겨 두고, 설렁탕 집엘 들어선다. 남자, 태권도장, 이자카야, 성은 언니, 눈이 큰 종업원 언니, 깔깔 잘 웃는 종업원 언니, 그리고 나. 아무렇게나 벗어던진 신발들이 입을 쩍쩍 벌려 하품을 하며 우리가 하는 모양새를 구경하고 있다.

남자들은 파도치던 정미의 눈물에서 헤엄쳐 나와 몸을 다 말린 것이 신나는 듯, 설렁탕을 먹으며 이제야 낄낄댄다. 바에서까지는 멀쩡했는데 여기서 마시는 소주에 나는 얼큰히 취한다. 깜박, 기억을 잃었다 정신을 차려 보니 왼손은 성은 언니의 손에, 오른손은 눈이 커다란 종업원 언니의 손에 있고, 나는 깔깔 잘 웃는 종업원 언니의 얼굴에 대고 계속 혼자 노래를 부르고 있다.

정미가 불쌍해요, 저렇게 좋은 사람을, 정말 좆같아, 세상 다 병신 같아, 사람들도 다 지랄 맞아. 정미가 잘 됐으면 좋겠는데, 저렇게 울어야 하는 사람이 아니잖아요. 정미는요, 아빠랑 싸워서 울면서두, 훌쩍훌쩍하면서 멸치를 볶아요. 볶아서요, 비닐봉지에 넣어서, 언니, 집에 가서 반찬으로 먹어요, 하고 저한테 줘요. 울면서 줘요. 저는 집에서, 돼지김치찌개도 먹었고요, 잡채도 먹었고요, 내장탕도 먹었는데요, 근데 그거 다 제가 한 거 아니고요, 저는 라면밖에 못 하고요, 다 정미가 한 거고요, 정미가 싸 준 거고요, 정미는 맨날, 남자들 밥해 주고요. 남자들이 피시방에서 올라와서 정미 밥 먹고, 정미한텐 잘 먹었다고 얘기도 안 하고 다시 게임하러 가고요. 그래도 정미는 맨날 해 주고요. 근데 왜 아무것도 정미한텐 안 와요, 정미는 왜 맨날 당해요, 왜 맨날 울어요.

눈이 커다란 종업원 언니가 자기 눈가를 조금 훔친다. 맞아 맞아, 잘되겠지, 잘 풀릴 거야, 걱정하지 마, 라며 내 손을 조물조물해 주는 건 성은 언니다. 그래도 정미는, 알바 언니가 이렇게 생각하고 챙겨 주니까 괜찮을 거야, 정미 잘 돌봐 주면 되지, 그렇지 않겠어? 하고, 성은 언니가 머리를 쓰다듬어 주기도 한다.

* * *

이제 완전한 아침이다. 바삐 출근하는 사람들이 거리를 메우기 시작한다. 일곱 시 반이 되어서야 우리는 설렁탕 집을 나선다. 태권도장과 이자카야, 그리고 남자는, 잘 먹었다, 하고 이를 쑤시더니 함께 택시를 잡아타고 어디론가 가 버린다. 일도 하고 술까지 마시면 안 힘들어요? 깔깔 잘 웃는 종업원 언니에게 내가 물었더니 뭐, 이런 날도 있고 저런 날도 있는 거죠 뭐, 하더니 다시 깔깔. 눈이 큰 종업원 언니는 졸려서 눈을 끔벅, 끔벅거리더니, 다들 조심히 들어가요, 하고 횡단보도를 건넌다.

성은 언니가 집이 어디냐며 묻는다. 저, 새나라교회 옆, 거기 살아요. 언니는, 어머, 나도 그 근처야, 난 파출소 앞, 하고 말한다. 파출소 앞에서 새나라교회까지는, 데굴데굴 스무 번 정도 구르면 되는 거리다. 언니가 말한다.

집에 같이 가자. 언니가 데려다줄게. 집에 가자. 산책하는 것처럼 천천히, 같이 가자.

지하철역으로 뛰는 사람들 사이에서 우리는 반대 방향으로 걸어, 지하철역과 바와 설렁탕 집에서, 점점 멀어진다. 십이 센티쯤 되어 보이는 킬힐을 신고도 언니는 나를 꼭 붙들고 부축하며 걷는다. 또각, 또각. 그 또각 소리를 따라, 그 소리의 방향을 따라 운동화를 신은 나는 걷는다. 타박, 타박. 또각, 타박, 타박, 또각.

* * *

두 시쯤 정미에게 카톡이 온다.

언니 저 어제 기억이 안 나요. 바 간 거랑 토한 거는 기억이 나는

데 ㅠㅠ 언니 저 완전 진상이었죠 너무 쪽팔려요 어떡해 ㅠㅠ 아 토하는 손님이 제일 싫은데 ㅠㅠㅠ 내가 그 손님이야 어떡해. ㅠㅠ

어제도 그렇게 울더니 오늘은 텍스트로 오열이네. 난 웃으며 답장한다.

ㅇㅇ 어제 좀 진상이긴 했어요. 이제 일주일 동안 주방에서 나오지 마요ㅋㅋ 쪽팔리니까ㅋㅋㅋㅋㅋㅋㅋㅋ 참 그리고 성은 언니가 우리 가게 와서 바닥에 토하겠다고 했음. 난 안 치우겠음. 잘못한 사장님이 치워요ㅋㅋㅋㅋㅋㅋㅋㅋ

울었단 얘기는, 하지 않기로 한다.

엉키면 앉아서 레프트 보디

복싱을 시작하게 된 계기는 간단했다. 전 애인들에게 복수하고 싶었기 때문이었다. 나는 소심하고 준법정신이 투철한 사람이라 실제 때릴 수는, 당연히 없고, 그저 상상에게 펜을 쥐여 주고 몽타주를 그리라고 시킨 뒤, 그걸 패고 싶다는, 뭐 그런 생각으로 처음 체육관에 등록했다.

A

첫 번째로 사귄 남자친구는 대학교 과 선배 A였다. 큰 키에 까무잡잡한 얼굴, 높은 코에 낮은 목소리. 입을 꼭 다물고 있을 땐 멋있는데 웃으면 뻐드렁니가 보여 조금 깼다. 입학 전 오리엔테이션에서부터 우리 사이의 기류가 심상찮다고 선배들이 수군댔는데, 어떤 언니는 술에 취해 나를 불러 "걔 조심해, 걔 별로야."라고 말하기도 했다. 그 말을 들었어야 했는데. 언니들의 말에는, 다 이유가 있는 법인데. 그땐 그런 걸 잘 몰랐다. 그냥 나를 좋아한다고 하기에 신이 났을 뿐이다. 고등학교 졸업할 때까지 그런 일이 없었으니까.

사이가 틀어진 결정적 계기는 지갑이었다. "오 예스, 나 오늘 학교 오다가 이거 주웠다." 빈폴 로고가 찍힌 검은색 남자 반지갑. A는 그걸 열더니 아무렇지 않게 쓱 열었다. 그러곤 "육만 원 있네. 돈 많네, 이 새끼. 고맙다."라고 말하며 바지 주머니에 그 육만 원을 접어 넣었다.

"뭐 하는 거야?" 나는 어이없어하며 A를 바라보고 바지 주머니에서 나오는 그 손을 쳤다.

"돌려줘야지."

"지갑은 돌려줄 거야. 우체통에 넣으면 돼."

"아니, 육만 원은. 그것도 돌려줘야지."

내가 어떤 표정을 지었는지, 눈빛이 얼마나 서늘했는지는 잘 모르겠다. 내가 내 얼굴을 볼 수 있는 건 아니니까. 그런데 갑자기 A가 얼굴을 구겼다. 눈을 가늘게 뜨곤 코를 찡그리고, 입을 열어 뻐드렁니를 엄지손가락으로 한두 번 문질렀다. 그러더니 이렇게 말했다.

"씨팔, 무슨 쓰레기 쳐다보듯 쳐다보냐?"

그러곤 바지 주머니에서 육만 원을 꺼내어 다시 지갑 속에 넣더니, 차도로 던져 버렸다. 지나가던 5515번 버스가 그걸 밟아 버렸다.

A와 헤어진 후 꾼 꿈에는 머리카락이 자주 나왔다. 머리카락이 뜯겨 화장실 바닥에 어지럽게 뭉텅이로 굴러다녔다. 가끔 저들끼리 스스로 매듭을 짓기도 했다.

체육관에서

처음엔 당연히, 정말 못 했다. 줄넘기를 한 번도 못 넘고 계속 걸렸다. 입에서 "아 씨……"라는 소리가 나오고 사람들 보기에 쪽팔렸다. 사람들은 저마다 자기 운동을 하느라 나 따위엔 관심도 없었겠지만, 쪽팔렸다.

거울 앞에서 스텝을 뛰었다. 어정쩡했다. 종아리가 땅기고 숨이 찼다. 나 정말 못 하네. 헛웃음을 지으며 생각했다. 정말 못 해. 이래서야 복수를, 몽타주에 하는 복수지만 어쨌거나 복수를, 할 수 있겠는가.

그래도 복수라는 그 단어가 종아리를 꾹꾹 주물러 주었다. 내게 상처만 줬던 그 애인들의 손이 주저앉고 싶은 나를 일으켜 세워 주었다.

B

두 번째로 만난 애인 B는 나보다 세 살 많은 말라깽이 남자였는데, 발기가 잘 되지 않았다. 그런데 그걸 자꾸 내 탓으로 돌렸다. "네가 여자 같지 않아서 그래." B는 그렇게 말했다. "짧은 머리라 남자 같아서, 씨팔." 그는 발기가 잘 되지 않기 시작하던 초반에 병원에도 한 번 다녀왔는데, 정상이라는 소견을 받고 나서는 욕의 세기나 빈도수가 세 배쯤 늘어났다. 결국엔 내 탓이라는 거였다. 자기는 정상이니깐. 의사가 그렇게 말했으니깐.

이상하게도 B의 고추는 차 안에서만 섰다. 그래서 그는 자신의 경차 안에서만 섹스를 하고 싶어 했다. 나로서는 당연히, 진저리 나게 싫었다. 선팅도 완벽히 되어 있지 않았고 춥거나 더웠으며 몸을 씻을 수도 없었다. 그 경차 안에서 섹스를 하고 씻지도 않은 채로 치킨매니아나 투다리를 간다는 것이 얼마나 찝찝한지 B는 왜 모를까? 왜 이해해 주지 않을까? 난 그냥 손을 잡고 키스하는 정도가 가장 좋은데, 왜 꼭 섹스를 해야 할까? 난 B가 발기하지 않는다고 실망하거나 화를 내거나 툴툴대는 일이 없었다. 실망하거나 화를 내거나 툴툴대는 것은 언제나 B의 몫이었다. 자신의 고추에 대고. 그리고 내 얼굴에 대고.

B와 헤어진 후 꾼 꿈에는 빵이 나왔다. 따뜻했지만 그걸 먹으려고 입을 벌릴 수가 없었다. 턱이 움직이질 않았다.

체육관에서

밴디지를 감는 법을 처음 배웠다. 정권, 손목, 다시 정권, 손목. 새끼와 약지 사이, 손목, 검지와 중지 사이, 손목, 중지와 약지 사이. 그러곤 손목 여러 번을 다시 감고, 벨크로로 착 고정한다.

링에 처음 올라 시계 방향으로 빙빙 돌며 섀도우를 했다. 원투, 원투원투, 잽잽투, 원투 백 원투. 너덧 명의 사람들이 함께 시계 방향으로 빙빙 돌곤 했는데, 그 사람들보다 딱 한 라운드씩만 더 하자고 마음먹었고 그렇게 했다.

샌드백을 처음 쳐 보았다. 상상 속에서는 내가 탕탕 총 쏘는 소리를 내며 그걸 두들겼는데, 현실 세계의 샌드백과 글러브는 입도 뻥긋하지 않았다. 그래도 남들보다 한 라운드씩은 더 했다. 빨리 복수하고 싶어서.

C

세 번째로 만난 애인 C는 남자가 아니라 여자였다. 나는 그즈음 내가 남자도 여자도 똑같이 좋아한다는 사실을 깨달았는데, 아무래도 향긋한 내음을 여자가 좀 더 많이 풍기기에 이 연애가 가장 따뜻하기도 했다.

하지만 사람 사이의 관계엔 백만 가지 손이 향신료를 퍼부어 넣는 법이라, 내가 원하는 요리를 만들어 낼 수가 없기도 했다. 이 경우엔 옷이 조금 문제였다. 나는 매니시한 스타일을 좋아했는데 C는 언제나 십 센티가 넘는 킬힐을 신고 딱 달라붙는 원피스를 입고 다녔다. 나와 정반대되는 사람이라 더 끌리기도 했던 건 사실이다. 그런데 문제는, 자꾸만 내 옷차림을 지적하고 바꿀 것을 강요한다는 점이었다. "그 바지 너무 펑퍼짐한 거 아니야?" C는 그렇게 말했다. "넌 향수 안 뿌려? 대체 왜 안 뿌리는 거야?" 나에게 아주 비싼 조 말론 향수를 선물해 주기도 했는데 나는 그걸 뿌리기만 하면 머리가 지끈거렸다.

C는 애인이기 이전에, 나의 직속 상사였다. 왜 그 말이나 선물이, 배려보단 명령으로 들릴 것이라는 뻔한 사실을 몰라줄까? 나는 C

에 대해 그것이 항상 야속했다. C는 내게 잘해 주었고 나를 온전하게 사랑해 주었다. 정말 좋은 언니이자 삶의 멘토 같기도 했다. 그러나 셔츠나 바지, 재킷과 점퍼에 대해 털어놓는 불만들이 나를 C에게서 한 걸음씩 멀어지게 만들었다. 셔츠 한 걸음, 바지 한 발짝, 재킷과 점퍼가 우다다다.

C와 헤어질 결심을 한 것은 더러운 게 잔뜩 묻고 침을 길게 흘리는, 푸석한 털의 주황색 길고양이가 사무실 1층 계단에 느닷없이 나타났을 때였다. C는 비명을 지르며 킬힐을 신은 발을 소리 내어 구르더니 파일철을 휘둘러 고양이를 쫓아냈다. "지저분해. 예쁘지도 않고." C는 그렇게 말했다. "더러워, 그 침 봤어?"

그때, 헤어질 결심을 했고 그다음 주에 실행에 옮겼다. 그리고 퇴사했다. 뭘 할지 계획도 없었는데, 길고양이가 자꾸만 맘에 걸렸다.

C와 헤어진 후 꾼 꿈에선 냉장고를 열었더니 반찬통이 와르르 쏟아져 내렸다. 깨진 반찬통들에서 나온 김치 국물이 장판을 적셨다.

체육관에서

처음으로 스파링을 했다. "때리기만 해." 체육관 남자 코치에게 헤드기어를 씌우며 관장님은 말했다. "쉬워 보이지? 엄청 힘들 거야. 샌드백이랑은 전혀 다르다고. 3분 다 때릴 수 있을지나 모르겠다." 그러더니 "코피 한번 내 봐!"라고 외쳤다.

코피는커녕 한 대도 정타를 맞추지 못했다. 머리가 어찌나 빨리 휙휙 움직이는지. 허리가 어찌나 유연하게 앞뒤로 오가는지. 나는 마음이 급해 마치 꿀밤을 먹이는 것처럼 위에서 아래로 내려치기도 했는데 그러자 "안 돼, 반칙이야, 안 돼."라는 말이 코너에서 돌아왔다.

"배운 대로 해, 배운 대로! 왜 엉뚱한 거 해!" 딱 3분, 한 라운드가 끝난 후 링에 대 자로 누워 버린 내게 관장님은 소리를 질렀다. "잽, 스트레이트, 원투, 그것만 가지고 하면 되잖아? 다른 거 없어. 그것만 하면 돼."

내가 한 대도 맞추지 못한 남자 코치는 꽤나 솔직하고 그만큼이나 열성적인 선생님이었는데, 처음으로 훅을 배운 날에는 "아, 왜 이렇게 못 해요. 너무 화난다. 이거 될 때까지 집에 가지 마요. 나도 안 갈 거예요."라고 말하기도 했다.

D

네 번째로 사귄 D는 착한 남자였다. 착하면 다 좋아. 나는 그 선한 눈을 보며 생각했다. 착한 게 좋아, 그거면 될 거야.

그런데 문제는 의지였다. D는 한없이 착했지만 그 어떤 것도 해낼 줄을 몰랐다. 그러고는 자괴감에 빠졌다. 나는 왜 이럴까, 나는 왜 계속 안 되지? 나는 옆에서, "노력을 안 했잖아. 아무것도 안 하고 어떻게 무슨 일이 이루어지길 바라는 거야?"라고 말하고 싶었는데, 상처를 줄까 봐 그럴 수가 없었다.

그렇게 매일 오백 번씩 자괴감에 휩싸이는 D를 보고 있자니 내

삶 또한 바람이 빠져 너덜대는 풍선이 되어 버리는 것만 같아, 나는 그와 헤어졌다. 가장 짧은 연애였고, 결국엔 또 상처를 준 셈이라 미안하기도 했다. 내가 나쁜 년이었다.

D와 헤어진 후 꾼 꿈에선 긴 칼을 든 남자가 달리며 도망가는 나를 계속 쫓아왔다. 컴컴하니 가로등이 하나도 없는 거리를 계속 뛰어도, 끊임없이 쫓아왔다.

체육관에서

처음 시합에 나갔다. 1분 30초로 2라운드만 하면 되는, 생활체육 대회였다. 이겨야지. 나는 생각했다. 상대는 나보다 키가 작고 조금 통통했다. 상대를 보니 심장이 덜덜 떨렸다. 내가 좋아하는 어느 소설가가 어렸을 때 썼다는 표현에 따르면 '잠지가 덜덜 떨렸다'.

20초 동안 상대를 쫓아가며 원투를 쉴 새 없이 냈다. "웬일이야! 왜 이렇게 잘해!" 관장님이 코너에서 소리쳤는데 그것이 "아이고……" 하는 탄식으로 바뀌는 것 역시, 딱 20초 걸렸다. 20초 동안 그렇게 뛴 후 체력이 방전되었다. 그다음부턴 내내 바디를 얻어맞았는데, 링 위에선 그 사실도 알지 못했다.

링에서 내려왔는데 배가 너무 아팠다. 똥이 마려운 건가? 나는 그곳 화장실 변기에 오래 앉아 있었는데 아무것도 나오지 않았다. 나중에 영상을 보고서야, 바디를 너무 많이 맞아 배가 아팠다는 사실을 알게 되었다.

그런데 이기고 싶어졌다. 그래서 다른 사람들보다 하루씩 더 체육관에 나가 한 시간씩만 더 운동을 했다.

삼 년 만에 처음으로 내 손이 올라갔고, 그날 남자 코치가 침으로 범벅이 된 내 마우스피스를 맨손으로 받아 주었다.

E

다섯 번째로 사귄 E는 최악이었다. 돌이켜 보니 그랬는데, 그만큼 그 시절엔 가장 매달리고 집착하기도 했다.

E는 사실 이전부터 알던 사람이었다. 그는 어떤 밴드의 기타리스트였고, 기타를 연주한다기보단 차라리 '소리를 만든다'는 말이 어울릴 법한 사람이었다. 현을 늘이고 조이고, 앰프와 전자 기타의 자기장을 이용하고, 여러 개의 이펙터를 꾹꾹 눌러가며 노이즈를 만들었다. 정상적인 선율을 연주하는 다른 기타리스트 옆에서 한 곡 내내 그렇게 어깨를 떨어 가며 몰입했다. 그렇게 몰두하는 모습이 멋져 보이기도 했다. 나는 B와 사귀던 시절 홍대 인근 지하에 있는 어느 작은 클럽에 평일 날 놀러 갔다가 그 밴드의 팬이 되었는데, 아직 싱글조차 내지 않은 신생 인디밴드의 팬은, 당연히 멤버들과 친해질 수밖에 없었고, 그래서 E와도 안면을 트고 연락처를 주고받게 되었다.

그 당시 B는 E를 굉장히 싫어했고, 영화 〈거짓말〉에 나오는 변태같이 생겼다며 툴툴대기도 했는데 아마도 미래를 예상하는 신기한 예지력의 발동이었을지도 모른다. 그 밴드는 금세 해체되었다. 수많은 밴드가 이미 그래 왔듯. 그리고 자연스레 E도 볼 수 없게 되었다.

D와 헤어지고 한 달 후쯤 E에게 메시지가 왔다. 연락이 끊긴 지 사 년이나 되었는데 갑자기 "술 한잔합시다."라고. 좋았다. 그 뿔테 안경이며 두드러진 얼굴의 선이나 운동을 열심히 해 건장했던 근육들에 대한 기억이, 나를 대신해 답장을 썼다.

그러곤 E와 지속적으로 만나게 되었다. 그 당시엔 E를 사랑한다고 생각했는데 지금 돌이켜 보니 아마도 나는, '소리를 만드는 예술가를 사랑하는 나'의 이미지를 사랑하고 있던 것 같기도 하다. 그래서 그 관계가 끊어지지 않도록 매달렸다. 항상 먼저 연락하고 찾아가고 들러붙었다. 내가 혹시 잘못해서 이 관계가 삐걱대다 회복될 수 없게 단절되면 어떻게 될지 무서워서, 자꾸 손을 내밀었다.

아마도 내게 연락을 한 것은 성욕을 풀기 위해서였을 터인데, 사람과의 소통은 트위터로 할 수 있고 배우는 것은 책을 통해, 즐기는 것은 유튜브를 통해 할 수 있지만 지금은 아쉽게도 섹스 로봇은 개발되지 않은 미완의 시대니까. 그런데 나는 그 모든 일을 겪은 후인 지금의 내가 명확히 꿰뚫어 볼 수 있는 의도를 애써 모른 척했다.

나는 그의 침대 위에 누워서, 침대에 기대어 앉아서, 거실 벽에 붙어서, 거실 테이블 위에서, 발코니 앞에 서서 창밖을 보며, 또 가끔은 기타 두 대가 세워진 작업실 바닥에서 내내 그와 섹스를 했다. 그땐 그가 나를 '사랑'한다고 생각했는데 그 이유는, 그 섹스 후에 언제나 기가 막히게 맛있는 카레크림 파스타 같은 것들을 볶아 주곤 했기 때문인 것 같다. 그 언젠가는 나를 무릎에 앉히고 야동 같은 것들을 보여 주던 때도 있었는데, 연출이 아닌 것들도 있었다. 남자의 고추를 열심히 빨고 있는 여자를 남자가 촬영한 영상을 보고 나는 "저 여자가, 이 영상이 이렇게 돌아다니고 있는 걸 알 거라고 생각해요?"라고 말하며 엉엉 울었다.

그는 리벤지 포르노를 하드디스크에 몇십 기가바이트씩 받아 놓고 그걸 보며 매일 자위를 하고는 트위터에서 페미니스트들을 팔로우하고 그들의 글에 하트를 누르며 'GIRLS CAN DO ANYTHING' 같은 트윗을 했다.

그가 만드는 소리들이 궁금했고 그가 만들어 내는, 지금 와서 돌이켜 보니 억지로 만들어 내려 노력한 것 같은, 그러한 '소설적' 순간들에 단단히 사로잡혀 버렸다. 내가 거기서 튕겨 나갈까 봐, 튕겨 나가서 다시 출근하고 짜장면 먹으며 드라마 이야기하고 돈 벌고 아파트 시세를 보고 새로운 자동차를 계약하고 옆자리의 동료는 아이 영어학원을 알아보고 나쁜 친구랑은 놀지 말라고 하는 그 세계가 나의 전부였던 시절로 다시 돌아갈까 봐 무서웠다. 그래서 자꾸만, 고무줄에 걸린 돌멩이처럼 멀리 날아갔다가도 휙 돌아오고, 또 저 멀리 달아났다가도 쓱 돌아오기를 반복했다.

결국 헤어진 것은 남자의 고추를 열심히 빨고 있는 여자의 이마가 자꾸만 생각이 났기 때문이었다. 그 여자의 이마가, 천 겹의 지옥에서 벗어날 수 있는 힘을 주었다.

E와 헤어진 후 꾼 꿈에선 그악스러운 손아귀가 한쪽으론 내 손목을 쥐고 다른 쪽으로는 목을 잡아 졸랐다. 숨이 막혔고 깨어났을 땐 눈물이 줄줄 흐르고 있었다.

체육관에서

세 번째 직장에 사표를 내고 퇴사했다. 일 년 정도 쉬면서, 진로를 바꿀 준비를 차근차근하기로 했다. 퇴사해서 시간도 많은 김에, 도전을 하기로 결정했다. "서울신인선수권까지는 열심히 하면 될 거야. 다들 비슷비슷해." 관장님은 고개를 끄덕였다. "대신에, 체중은 많이 빼야 해. 48킬로까지 빼. 펀치가 약하잖아. 스텝도 너무 정직하고." 나 역시 고개를 끄덕였다. 못 하는 걸 알고 있으니, 어쩔 수가 없었다.

9월부터 하루에 두 번 체육관에 갔다. 열한 시부터 두 시까지 운동하고, 일곱 시부터 아홉 시까지 운동했다. 손이 덜덜 떨리고 팔꿈치가 아파 점퍼를 옷걸이에 걸 수 없어도 운동했다.

"운동하시지 말라고 해도 할 거잖아요." 어느 날엔가는 자전거 핸들을 잡을 수 없을 정도로 손목이 아파 정형외과에 갔는데, 의사가 그렇게 말했다. "운동 안 하시는 방법밖엔 없어요. 안 그럼 그냥, 나이 먹고 고생하는 거죠." 그런데 나는 거기서 그냥 웃고 말았다. "그렇네요. 그런데 안 할 순 없어서요. 고생하겠네요." 의사와 나는 마주 보고 웃었다. 진료실에서 나와 처방전을 기다리며 로비를 자세히 보니 그 의사는 보디빌더이기도 했다.

어쩐지 이해하는 표정이더라.

시현

어느 날부터인가 매일 보는 얼굴이 생겼다. 키가 백육십 센티 정도로 작고 마른, 눈이 동그란 남자아이였다. 오전에 운동을 오는 것을 보니 중·고등학생은 아닌 모양인데, 몇 살일까. 그 아이는 매일 빠지지 않고 체육관에 와서 오랫동안 운동을 했다. 모르는 척 곁눈질로 관찰해 보니 체력도 좋고, 몸이 빨랐다. 재능이 있어 보이네. 벌써 체육관에 나온 지 사 년이 넘었으니 보는 눈이 퍽 많이 늘어, 나는 회원들을 몰래 보며 이리저리 그 몸놀림을 재곤 했는데 이 남자아이는 확실히 '싹수'가 있어 보였다.

"프로 하고 싶다고 왔어요." 저녁 운동을 하며 코치에게 은근슬쩍 그 아이에 대해 묻자 답이 날아왔다. "복싱 처음 배우는 건데, 프로까지 해 보고 싶다고. 관장님도 기대하시던데. 재능도 있어 보이고, 성실하다고요." 그러더니 "지금 스물두 살인가 그런데, 작년까지는 승마했었대요."라는 예상치 못한 정보도 추가로 얹어졌다.

지금껏 선수 하고 싶다고 찾아왔다던 수많은 얼굴들이 머릿속을 스쳐 지나갔다. 그중 남은 사람은 이제껏, 한 세 명 정도 되려나.

그 아이의 이름은 시현이었다. 한 이 주일쯤 지나자 얼굴이 서로 익어 우리는 인사를 하고 말을 트기 시작했다.

보면 볼수록 믿을 수 없을 정도로 단단하고 꾸준했다. "원래 재

오른손잡이야." 관장님의 말씀에 나는 입을 쩍 벌리고 "정말요?" 소리를 낼 수밖에 없었다. "원래 오소독스인데, 아무래도 사우스포가 유리하잖아. 그래서 사우스포로 훈련하고 있어." 보통 체육관에 처음 등록한 회원에겐 코치들이 "오른손잡이예요, 왼손잡이예요?"라는 질문을 가장 먼저 하게 되는데, 거기서 스스로를 왼손잡이로 길들일 각오를 한 사람이 있다고는 상상할 수가 없었다. 특히 왼손으로는 정말이지 버스 손잡이도 잘 못 잡는 나 같은 사람으로서는.

시현은 그런 아이였다. 거울 앞에서 자세를 교정하며 원투를 친다. 다른 사람들은 아령 없이 3라운드를 하고 링으로 올라간다. 나는 아령 들고 4라운드. 시현은 그걸 10라운드 했다. 믿을 수 없었다. 다른 사람들은 링에 올라가 섀도우를 3라운드 하고 나는 4라운드 한다. 시현은 6라운드 동안 링 위에 있었다. 내려와서는 샌드백을 친다. 다른 사람들은 무빙백을 3라운드 치고 나는 4라운드 치는데 시현은 10라운드 쳤다. 다른 사람들은 고정백을 2라운드 치고 나는 3라운드 치는데, 시현은 5라운드 동안 쳤다. 그러고는 웨이트를 했다.

세상에 저런 사람이 있구나. 내가 가장 열심히 한다고 생각했는데, 아직 부족했다.

심지어 그렇게 운동을 하고, 저녁에는 고깃집 아르바이트를 한다고, 그랬다.

시현과 나는 한 달 정도 후부터 주먹을 섞기 시작했다. 키도 몸무게도 비슷했다. 시현은 펀치가 세진 않았지만 워낙에 몸놀림이 좋고 빨랐다. 체력도 어마어마하게 좋아 주먹이 쉬지 않고 날아왔다. "1초에 잽 5번이 나왔다니까요? 써클링을 동시에 네 번 했다니까요?" 관장님이 안 계신 날 했던 스파링에 대해 이렇게 이야기하자, 관장님은 "아니 왜 내가 볼 땐 그런 걸 한 번을 안 해?"라고 농담을 하기도 했다. "관장님이 안 계셔야 더 잘해요. 저희 둘 다." 나는 그렇게 너스레를 떨었다.

시현은 오 년 가까이 운동한 나를 금방 따라잡았는데 너무나 성실히 훈련하고 있다는 사실을 내가 잘 알기에, 질투가 난다거나 세상이 야속하다, 뭐 이런 생각은 전혀 들지 않았고, 오히려 스물두 살짜리를 존경할 수 있게 만들어 주는 이 운동에 대한 애정이 샘솟았다. 시현은 처음 나간 생활체육대회에서 가볍게 이기고, 바로 프로 테스트에 응시해 한 번에 합격했다. "대단해. 진짜 천재예요." 다음 날 내가 밴디지를 감으며 이야기하자 시현은 머쓱하게 웃으며, "아니에요, 누나도 프로 테스트 보면 바로 될 거예요. 그리고 저 펀치력도 약하고. 헤드기어 없이 처음 해 봤는데, 진짜 아프던데요. 눈물이 쏙 빠져서 가드가 저절로 올라가더라고요."라고 대답했다. 시현다웠다.

원래는 서울신인선수권 48킬로급에 출전하기 위해 시작한 스케줄이었다. 평소 체중이 54킬로에서 55킬로 나갔기에, 천천히 빼기로 했다. 탄수화물을 끊고, 콩나물을 주식으로 삼았다. 나는 술을 마시지 않는 날이 일 년에 열흘도 안 될 정도로 술을 워낙에 좋아해 끊을 수 없었는데, 놀랍게도 콩나물이 엄청나게 좋은 안주라는 것을 금세 알게 되었다. 필름이 끊길 때까지 혼자 술을 마셔도 다음 날 상쾌하게 일어났다. 콩나물을 냄비에 수북하게 담아 삶은 후, 고기 약간을 적당히 볶아 쌈채소에 싸 먹었다. 점심에도 그렇게, 저녁 운동이 끝나고 돌아왔을 땐 거기에 술을 추가해, 한 쌈에 소주 반 잔씩. 그렇게 식사를 했다. 필름이 끊길 정도로 마셔도 다음 날 새벽 세 시에 상쾌하게 눈이 떠졌다. '콩나물교'의 신자가 되어, 주변에 온통 콩나물을 전도하고 다녔다. 하루에 콩나물을 오백그램은 먹었다.

체중은 천천히 빠졌다. 그래도 꾸준히 빠졌다. 두 달쯤 지나자, 내가 내일 얼마나 체중이 빠질지도, 다음 주엔 몇 킬로가 될지도, 정확히 계산해 낼 수 있었다.

그즈음 부정출혈이 시작되었다. 16프로까지 내려간 체지방 탓이었다. 체지방이 없으니 점점 차지는 바람이 무서워졌다.

엉키면 앉아서 레프트 보디

"지금 몇 킬로니?" 관장님이 물은 것은 11월 중순경이었다. "51킬로요." 그러자 잠시 말이 없더니, 관장님은 말했다. "12월에 전국신인 나가자."

"네?" 원래는 57킬로 정도 나가는 여자 코치가 감량을 한 후 51킬로로 전국신인선수권에 출전하기로 되어 있었다. 그런데, 감량에 실패했다고 했다. 이해한다. 워낙에 과자와 쌀밥을 좋아하는 아이다. 우리 둘이서 함께 생활체육대회에 나가면, 계체 후 도시락을 받아 내 밥을 모두 그 애한테 주고, 나는 반찬을 싹 다 해치운 후 그 애가 남긴 반찬까지 먹곤 했다. 밥 없어도 살 수 있는 나와는 식성이 정반대인 아이다. "감량 실패해서, 60 나가기로 했어. 지금 아직도 56킬로인데 언제 빼. 뺀다 쳐도 힘이 있겠어? 60 나가서 얻어맞든 쥐어 터지든. 본인 탓이지 뭐." 관장님은 고개를 저었다.

뜻밖이다. 전국신인선수권에 도전할 실력이 내겐 있다고 생각하지 않았는데. 그러자 관장님은 "신인대회까지는 다 똑같아. 비슷비슷해. 엘리트는 못 가."라고 대답했다. 나도 안다. 5등급인 아이가 공부를 죽어라 하면 2등급까진 갈 수 있지만, 1등급은 못 하는 것처럼.

그렇게, 시현과 나, 그리고 여자 코치까지 세 명이서 전국신인선수권에 출전하게 되었다. 시현은 남자 49킬로, 나는 여자 51킬로, 그리고 여자 코치는 여자 60킬로. "이번엔 펜션 잡아 놨어." 다행이다, 모텔 안 가도 돼서.

우리는 다양한 선수들에게 익숙해지기 위해 종종 다른 체육관으로 원정 스파링을 가기도 했는데, 주로 신림에 있는 체육관으로 향했다. 그 체육관에, 우리와 딱 맞는 체급의 남녀 선수가 있었다. 남자 선수는 시현에게 얻어맞고, 나는 여자 선수에게 쥐어 터지는 편이었다.

그날도, 3분 3라운드 동안 스파링을 했다. 나름 잘했다고 생각했는데, 역시나 몹시 혼이 났다.

"왜 엉뚱한 거 해, 왜. 가르쳐 준 걸 해야지."

"네."

"느리잖아. 손이 느리잖아. 따당! 이렇게 원투가 나가야 하는데, 허, 허어, 하고 있으니 돼, 안 돼?"

"안 돼요."

"호흡 크게 하지 말라고 했지. 호흡 숨기라고 했지."

"네."

"훅 칠 때 어떻게 하라고 했어."

"머리 빼요."

"왜 안 해, 왜. 왜 그렇게 안 해. 엉키면 무조건 뭐 하라고 했어."

"앉으라고요."

"앉아서 뭐 하라고 했어."

"레프트 보디 치고 올라오라고요."

"보디 칠 때 어깨 어떻게 하라고 했어."

"빼라고요."

"왜 안 해, 왜. 가드 어디에 붙이라고 했어."

"관자놀이에요."

"왜 떨어지니, 왜."

"죄송합니다."

그래도, 스파링을 할 당시에는, 코너에서 "좋아, 오우 보디 좋아, 그렇지, 그렇지!" 하는 소리가, 지난번보단 많이 들렸었다.

씻고 나오는데 "그래도 열심히 하니까 데리고 다니는 거야."라는 관장님의 말이 들린다. 그 체육관 관장님과 커피를 마시면서 "저 둘이 운동 제일 열심히 하니까. 그러니까 다른 데도 데리고 다니는 거지. 고맙지, 열심히 해 주니까."라는 말도 들린다.

"잘하는 게 중요한 게 아니야. 물론 잘하면 좋지. 기분 좋지. 지도자로서, 선수도 키우고 싶고. 근데 그걸로 다 되는 게 아니야."

돌아오는 택시 안이다. 관장님이 조수석에서 팔짱을 끼고 꾸벅꾸벅 졸고 계시는 동안 우리는 뒷좌석에서 대화를 했다. 그날 나는 처음으로 얼굴에 상처가 나고 마우스피스에 피가 고였는데, 이상하게 내 글러브에도 피가 묻어 있었다. 참 이상하지, 내 피가 글러브에 묻을 일이 있나? 내 피인지 상대의 피인지는 알 수가 없었다.

"시현 씨, 원래 승마했었다면서요."
"네."
"그거 진짜 어려울 것 같은데. 말이잖아요. 말이랑 교감하고 그래야 하는 거 아니에요?"
"그렇죠, 맞아요. 건강 돌봐 줘야 하고, 친해져야 해요. 막 당근 주고. 기분 나쁘면 기수 떨어뜨리기도 하거든요."

"진짜 어렵겠다. 자전거 타고 막 이런 거랑은 전혀 다른 거잖아요."

"그렇죠. 처음엔 되게 무서웠어요."

"승마는 계속 준비하시는 거예요?"

"네, 근데 그것도 나름 엘리트 종목인데, 제가 늦게 시작했어요. 스무 살에 시작해서…… 다들 더 어렸을 때 시작하거든요. 스무 살부터 제주도에서 합숙하면서 했어요. 후보생까지 올라간 적도 있는데, 낙오되었어요. 지금은 복싱 하는데, 신인선수권 끝나면 승마를 다시 해야 할 것 같기도 하고…… 그런데 잘 못 할까 봐 걱정이에요."

"시현 씨, 아니에요, 될 거예요. 언젠가는 될 거예요. 인생 길어요. 제가 서른 되어 보니까 그래요. 시현 씨, 저는 복싱 하면서 진짜 많이 배웠어요."

"어떤 걸요?"

"저 운동 진짜 못 했거든요. 저 18개월 때 걸음마 처음 했어요. 엄마가 장애 있는 줄 알고 병원에 데려갔는데, 의사가 보더니 머리가 너무 커서 못 걷네요, 라고 했대요. 완전 웃기죠. 키 크는 동안 머리는 별로 안 커져서 어찌나 다행인지. 초·중·고 내내 체력장 등급이 최하였어요. 특히 앞으로 몸 숙이는 거 있잖아요, 유연성 테스트하는 거. 그거 한 번도 양수 나온 적 없어요. 0도 안 나왔어요. 죄다 마이너스. 제자리멀리뛰기 할 때 혼난 적도 있어요. 장난하지 말라고. 50미터 달리기를 할 땐 선생님이, 넌 발은 빠른데 왜 제자리에서만 뛰냐고도 했어요. 대학 가서는 과에서 운동회를 했는데, 발야구 첫 타자였어요. 공을 뻥 찬 후에 왼쪽으로 뛰었어요.

너무 자신 있게 뛰어서, 사람들이 한 2초간 멍하니 있다 빵 터졌어요. 전 억울했죠. 아무도 나한테 1루가 오른쪽이라고 말해 주지 않았으니깐. 한 번도 야구를 본 적이 없었거든요."

"헐, 한 번에 3루까지 진루하다니 어마어마하네요."

"그러니까요. 그런데 지금 제가 이렇게 원정 스파링을 다니고 있네요. 복싱 하면서, 산다는 것에 대해 정말 많이 배웠어요. 저요, 2014년 4월에 여기 왔어요. 생활체육대회 처음 이긴 거, 3년 걸렸어요."

"3년이요? 그럼 그동안엔 계속 지신 거예요?"

"네. 세 번인가 네 번 졌어요."

"와, 전 사실 만약 1패 하면 그냥 관둘 것 같거든요. 다행히 아직까진 안 했지만. 대단하세요."

"아니에요, 잘하는 게 좋은 거죠. 근데요, 하니까 늘긴 늘더라고요. 아주 천천히라도, 되더라고요. 엘리트는 안 되겠죠. 재능이 없으니까. 그래도 선수 등록 됐잖아요. 협회에 정식 등록된 선수 됐잖아요."

"맞아요."

"시현 씨, 승마도 잘되실 거예요."

그때쯤 관장님이 잠을 깨곤, "맞다, 나 이번에 일본 여자복싱 타이틀매치 보러 갔을 때 있지."라고 말을 시작했다.

"도전자가 쉰 살이었어."

"쉰이요?"

"응, 완전 동네 아줌마야. 얼굴 보면. 막 로커룸에 손주들이 응원을 왔어."

"손주요? 하긴, 결혼 일찍 했으면 손주가 있을 수도 있겠다."

"응, 근데 옷 벗는데 정말 깜짝 놀란 거야. 몸이 완전 로봇이야, 로봇."

"와."

"내가 막 다 걱정이 되더라고. 다칠까 봐. 나이가 있으니까. 근데 졌는데, 판정으로 졌는데, 비등비등했어."

"정말요?"

"응, 나이 생각하면 솔직히 이긴 게임이지. 막 내가 눈물이 다 나더라니까. 벌떡 일어나서 박수 쳤다고. 깜짝 놀라서."

"맞다, 시현이 벌써 프로 시합 요청 들어왔어, 두 개."라고도 했다. 그러고는, "근데 다 노! 외쳤어. 우리 아이는 아직 안 됩니다. 아직 완성되지 않았습니다. 기다리세요, 라고. 괜히 나갔다가 다치기만 하면 어떡해."라고 덧붙였다. 시현은 "감사합니다."라며 웃었고, 나는 "관장님 나중에 일본에서 빵 데뷔시키려고 그러시는 거죠? 화려한 데뷔. 시현 씨 열심히 해요. 나 돈 떨어지기 전에 일본 가야 돼요. 시현 씨 덕에 일본 가겠다. 응원 가야죠."라고 말했다. "관장님, 체육관 티브이에서 이노우에 나오야 나올 때마다 쳐다보는 눈빛에 욕심이 묻어나는 거 다 보여요. 시현 씨가, 한국의 이노우에 될 거예요."라고 말하기도 했다.

어느새 복수심을 잊었다.

시현을 보고 배우고 마냥 열심히, 또 열심히 했다.

이 글을 마치고 체육관에 가면, 또 시현의 얼굴을 볼 것이다.
반갑게 인사하고 주먹을 섞을 것이다.

그럴 것이다.

유하에게

유하는 수완을 동네 어귀의 술집에서 처음 보았다. '바'라고 하기에도, '호프'라고 하기에도 애매한 술집이었다. 소주와 맥주, 사케와 칵테일 그리고 양주를 동시에 팔았다. 인테리어는 조잡했고 메뉴는 평범했으며 가격 역시 딱히 저렴하지 않았다. 손님이 많을 턱이 없었고, 그래서 유하가 혼자 자리를 잡고 앉아 뜨겁게 데운 잔술이며 블랙러시안, 데킬라 슬래머 따위를 시키기엔 더없이 좋은 곳이기도 했다.

유하는 한 시간에 걸친 퇴근길의 끝 무렵에 언제나 그곳에 들러 두 시간을 머물렀다. 두 시간 동안 열 잔 정도의 술을 마셨다. 주종은 가리지 않았지만, 배가 불러 맥주는 잘 마시지 않았고, 주로 높은 도수와 적은 용량의 칵테일을 마셨다. 칵테일을 마는 바텐더의 실력이 결코 좋지 않았음에도 불구하고 유하는 그저 취하기 위해 그곳에 갔다. 혼자 창밖을 바라보며 멍하니 마시고, 취하고, 마시고, 또 취하는 것의 연속이었다.

월급을 거의 거기에 탕진하고 있다는 걸 깨달을 즈음에서야 유하는 그곳에 출입하길 그만두게 되었는데, 자신의 의지 때문이 아니라, 어느 날 갑자기 그 술집의 셔터가 내려가 있었기 때문이었다. 일언반구도 없이.

그리고 그 앞에 서성이는 수완이 있었다. 유일한 아르바이트생이었고, 간간이 돋은 여드름 때문에 얼굴이 조금 얽어 보이는, 소년티를 아직 다 벗지 못한 남자였다.

아, 손님 오늘도 오셨네. 어떡하죠.

멍한 표정으로 세상 끝까지 내려진 셔터를 바라보던 유하에게 수완이 한 첫마디였다.

저도 몰랐어요. 왔는데 갑자기 이렇게 되어 있었어요. 삼 주나 주급 밀렸는데. 어떡하죠.

내기 살 대니까 술 한잔하러 가요. 근처에 맛있는 데 어디 알아요?

이곳 말고는 동네의 어느 술집에도 가 본 적이 없던 유하의 대답은 이랬다.

* * *

서른 살의 유하와 스물세 살의 수완은 그날 전화번호를 교환했으며, 세 번째로 함께 술을 마신 날 유하의 방에서 잤다.

나 처음 한 거예요.

말도 안 되네.

진짜예요.

순수한 척하지 말죠.

유하 씨, 손님이었는데. 이런 일이 생길 줄은 꿈에도 몰랐어요.

소개팅하고 애프터하고, 하는 비용도 없고 좋네요 뭐.

유하의 말에 수완은, 그런 농담은 하지 말아요, 하고 갑자기 엄한 표정을 짓기도 했었다.

* * *

유하는 자신이 알코올중독자라는 사실을 알고 있었다. 그것도 아주 잘. 출근하는 지하철 안에서부터 알코올 생각을 했다. 퇴근하고 마실 맥주, 소주, 사케, 칵테일 그리고 가끔의 위스키 샷. 마침내 술집의 딱딱하고 높은 의자에 앉아 알코올이 들어가야만 생각을 멈출 수 있었다.

알코올 생각뿐 아니라, 내가 지금 왜 살고 있나, 도대체 뭘 바라며 죽지 않고 살고 있나, 이래서 되는 게 뭐가 있나, 하는 생각도 그제야 멈출 수 있었다.

물론 어쩌면 그것이 유하와 수완을 만나게 해 줄 계기가 되었을지도 모르지만, 유하는 어쨌거나, 술을 마시지 않을 땐 죽고 싶었다. 누군가를 만날 땐 떨리는 손을 감추기 위해 무진 애를 써야 했는데,

이미 모든 것을 본 후 만난 수완 앞에선 그러지 않아도 되었다.

수완은 그 어디에서도 도드라지는 사람은 아니었다. 책을 좋아하고 글을 썼지만, 책을 읽는 사람도 글을 좋아하는 사람도 주위엔 없었다. 남들 다 만나는 여자친구 한 번 사귀지 못한 채 남중과 남고를 졸업했고, 성적이 엉망이었기에 차라리 짐을 덜고 재수를 하자, 싶어 군대로 직행했다. 만기 전역하고 나서는 어디든 전문대학에 들어가 직업교육을 받을 등록금을 벌기 위해 이런저런 아르바이트를 뛰었는데…… 온화하고 사람 좋아 보이던 사장에게 삼 주간의 주급을 떼일 줄은 꿈에도 몰랐었다. 얻은 건 유하뿐이었다. 매일같이 드나들던 단골인 유하를 보며, 저 여자는, 한 잔에 만 원이 넘는 술을 저렇게 콸콸 들이부을 수 있는 저 여자는, 얼마나 행복할까. 그런데 무엇 때문에 이렇게나 술을 많이 마시는 걸까, 하고 의아한 생각을 잠시 품었는데, 어느새 자신이 유하의 품에 안겨 있었다.

글 쓰는 남자랑 자는 건 처음이네요, 책 읽는 남자도 처음인데 글까지 쓴다니.

수완이 글을 쓰고 싶어 한단 이야기를 들었을 때 유하는 웃으며 그의 턱을 손바닥으로, 또 엄지와 검지로 여러 번 어루만졌다.

신기해. 글을 쓴다니.

* * *

유하의 핸드폰 진동음이 울린 것은 유하가 수완의 몸 위에 있을 때였다. 잠시 움직임을 멈추고, 핸드폰을 들어 발신자를 확인한 유하는 조용히 그걸 다시 내려놓았다. 액정화면이 보이지 않도록 뒤집어 내려놓곤 두 손을 들어 수완의 허리춤을 쓰다듬었다. 그땐 그러려니 했는데, 먼저 씻고 나와 옷을 갖춰 입은 수완이 유하를 욕실에 보내 놓고 전자레인지에 핫바를 돌릴 때도, 씻고 나온 유하와 핫바를 호호 불어 나눠 먹을 때도 핸드폰은 산발적으로 울렸다.

받아도 돼요.

아니, 싫은데요.

왜요, 애인 있어요?

없어요, 그런 거.

그럼 누군데요?

유하는 방금 전에서야 부르르 떨기를 멈춘 핸드폰을 들어 통화 목록을 보여 주었다.

유하의 통화 목록엔 온통 받지 않은 전화뿐이었고, 발신자는 딱 두 명이었다. 세 글자의 실명으로 저장된 두 명.

누군데요?

부모님.

수완은 핫바 스틱을 쓰레기통에 넣다 말고 유하를 바라보았다.

수완 씨는, 가족이 몇 명이예요?

아버지, 어머니, 저랑 여동생 하나요.

사이좋아요?

네, 그런 것 같아요.

복 받았네요. 난 아닌데.

첫 기억이 사람의 삶을 결정한다는 말을 어디선가 들은 적이 있어요. 말도 안 되는 일이라고 웃어넘겼는데 그 말이 세상에, 마음 어딘가 툭 튀어나온 돌쩌귀에 걸려 더 이상은 날아가지 않고 거기 계속 남아 있는 거예요. 거기서 계속 빙빙 돌고 있어요, 그 말이. 무한히, 내가 죽을 때까지 떠나지 않을 것처럼. 수완 씨는 첫 기억이 뭐예요?

아마 엄마 손 잡고 집에 가려고 계단을 오르던 기억이었던 것 같아요. 3층 셋집이었거든요.

난 아빠가 물건을 집어 던지던 기억, 그게 내 첫 기억이에요. 나를 가지고 소설을 쓸 수 있겠네요. 너무 평범하려나. 글 쓴다고 하면 사람들이 막 엉겨 붙어서 재미도 없는 자기 얘기 하고, 그러죠? 나도 그런 사람인가?

아니에요, 저 아는 사람도 별로 없어서 그런 얘기하는 사람 없어요. 계속해요.

* * *

유하는 이태 전 본가에 내려갔을 때 자신이 아주 오래전에 쓴 교환일기를 발견한 적이 있었다. 열다섯 살, 중학교 이 학년이었을 때 친구와 나눠 쓴 일기장이었다. 공상은 수없이 했지만 글재주가 없던 유하가 안간힘을 다해 단어를 골라 적어 둔 글의 곳곳에는 유하 그 자신이 가득했다. 예를 들어 이런.

* * *

수완 씨가 내 상상을 이어서 소설로 쓸 수도 있을 거예요. 공상과학소설같이. 그런 건 문학계에서 안 쳐주나요? 뭐 어쨌든요, 수완 씨는 습작도 많이 해야 하니깐, 내 상상도 구미가 당기면 이용해 봐요. 허락해 줄게요.

내가 열다섯 살 때엔 이런 상상을 했더라고요. 아마 시작은, 왜 나는 이런 집에서 태어났을까, 이었겠죠. 나는 왜 물건이 날아다니는 가정에서 태어나야 했을까? 저들은 무슨 화가 저렇게 많아서 어린 내 앞에서 눈치도 보지 않고 불행한 가정을 연극무대에서 공연하듯 자랑스럽고 뻔뻔하게 끝도 없이 보여 주는 걸까? 그렇게 매일매일 부모님 탓하다가 지친 나머지, 그땐 화살의 방향을 슬그머니 다른 곳으로 돌려 보려는 시도를 했었죠. 이렇게요. 대체 내가 뭘 잘못해서 이곳에 태어난 걸까?

그래서 만든, 세계관이라고 해야 할까, 그런 게 있었어요. 자, 일단 아직 수정되지 않은 상태의 영혼인 내가 있어요. 영혼들은 나 말고도 아주 많아요. 아기가 될 영혼들이죠. 아기가 되어 이 땅에 태어날 영혼들이에요.

이 영혼들은 매일 교육을 받아요. 부모를 선택하는 것에 대한 교육이죠. 출생 이전의 영혼들을 관리하는 본부 교육센터에서 가르쳐요. 너희가 이런 직업의 이러저러한 성격을 가진 부모를 택한다면, 확률적으로 이러이러한 삶을 살게 된다, 뭐 그런 교육. 부모의 유형은 천차만별일 테지만 사람 성격도 열여섯 가지로 자로 재듯 나눠 버리는 세상이잖아요. 본부도 비슷한 거죠, 뭐. 통계적으로요. 통계적으로, 너희보다 먼저 태어난 사람들을 보건대, 아마도 그럴 것이라고요.

영혼들에게도 각자의 성격이 있을 거예요. 모험심이 강할 수도 있고 자신감이나 자존감이 높을 수도 있죠. 유약할 수도 있고 기회주의적일 수도 있어요. 어린 영혼들은 매일 교육이 끝날 때마다 삼삼오오 모여 어떤 부모를 고를지 제각기 소리 높여 떠들죠. 남의 눈치도 많이 봐요. 대다수는 평범한 부모가 좋다고 해요. N이란 친구는 눈총을 조금 받으면서도, 재벌의 아기였으면 좋겠다고 생각하죠. 나중에, 그 뭐냐, 이른바 사생아로 태어나게 된 것은 본부의 장난일까요. 만사가 허무한 J라는 친구는 어차피 결국 금방 죽는 인생인데, 하며 아무도 선뜻 고를 생각을 하지 않는 부모를 택하겠다며 시큰둥하게 말하기도 했을 거예요.

본부에선 이야기해요. 이 기억은 출생과 동시에 삭제될 거라고요. 자신이 부모를 선택한 기억을 지우고, 우리가 아는 그 아기 있죠, 아무것도 모르는 평범한 갓난아기. 울고 손 빨고 까르륵대는 그런 아기로 태어나게 되어 인간으로서의 하나하나를 자신이 택한 부모로부터 다시 배우게 될 거라고요. 그리고 본부는 아기를 계속 추적해요. 어떤 유형의 부모를 택한 영혼들이 그 자식으로서 어떤 삶을 살게 되는지 관찰하죠. 평생을 하는 건 아니고, 음, 언제까지냐면…… 아마도 초경이나 몽정을 할 때. 그때쯤이면 자기 자신의 고유한 성격과 의지가 형성된 하나의 완벽한 개체가 된 거라고 본부는 여기는 거죠.

그런데 시스템상의 오류가 하나 생긴 거예요. 기억을 하는 아이가, 본부에서 교육을 받고 부모를 택해 태어났다는 걸 잊지 않은 아이가 하나 생긴 거예요. 그러니까 이 아이는 자의와 상관없게도 시스템의 커다란 구멍이 된 거죠.

아이의 부모는 아이를 학대하는데, 부모를 택할 때만 해도 전혀 모르던 일이었어요. 조금 가난한 듯도 하지만 그만큼이나 검소하고 소박하며 또한 열심히 사는, 예쁘게 사랑하는 듯 보이는 신혼부부였거든. 그 정도면 본부의 장난질, 예컨대 사생아로 태어난다든지, 하는 것엔 걸리지 않을 듯 보였죠. 그 소박한 부부에게 자신이란 존재가 얼마나 큰 기쁨이 될지를 생각하니, 눈앞에서 몸을 낮추고 자신을 빤히 노려보고 있는 위험 같은 건 볼 겨를이 없었을지도 몰라요.

소박했던 부부의 임대아파트가 지옥으로 변하는 것은 오 년도 걸리지 않았을 테죠. 잘 풀리는 일이 없었거든요. 열심히 산다는 인풋에, 좋은 결과라는 아웃풋을 보장해 줄 수 있는 것이 인생이라면 이 세상의 모든 갈등들이 대체 왜 존재하겠어요? 그러지 못하니까 우울해하고 자학하고 또 피 터지게 싸우고, 하는 거죠. 이 부부도 그랬죠. 되는 일이 없으니 뭐라도 집어 던지며 소리를 지르고 싶은데 자신들도 너무 약해서 맘 놓고 괴롭힐 대상조차 없는 거예요. 그러니까 비겁하게 애한테 하는 거죠. 애한테 하기 시작하는 거야.

그런데 애는 기억하거든요. 자기가 이 부모를 골랐단 사실을. 본부에게 묻고 싶어요. 이런 결과를 예측하지 못했는지. 대체 왜 자신이 이런 삶을 살게 한 건지. 지금이라도 취소할 수 없는지. 차라리 기억이라도 지워 줘서 자신이 이 부모를 택했단 사실을 몰랐다면 모든 탓을 맘 편히 부모에게 돌릴 수 있을 텐데 그럴 수도 없는 것이, 사실 자기의 판단 미스였다는 걸 알고 있으니깐. 자기가 그랬으니깐. 그래서 왜 하필 자신이 시스템의 구멍이 되었는지도 묻고 싶어요. 어떤 이유로 이렇게 괴로운 삶을 살아야 하는지. 그래서 첫 몽정을, 아니 몽정이든 초경이든 시작해서 본부의 추적이 끊어질 날 외치는 거죠. 한 손엔 새벽에 몰래 화장실에서 빨아 축축한 팬티를 손에 들고요.

본부에 대화를 요청합니다, 뭐 이렇게요.

* * *

세계관에 구멍 숭숭 뚫린 것 좀 봐요. 이런 본부가 어디 있어요? 유하는 오른손을 둥글게 말아 쥐곤 엄지와 나머지 손가락 사이로 생긴 아주 작은 구멍에 눈을 갖다 대었다. 마치 망원경을 보는 것처럼, 다른 쪽 눈은 얼굴 근육을 한껏 찡그려 감은 채였다. 어렸을 때 생각한 거라 논리도 형편없지 않아요? 인간은 기본적으로 이기적인 존재라고 나는 생각해요. 영혼도 다를 바가 없을 텐데, 그럼 그 수많은 불행한 부부의 아기들을 어떻게 설명할까요? 정말 웃겨, 이런 생각을 했다는 게. 그렇지 않아요?

전 별로 웃기지 않는데요. 수완은 유하가 눈을 갖다 댄 반대쪽에 똑같이 자기의 눈을 대었다. 유하의 손이 둥글게 만든 렌즈에 가득한 수완의 눈동자.

전 어렸던 유하 씨가 왜 그런 상상을 해야 했을까를 생각해요.

구구절절 전시할 생각 없어요. 지금은 집에 갈 생각이 없다고만 해 두죠. 집을 만들 생각도 없고요.

그래서 나한테도 애인이라고 부르지 않는 건가요.

그럴 수도 있죠, 애인이라고 칭하면 으레 주변에서 그래, 몇 살이고? 직장은 어디고? 학교는 어디 나왔고? 결혼은 언제? 이런 지저분한 질문들을 받게 되잖아요. 난 평생 애인 없고 가족 없는 사람으로 살고 싶어요. 그러니까 수완 씨는 애인 아니에요. 난 애인 없어요.

그럼 뭘까요?

수완 씨는 그냥 수완 씨죠. 행복한 가정에서 자란 수완 씨. 천연기념물 수완 씨. 정말 순진한데 왜 이름이 수완인지 아이러니해서 웃음을 주는 수완 씨. 뭐 그런 거죠, 수완 씨는 그냥 수완 씨.

유하 씨도 그냥 유하 씨.

유하 씨.

* * *

수완은 유하의 상상을 기반으로 A_4용지 네 장 반짜리 글을 썼다. 다 쓰고, 두 번 천천히 읽은 후 프린트했다. 유하에게 보여 줄 작정으로, 접지 않고 플라스틱 케이스에 넣었다.

정말 너무 신기하다, 가 유하의 첫 반응이었고, 두 번째는 재미있네, 였다.

다행이다. 재미있어요?

응, 나 너무 신나네요. 내가 멋대로 상상한 얘기가 이렇게 견고한 글이 되네.

아니에요, 살펴보면 부족한 점이 많을 거예요.

수완 씨, 너무 겸손해하지 말아요. 나같이 책 안 읽는 사람이 죽 읽을 정도니 수완 씨는 잘 쓰는 거예요. 또 하나 더 써 줄래요?

또 뭐가 있어요?

음, 이번에 상상해 본 거예요. 며칠씩 머리 굴려 가면서 공상을 좀 다시 해 보려 했는데, 뇌가 늙어서 그런가, 알코올에 절여져서 그런가, 도통 예전처럼은 안 되더라고요. 그래서 이번 건 훨씬 현실적인 이야기가 되겠어요.

어떤 스무 살짜리 여자애가 있는데, 뭐 이름은 하하라고 하죠. 하하의 아버지는 호호. 하하는 호호가 죽는다면 자신이 눈물을 흘릴까를 몹시 궁금해하고 또 답을 알길 두려워해요. 십 년 넘게 그래 왔어요. 원래 눈물이 없는 건 아니에요. 슬픈 영화를 봐도, 햄스터가 죽어도, 남의 결혼식에 가도, 음악을 들으면서도 울어요. 그러니까 오히려 눈물이 많은 편이라고 볼 수 있겠죠.

그런데 왜 호호의 영정 앞에서 울까 울지 않을까를 궁금하게 여겼을까요? 그건 좀 나중에 이야기했으면 좋겠어요. 일단은 호호의 장례식을 치르는 하하를 비춰 주는 게 더 좋을 것 같아요. 드디어 답을 얻게 된 거죠. 알길 무서워하던 답을.

드디어 알아낸 답은, 울었다는 거예요. 하하는 울었어요. 펑펑 울었어요. 꺽꺽 소리를 내며 오열했어요.

그렇지만 호호가 죽은 직후에도, 호호가 죽었으니 연락을 돌려 달라고 주변에 이야기할 때도, 문상객의 조문을 받을 때도 아니었어요.

호호를 염하는 모습을 유리창 너머로 바라보던 수많은 친척들이 큰 소리로 곡을 할 때도 하하는 아직 울지 않았었어요. 그런데 그렇게 곡을 하던 호호의 여동생이 고개를 돌려 호통을 쳤을 때 하하는 비로소 울게 된 거죠.

눈물도 안 나느냐고, 아비가 죽었는데 저렇게 두 눈 시퍼렇게 뜨고 슬퍼도 않는다고, 딸년이 맞느냐고…… 이 얘길 듣고서야 하하는 운 거예요.

화가 나서, 열이 받아서 운 거죠.

하하는 왜 호호에게 그런 감정을 가지게 되었을까요?

호호는 세상이 너무 무서웠던 거예요. 정신병자들이 가득하고 모두 비이성적인 행동만 하는 세상에 소중한 딸인 하하가 나가면 몸과 마음을 다치기 십상이니까. 다친다면 차라리 다행이지, 그 정신병을 옮아올 수도 있으니까. 그래서 하하를 밖에 절대로 내보내지 않았어요. 학교의 모든 스케줄을 파악하고, 고등학교를 졸업할 때까지 등하교를 함께했죠. 학교에서 이뤄지지 않는 외부 현장학습과 동아리 활동을 하는 날에는 학교에 전화를 걸어 몇 시에 어디서 끝나는지를 항상 묻고, 그 시간을 넘겨 하하가 돌아오면 손으로 매질을 했죠. 친구들과 놀러갈 수도 없었고 노래방이 뭔지, 피시방이며 만화카페 같은 게 뭔지조차 모른 채로 하하는 그렇게 스무 살이 된 거예요.

하하가 학교 외에 유일하게 갈 수 있었던 곳은 집 바로 옆에 있는 편의점이었어요. 집에서 공부하다가 너무 허기가 지면 하하는 흐흐에게, 편의점에 가겠다고 말했죠. 그러면 흐흐는 무엇을 먹고 싶은지 묻곤, 그 정가를 검색해 확인한 후 딱 그만큼의 현금을 손에 쥐여 주었어요. 카드 같은 걸 주면 하하가 도망갈까 봐…… 그럴까 봐 그랬을까요? 어쨌든, 하하는 그 현금으로 야밤에 편의점에서 간식을 샀죠. 간식을 사며, 포스에 바코드를 찍는 아르바이트생 언니를 부러움이 가득 찬 눈길로 몰래 쳐다봤던 거예요. 그 언니는, 일할 수 있는 거죠. 밤 열한 시에 출근해서 아침 일곱 시에 퇴근하는 편의점에 앉아 있을 수 있는 거예요. 언니는 그것을 허락해 주는 가족을 가졌고, 또 그렇게 행동해도 몸과 마음을 다치지 않고, 정신병이 옮지도 않는 거죠.

하하는 생각해요. 흐흐 대신 저 언니의 부모를 가지고 싶다. 또 저 언니의 자리를 차지하고 싶다. 저 언니가 서 있는 계산대에 대신 서 있고 싶다. 그렇게 하하는 매일 생각해요.

* * *

여기까지밖에 상상 못 했어요. 유하는 두 팔을 어깨 높이로 들었다. 그 사이로 수완이 팔을 벌려 파고들었다. 뭐예요. 유하의 말에 수완은 안아 달라고 한 것 아닌가요, 라고 되물었다.

아닌데, 항복 표시였는데요. 이게 한계다, 낡은 내 머리로는. 그런 뜻이었는데요. 유하의 손이 수완을 가볍게 밀어냈다.

그러니까 더 이어 써 줘요, 수완 씨가.

더요?

결말을 지어 줘요.

설마 하하가 언니를 찌르거나 하는 결말을 원하는 거 아니죠?

에이, 그런 거 말고요.

그럼 한 번 써 볼게요. 그런데 유하 씨는 왜 자꾸 이런 상상을 해요.

저번처럼 노코멘트할 테니까, 저번처럼 유하 씨는 그냥 유하 씨, 라고 해 주세요.

알겠어요. 유하 씨는 그냥 유하 씨.

수완 씨도 그냥 수완 씨죠.

* * *

수완이 도달한 결말은 간단했다. 흐흐를 장지에 묻고 돌아온 하하는 현금을 한 움큼 집는다. 얼마인지는 중요하지 않다. 그걸 들고 편의점에 가서, 먹고 싶은 것들을 산다. 정가가 얼마인지 아직 모르는 것들을 마구 계산대에 올려놓는다. 만육천칠백 원이 나온다. 아무렇게나 집어 들고 나온 돈을 하나하나 세어 계산한다. 그러고는 편의점을 나서는데, 유리벽에 붙은 A_4용지 한 장에 눈길이 간다. 그 용지엔 이렇게 쓰여 있다. '알바 구함. 초보 가능. 시급 협의. 010-△△△△-□□□□' 비닐봉지를 잠시 바닥에 내려놓고 하하는 그 번호로 핸드폰에 문자를 보낸다. 자신의 간단한 신상 명세와, 열심히 할 수 있습니다, 라는 말을 함께 적어 보낸다. 그러고는 집에 돌아와 라면을 두 개 끓이고, 김밥 한 줄과 샌드위치 하나를 뜯어 놓곤, 아이스크림을 먼저 홀짝홀짝 빨아 먹으며 라면이 익기를 기다리는 것이다.

라면을 다 먹을 때쯤 그 번호에서 답장이 온다.

* * *

수완이 유하를 집에 초대하기로 한 것은, 아니 유하를 초대해도 된다고 그녀 자신에게 허락을 받은 것은 두 계절을 함께 보낸 뒤였다. 수완의 생일 선물이었다. 소원 하나만 들어 달라는 수완의 말에 무심결에 고개를 끄덕인 것이 실수라고 유하는 그 후 자주 생각했으며, 수완은 그보다도 먼저, 왜 유하를 초대할 생각을 했는지를 언제나 후회했지만 흘러간 물살을 되돌릴 수는 없었다.

수완은 유하에게 보여 주고 싶었다. 유하가 좋았기에 느끼게 해 주고 싶었다. 단란한 가정이란 것, 사랑이 넘치는 가정이란 것이 동화도 영화도 아님을 알게 해 주고 싶었다. 모든 사랑에 냉소적인 유하의 마음, 거기 쌓인 거대한 둑에 아주 작은 구멍이라도 낼 수 있다면 오랜 시간 고여 썩고 있던 물줄기가 곧 흐르기 시작해 다시 맑아지지 않을까, 하는 만용을 수완은 부렸던 것이었다. 수완은 아직 유하를 몰랐고, 좋아했지만 존중하기엔 너무 어렸다. 그렇게 억지스러운 짓은 하지 말았어야 했다. 그것이야말로 진실하지만 동시에 몹시 연극적인 것이었고, 연극에 질린 유하가 처해서는 안 될 상황이었다.

수완과 유하는 거기서 끝났다.

조심스레 신을 벗고 들어가 인사를 하는 유하에게 수완의 부모는 차를 들기를 권했다. 집은 작았지만 알뜰하게 세간이 구비되어 있었다. 차는 향기롭고 적당히 따스했으며, 수완의 부모는 유하를 유하 씨, 라고 부르며 이렇게 말했다.

유하 씨 뭐 좋아해요? 아무거나, 라고 하지 말고요. 원래 다른 집에선 손님을 초대하면 음식을 하는 게 예의인가요? 우리는 영 불편해서. 우리가 차린 음식 먹으면 유하 씨도 불편하잖아. 맛없어도 맛있다고 해야 할 것 같고, 다 먹고 나면 설거지는 제가 할게요 어머니, 같은 대사도 쳐야 할 것 같고. 물론 우리 수완이한테 들은 말로 유하 씨가 그런 대사를 칠 분은 아닌 것 같아 보이지만요. 아니, 좋은 뜻에서 말한 거예요. 유하 씨 시원시원하고 솔직하다고 수완이한테 많이 들었어요. 우리, 시켜 먹어요. 아무도 힘들지 않게, 부담 안 가게 시켜 먹어요. 이 동네, 맛있는 거 많아요.

그래, 좀 있으면 배달 도착한다고 메시지 오네. 유하 씨 서른이라고 했죠? 세상에, 얼마나 좋을까. 난 그때가 딱 좋더라고요. 젊기도 하면서, 슬슬 알아 가는 것도 많거든. 수완이는 언제 서른 되나 몰라요. 많이 가르쳐 줘요, 유하 씨가. 수완이 만나면서. 아직 애 같아. 공부는 못했지만 별다른 어려움도 없이 커서 그런지. 남자애들이 또 철도 늦게 든다잖아요. 우리 수완이는 철은 일찍 든 편이지만, 그래도 유하 씨에게 가르침 많이 받아야 할 거예요.

수완은 나라는 존재를 어떻게 설명한 걸까?

유하는 뒷머리가 살살 땅겨 오는 것을 느꼈다.

왜 나를 설명한 걸까? 왜 나를 소개한 걸까? 가르치라고? 무엇을? 나는 수완과 동등한 사람, 수완도 나와 동등한 사람. 무엇을 어떻게 가르치라는 걸까.

유하는 그저 유하, 수완은 그저 수완일 뿐인데.

배달된 보쌈 세트를 함께 식탁으로 나르며 유하는 보았다. 식탁 위에 놓인 유리가 성히 번쩍이는 것을. 어디에도 흠집이 없음을. 유하의 집에 있는 식탁엔 유리가 없었다. 아주 오래전에 누군가 던져 버렸기 때문이었다.

보쌈은 질겼고 잡내가 났지만 모두 맛있다고, 잘 삶아졌다고 호들갑을 떨며 먹었다. 유하는 웃지 않았다.

* * *

드라마 같은 가족이던데요.

유하를 버스정류장까지 데려다준다며 굳이 함께 나온 수완이 고개를 저었다.

그냥 가족이죠.

그냥 가족.

유하 씨를 좋아하니까, 내가 좋아하는 유하 씨를 우리 가족에게 소개하고 싶었던 거예요, 그게 다예요.

그게 다예요?

그럼요?

솔직히 말해요. 행복하고 단란한 가족 같은 거, 나에게 보여 줘야겠단 생각이 아주 조금이라도 없었는지. 사랑이랑은 담 쌓고 사는 불행한 여자의 마음을 녹여 줘야겠다, 뭐 이런 미련한 생각이 조금이라도 있진 않았는지.

유하 씨.

유리가 남아 있는 식탁의 촉감을 그 누구도 아닌 내가 느끼게 해 주겠다는, 상처를 보듬어 주겠다는 그런 재수 없는 생각을 한 게 아니었냐고요. 그렇지 않으면 왜 나를 초대해요? 결혼할 상대도 아니면서 왜 나를요? 어차피 수완 씨는 우리 집에 초대 못 받고 내 부모 못 만날 텐데, 돌아올 것도 없는데 왜 나를 초대했어요? 그러려고 한 거 아니에요? 감동, 신파 코드에 날 몰아넣으려고? 후회와 화해에? 얼싸안고 눈물 흘리기, 같은 피날레가 있는 작전이라도 짠 건가요?

유하 씨, 그만해요. 왜 이렇게 확대해서 해석해요.

나 원래 이렇게 돼먹지 않은 사람이에요.

유하 씨.

부모의 불화엔 연극적인 부분이 있지만, 난 행복한 가족도 연극이라 느껴요.

유하 씨.

이걸 수완 씨한테 하는 세 번째 이야기라 생각해요. 갈게요.

* * *

'안 돼요, 유하 씨. 한마디만 들어요. 유하 씨한테 내 얘기 한 적 없죠. 이제 내 얘기, 내 상상도 들어 줄 차례예요. 그걸 유하 씨가 완성해 줄 차례예요. 순서가 그렇게 되고 있다고요.'

그 뒤를 이런 식으로 이어서 수완은 유하의 세 번째 이야기를 완성해 주고 싶었지만 번번이 실패했으며 그것은 유하의 말이 사실이었음을 수완이 알고 있기 때문이었다.

독자로서 수완은 유하에게 자주 물었다. 꼭 그렇게 끝내야만 했는지. 그렇게 자기중심적으로 행동해야 했는지. 수완의 의도 같은 건 들을 생각이 없었는지. 유하를 위해 준비한 하루의 끝을 그렇게 맺어야 했는지. 관계의 끝을 그렇게 만들어야 했는지.

몇 번의 연애를 반복하며 수완은 차츰 알게 되었다. 유하에겐 유하의 서사가 있었다. 유하의 이야기는 유하만의 것이었다. 유하는 그 안에서 자유롭게 행동하는 저자였고, 수완은 등장인물이었을 뿐이었다.

더 이상 유하에게 묻는 대신 수완은 다른 것들을 시작했다. 자기 이야기를 만들기 시작했다. 유하가 보여 준 대로. 자신을 주인공으로 한 서사를 만드는 법을 수완에게 보여 준 대로. 억지로 가르친 것이 아니라, 보여 준 대로. 자기 자신의 안에서 첫 번째 아이, 두 번째 아이, 세 번째 아이……를 수없이 분할해 재조립하여 새로운 이야기를 만드는 모습을. 수완의 안에서 내내 울고 있던 또 다른 수완을 끄집어내 그 아이의 세계를 만들게 하는 일을. 그 아이가 자신이 주인공인 세계를 걸으며 난생처음으로 발자국을 남기고 스스로의 자취를 관찰하게 하는 일을, 그리고 그것을 하나의 이야기로 만드는 법을 유하는 제1의, 제2의, 제3의 유하들을 통해 보여주었다.

수완은 많은 자신을 만났다. 유하에게 말하지 못한 자신을 만났다. 그것을 말하지 못한 이유가 뭐였을까. 부끄러웠던 건지, 두려웠던 건지 아니면 미처 시도해 볼 겨를조차 없었던 건지…… 영영 집을 떠난 친아버지를 기다리던 수완을 만났다. 난생처음 보는 새아버지, 그리고 그의 딸과 함께 살아야 했던 수완을 만났다. 처음 보는 타인들에게 사랑을 얻기 위해 발버둥 치던 수완을 만났고, 피가 섞이지 않은 남매라는 말에 사람들이 으레 가질 법한 더러운 눈초리의 선에까지 도달하지 않으며 여동생을 챙기기 위해 수없이 전진과 후진, 그리고 제자리걸음과 고뇌를 반복해야 했던 수완을 만났다.

그리고 그 수완들의 이야기를 만들었다. 수완이 쓰는 글에선 언제나 많은 수완들이 주인공으로 살아갔다. 수완이 조립해 다시 만든 수완들이 이야기하고 행동하고 서로와 싸우고 화해하며 응어리를 풀었다. 수완은 그렇게 자신의 내부에 살고 있던 사람들을 얼렀다. 글을 쓸 때마다 하나 두 개의 수완이 명치 근처를 꽉 막고 있던 울음덩이를 토해 내곤 손을 흔들며 돌아갔다.

* * *

수완, 안녕. 수완들, 안녕. 자신의 안에 있던 수완들이 모습을 드러낼 때마다 수완은 그 눈을 마주하고, 머리를 빗겨 주곤 얼굴을 정돈해 주었다. 옷을 입히고 춥지 않도록 목도리를 둘러 주었다.

수완, 너는 그 무엇도 아니고 그냥 수완이야.
유하가 그냥 유하였던 것처럼.

수완은 해마다 유하와 처음 술을 마셨던 날이 되면 유하에게 전화를 걸었고, 유하는 언제나 받지 않았다.

그래도 수완은 처음 자신의 이름을 달고 나온 책의 첫 장에 적었다. 책을 전혀 읽지 않는 유하는 평생 그것을 알 리가 없을 터였겠지만.

유하에게, 라고.
그렇게 적었다.

불가능했던 것에 대하여

청남대는 충청북도 청주시 근처에 위치한 대통령 별장으로, 고(故) 노무현 대통령이 충청북도에 소유권을 이전한 뒤로 민간에게 개방되었다. 나는 청주에 본가가 있기 때문에 그곳에 쉽게 갈 수 있지만 한 번 간 후론 다신 가지 않았는데, 그것은 놀이터에 대해 적혀 있는 설명 때문이었다. *영손의 흰 바지가 더러워질까 봐 관리가 힘들었다*, 고. 나는 도통 이해할 수가 없었다. 아이가 흙바닥에서 놀면 바지가 더러워지는 것이 당연한 것이 아닌가. 그리고 흙바닥에서 놀 아이에게 애당초 왜 흰 바지를 입히는가. 버려도 상관없을 만치 남루한 옷가지를 입히는 것이 가장 마음이 편하지 않을까. 왜 흰 바지를 입혀 놓고 관리인 탓을 하는가. 관리의 탓을 하는가. 나는 이해가 되지 않았고 특히 그 어느 누구도 이 설명에 대해 불편해하거나 분노하지 않는 것 같아 보인다는 사실이 몹시 놀라웠다. 나는 청남대 근처 숲의 높다란 겨울나무를 찍은 사진을 이러한 감상과 함께 인스타그램에 올렸다. *거지 같은 주말*이라고도 썼는데, 고교 동창 하나가 *왜 나 청남대 한 번도 안 가봤는데, 별로임?* 이라고 댓글을 달았다. 내 글을 읽긴 한 걸까 알 수가 없어서, 그냥 *내가 워낙 꼬인 사람인* 듯, 이라고 답을 했다.

동생은 나의 인스타그램을 팔로우하고 있지 않았지만 종종 몰래 들어와 내 글을 읽곤 했고 나도 그걸 알고 있었다. 그랬기에 "청남대 산책이나 한번 갈까?"라는 엄마의 말에 동생이 "아니, 청남대는 싫어. 차라리 문의문화재단지에 가자."라고 답한 듯도 했다. 그 글을 몰래 읽고 기억해 줘서 그 마음이 퍽 고마웠다. 진짜로 읽었는지는 알 수 없지만, 거지 같은 주말이 될 수 있었던 그 어느 하루를 토닥토닥 살려 내 준 것이 고마웠다.

봉고차를 주차하곤 내려 천천히 계단을 올랐다. 체력이 약한 아빠는 엄마의 손을 잡거나 내 손에 이끌려 계단을 올랐다. 헉헉 숨을 몰아쉬며 올랐다. 표를 사고 입장했다. 민화풍의 그림이 여러 장 붙여진 통로를 지났다.

문의문화재단지엔 어렸을 때 소풍이며 백일장, 사생대회 같은 것들 때문에 많이 가 보곤 했는데 그땐 그곳이 지루하기 이를 데 없었다. 그런데 서른이 된 지금 나는 찬찬히 설명들을 읽어 보고, 흙바닥이 풀썩이는 양을 지켜보고 또 기둥을 쓸어내리며 그 나무의 따뜻하다 서늘하다를 반복하는 온도를 느끼고, 처마에 걸린 햇빛이며 마당을 훑다 돌담벽 앞에서 멈춰서는 바람의 세기 같은 것들을 재미나게 지켜보았다. 이런 게 나이가 드는 걸까. 어렸을 때 엄마가, 풍경이 좋아지면 나이가 든 것이라고 했는데. 그런데 서른짜리가 나이를 운운하면 마흔이 보기엔 영 우습지 않을까. 나는 지금 생의 어느 부분에 서 있을까. 내 생은 어디 즈음에서 마감될지, 지금 절반 정도 왔을지 삼분의 일 정도 왔을지 아니면 거의 다, 거의 다 와서 숨을 고르곤 멈춰 버릴지 상상했다.

전망대에 올라 대청호의 물결을 잠시 바라본 후, 내려와 문의문화재단지의 끝으로 향했다.

* * *

문의문화재단지의 끝에는 어느 미술 전시관이 있었다. 우리 가족은 한 사람도 빠짐없이 모두 미술에 문외한이었지만 입장료도 없고 시간은 많았기에 자연스레 그곳에 들어섰다.

젊은 작가들의 작품을 모아 놓은 전시회였다. 여러 가지 팸플릿이 모인 로비에서 잠시 그 글자들을 응시하다, 일 층에 있는 전시관에 들어섰다. 전시관의 앞에는 긴 머리를 단정히 묶고 있는 여자가 두 손을 가지런히 모으고 의자에 앉아 발을 땅에 꼭 붙이고 있었는데, 말간 얼굴에 대고 저, 작품 설명 좀 부탁드립니다, 라고 말하기가 뭔가 망설여져 나는 그냥 내 멋대로, 내 맘대로 해석해 보기로 마음먹었다.

처음 들어선 전시관에는 고래 한 마리가 있었다. 새끼손톱 너비의 절반만 한 굵기의 은빛 철사를 엮어 만든, 어른 여섯 명을 한데 모은 듯 커다란 덩치의 고래였다. 그 고래가 잘 보이지 않는 얇은 줄에 매달려 허공에 둥실 떠 있었다. 조명을 받은 은빛 철사가 촘촘했다 성기다를 반복했고, 때론 초록빛으로 또 노란빛으로 가끔은 퍼런빛으로도 보였으며, 그 그림자가 회색 바닥에 드리워졌다. 그림자는 그렇게 선명하진 않았고 테두리가 희미하게 콘크리트 바닥에 수채화 물감처럼 번져 가고 있었다. 꼬리는 생긴 그대로였는데 몸체가 휘어 앞과 뒤가 마주 보는 것처럼, 혹은 접힌 것처럼 느껴졌다.

나는 고래를 바라보고, 사진을 한 번 찍곤 다시 바라보았다. 고래는 왜 저기 허공에 떠 있는 걸까. 바다에 있어야 할 고래가 허공에서 무슨 생각을 하고 있을까. 사람들의 응시를 어떻게 견뎌 내고 있는 걸까.

어떻게 살고 있을까.

* * *

나는 어느 사립 특수목적고등학교에서 수학 교사로 일했다. 스물여섯에 임용되어 그해부터 담임을 맡았는데, 당연히 완벽하진 않았고 수많은 실수를 하며 가끔은 상처를 받고 또 상처를 주기도 했지만 그래도 형편없는 선생이라고 생각하진 않았다. 어떤 아이들은 나를 매우 좋아했으며 나 역시 그에 자부심과 보람을 느끼며 살아가고 있었다. 고등학생 때부터 선생이 꿈이었고 대학교에 다닐 때 교육 세미나 동아리 회장을 이 년 동안이나 했던 터였다. 교육이 좋았고 사람을 만들고 싶었다.

삼 년 차 되는 해에 2학년 담임을 맡게 되었다. "좀 힘들 수도 있어요." 선생들은 이렇게 조언했다. "그 과, 원래 대대로 말썽 많이 피우는 과라." 나는 믿지 않았고 말도 안 된다고 생각했다. 그런 선입견을 가지고 학생을 보면 어떻게 하나. 처음부터 어느 누구를 코너로 몰아세워 놓은 후 경기를 시작하면 어떻게 하나. 나는 그렇게 하지 않으리라고 다짐했고 눈을 동그랗게 뜨며 첫날을 맞이했다. 첫 얼굴들을 맞이했다. 스무 명의 여자아이와 열 명의 남자아이가 있는 반이었다.

아홉 명의 남자아이들은 서로 친했다. 이런저런 이해관계들이 얽혀 있긴 했고 또 가끔은 욕설을 하고 주먹을 섞으며 싸우긴 했지만, 다 성장의 과정이려니 생각했다.

한 명의 남자아이는 여자아이들과만 친했다. 그럴 수 있다고 생각했다. 나는 여자이지만 남자인 친구들이 많으며, 성정이 여려 남자의 세계에선 채이기만 해 차라리 여자인 친구들과 다니는 것이 편하다고 이야기하는 친구도 있고, 남자들의 폭력적 대화에 지친 성소수자 친구도 있으니까. 그 한 명의 남자아이는 여자아이 여섯 정도와 함께 어울려 밥을 먹고 공부를 하고 농구공을 튕겼다. 그럴 수 있다 생각했고 귀여웠고 가끔은, 측은하다고도 생각했었다.

어느 날 종례 시간 교실 컴퓨터에서 이상한 파일을 발견했다. 컴퓨터 화면이 티브이에 연결되어 함께 비치는 중이었다. "뭐야?" 틀어 봤더니, 외국 영화 같았다. "누가 이런 걸 여기다 깔았어!" 나는 소리를 지르며 마우스 커서를 재생 시간 바 중간쯤으로 놓았다. 그리고 클릭했다.

자지가 보지를 열심히 쑤셔 대는 장면이 나왔다.

모자이크 없이 나왔다.

나는 한 오 초간 멈추었다. 남자아이들이 발을 구르고 손뼉을 치며 웃었고 여자아이들은 눈을 가리거나 웃거나 으악 소리를 내거나, 했다.

손이 떨려서 엑스 버튼을 누르는 것에 세 번 정도 실패했다. 결국 그냥 티브이를 껐다.

* * *

두 번째로 들어간 전시관에는 매끈한 플라스틱으로 만든 듯한 수많은 미어캣 무리가 있었다. 연한 노랑과 진한 노랑, 바랜 노랑과 황토색이라고 느껴질 정도로 강한 노랑을 띤 미어캣들이 낮은 검은색 기둥 위에 우두커니 서서 앞을 바라보고 있었다. 손을 아까 그 전시관 앞에 앉아 있던 여자처럼 가지런히 모으고, 골똘히 뭔가를 응시하고 있었다. 그 미어캣들은 다 똑같이 생기지도 않아서, 아주 조금씩 다른 표정을 하고 고개를 갸웃대기도 하고 입술을 꼭 깨물기도 했다. 응시의 방향 역시 완전히 똑같은 것은 아니었다. 얘는 저기를 보고 쟤는 여기를 보는 그런 상황이었다.

그리고 그 한가운데 가장 큰 기둥이 섰다. 위에는 아래와 같은 미어캣 모양의 옷을 입고 귀가 쫑긋 선 후드까지 뒤집어 쓴 플라스틱 사람이 서 있었다. 눈썹이 밑으로 약간 처져 있었고 눈은 감은 채였다. 후드를 비집고 머리카락이 조금 비죽 나와 있었다. 높지 않은 코나 작은 입술이, 어쩐지 나와 닮아 보였다. 그러고 보니 정말 나랑 비슷하게 생기기도 했다. 그 사람은 망원경을 목에 걸고 있었는데, 얼굴보다도 커다란 망원경이었고 그걸 아직 손으로 잡진 않은 상태였다.

무언가를 지그시 보고 있는 수많은 미어캣 무리의 중앙에 선, 아무것도 보고 있지 않은 사람. 저건 무슨 이야길 하는 걸까? 나는 생각했다. 왜 저 사람은 눈을 감고 있을까? 무거운 망원경을 들고 왔으면서, 왜 아직도 손으로 잡고 들어 올려 눈에 갖다 대지 않는 걸까? 알 수 없었지만, 미어캣들이 그를 자신과 같은 존재로 여기고 환대하지는 않을 것 같다는 생각을 하기도 했다.

* * *

사건이 터졌다.

여자아이들과 친하던 그 한 남자아이. K라고 부르겠다. 그 남자아이, K가 남학생끼리의 단체 카카오톡 대화방에서 이루어진 성희롱을 여학생들에게 털어놓았다. 섹스 잘하게 생긴 년, 좆같이 생긴 년, 가슴 커서 뛰어다니면 좆나 꼴리는 년, 입이 커서 잘 빨 것 같은 년, 같은 것들이 쓰여 있었다고 했다.

증거는 없었다. "K가 음담패설 하는 게 싫어서 방을 나왔대요.

그래서 다시 들어갈 수가 없대요. 너무 더러워서 캡처할 생각도 못했대요." 여학생들이 울며 소리를 질렀다. 대학교나 회사에서도 비슷한 이슈가 터져 뉴스 댓글창이 시끄럽던 해였다. 가만히 있으면 안 되겠다고, 나는 생각했다.

남자아이들을 모았다. 혹 내부고발자로 발각되지 않을까 싶어, K도 함께, 열 명이 모두 운동장에 모였다. 뒷짐을 진 채로. 나는 아이들에게 운동장 다섯 바퀴를 뛰게 시켰다. "체벌로 교육청에 신고하려면 해." 나는 그것이 사실이냐고, 정말 그런 말들을 했냐고 묻지 않았다. 당연히 사실이라고 생각했기 때문이었다. 사춘기 소년들의 왕성한 성적 호기심에 대해서도 워낙 잘 알고 있었으므로, 그 잘 알고 있는 사실이 나의 확신을 거들었다. 게다가 어쨌거나 나도 여자였기에 더욱 분노했을 수도 있다.

가만히 서 있어도 땀이 줄줄 흐르는 뜨거운 여름 볕 아래 남자아이들이 일렬로 뛰었다. 스무 개의 눈알이 뛰었다. 한 바퀴. 눈알에 땀이 스며들었다. 두 바퀴. 시선에 분노가 어렸다. 세 바퀴. 주먹이 꽉 쥐어지고 호흡이 거칠어졌다. 네 바퀴. 속도가 느려지고 다리가 떨렸다. 다섯 바퀴. 아마도 저년을 죽여 버리고 싶었을 것이었다.

그다음 날 여자아이들의 부모에게서도, 남자아이들의 부모에게서도 전화가 왔다. 도합 열다섯 통 정도 왔다.

"저흰 절대 그런 말 안 했어요." 아홉 명이 목소리를 모아 도리질을 했다. "진짜 안 했어요. 진짜 맹세해요. 너무 억울해요." 눈이 커다란 남자 회장은 눈물을 흘리며 오열했다. "억울해, 억울해 미치겠어요. 그런 쓰레기 같은 짓 안 했어요." 그 애의 부모에 따르면, 하교하는 내내 뒷좌석에서 소리를 지르며 주먹으로 시트를 치고 울었다고 했다. "이 학교에 오는 게 아니었는데. 아니었는데. 죽고 싶다." 이렇게 외치기도 했다고, 했다.

남자아이들의 부모가 먼저 교무실에 모여 밤 열한 시 반까지 결백을 소리쳤고, 여자아이들의 부모는 그다음 날 교무실에 모여 밤 열한 시 반까지 두려움과 공포를 내세웠다.

K의 부모는 전화상으로 내게, 우리 애는 어쩌죠, 어쩌실 거죠, 하고 물었다.

"무서워서 같이 야자 못 하겠어요." 여자아이들이 철제 사물함 안에 녹음기를 집어넣은 채 교실을 떴고 그걸 이미 눈치 챈 남자아이들은 말은 한마디도 하지 않으며 발로 사물함을 쾅쾅 차기만 했다.

스물여덟의 나는 밤 열두 시 반까지 교무실에 남아 혼자 울었다. 울며 세상을 저주했다. 왜 내게 이런 일이 일어나야 하는 건가. 왜 내 학급에 이런 일이 벌어져야 하는 건가. 내가 무엇을 잘못했다고. 나는 그 누구보다도 열심히 가르쳤다고 생각한다. 사랑했다고 생각한다. 그런데 왜 이런 일이 나에게 벌어져야 하는 건가.

여자아이들은 남학생 중 한 아이를 콕 집어, "얘를 조지자. 얘 서울대에 목숨 걸잖아. 생기부에 빨간 줄 가는 거 누구보다 무서워

할걸? 얘를 조져서, 사실대로 말하면 학폭 거는 거 빼 주겠다고 하자."라고 말하기도 했다. 남자아이들은 입을 모아 "걸라고 해, 끝까지 가."라고 어깨를 맞댔다.

그다음 날 오후 한 시 나는 여교사 화장실에서 울다 하혈을 했다. 바지 엉덩이에 검붉은 얼룩이 치덕치덕 묻었다. 무릎담요를 두르고 있으려니 옆자리에 앉아 있던 백발의 남자 국어 선생님이 눈치를 채곤, 공강 시간을 이용해 나를 자신의 차 조수석에 태웠다. 이십 킬로나 떨어진 내 집에 데려가, 옷을 갈아입게 해 주었다. 옷을 갈아입고 나와 그 앞을 기다리던 차에 다시 탔을 땐, 평소 자신이 매일 챙기고 다니던 작은 과일 도시락을 열어, 먹기 전엔 출발하지 않겠다고, 다 먹으라고, 다 먹어야 출발하겠다고 말했다. 나는 작게 썬 파인애플이며 사과며 방울토마토 같은 것들을 씹으며 꺽꺽대고 다시 울었는데, 그 눈물의 짠맛과 과일즙의 단맛이 입안에서 섞여 터졌다.

여자아이들도 울고 남자아이들도 울었다.

여학생들의 부모도, 남학생들의 부모도 울었다.

모두가 그렇게 불행해지고 있었다. 하루하루가 구덩이처럼 컴컴한 지옥이 되어 헤어날 틈이 없었다.

* * *

그즈음 나는 이런 글을 주로 써 댔다. 담배를 피우며 나를 면접

하던 이사장을 떠올리며 썼다. 죽고 싶다고 말하는 나를 위로할 줄 모르고 섹스에만 몰두하는 애인을 생각하면서도 썼다.

총은 누구를 위해 있는 것인가.

총을 가진 사람들은 다 이렇게 행동하는 것인가.

총을 가진 사람들은 누구나 총신으로 아랫도리를 짓이기는가.

총을 가진 사람들은, 아랫도리가 매끈한 사람들을 좋아하는가. 증오하는가. 사랑하는가. 연민하는가. 미워하는가. 괴롭히고 싶은 걸까? 설마. 매끈한 아랫도리를 쑤시면서 어떤 감정을 느끼는 걸까. 즐거울까 기쁠까. 내가 밑에 깔려 줘서, 그게 좋아서?

아랫도리가 매끈한 스무 어른을 낳아 품어 길러 낸 마흔 어른어른이 손을 붙잡고 아이를 찾았다. 우리는 겁이 난다, 고 마흔 어른어른은 아이의 책상을 치며 이야기했다. 우리는 겁이 난다. 총을 가진 아랫도리들이 진짜 총알을 장전하고 우리 매끈한 어른들을 향해 방아쇠를 당길까 봐 겁이 난다, 우리 매끈한 어른들이 그들 공상 속 섹스의 대상이 되었다는 사실에 심장이 요동치고 부들대고 찢어진다, 라고 마흔 어른어른은 눈물로 콧물로 침으로 손수건을 적셨다. 동료들은 조용히 자리를 뜨고 아이만이 남았다.

– 너 아이가 총을 가진 어른들의 편을 들잖아!

무언가 무너진다.

– 너 아이가 총을 가진 어른들의 앞날을 신경 쓰잖아! 그 새끼들의 잘못을 아무도 모르게 파묻잖아! 우리 매끈한 어른들의 편을 드는 척하면서 아무것도 하지 않으려 하잖아! 너 아이에겐 그 어떤 신뢰도 줄 수 없다, 너 아이도 책임을 등에 지고 불행한 삶을 살기를 매끈한 아랫도리를 낳은 우리 어른어른은 원한다!

매끈한 아랫도리를 낳은 마흔 어른어른, 퇴장한다. 퇴장에 이어 등장하는, 총이 달린 아랫도리를 낳은 스물 어른어른, 자리에 앉는다. 아이는 서 있다. 두 손을 앞에 모으고 서 있다. 이 자세가 공손한 것인가, 라고 아이는 자주 궁금했다. 매끈한 아랫도리를 애써 방어하는 듯 손바닥 두 개를 만들어 낼 수 있는 최대한의 면적으로 부피로 넓힌 자세. 겨드랑이가 또 또 젖는다 아니 내게 겨드랑이란 것이 있었는가 싶다. 아이에겐 매끈한 아랫도리와 그것을 가리는 왼 손바닥 오른 손바닥 그것뿐이지 않았는가 한다.

– 너 아이가 증거 없이 땡볕을 뛰게 했잖아!

무엇이 무너지는가.

– 너 아이가 총을 가진 어른들을 미워하잖아! 매끈한 년들의 음해를 다 믿고 퍼뜨리고 벌을 주려 하잖아! 총을 가진 우리 어른들의 얼굴을 보려 하지 않잖아! 너 아이에겐 그 어떤 신뢰도 줄 수 없다. 너 아이도 책임을 등에 지고 불행한 삶을 살기를 총이 달린

아랫도리를 놓은 우리 어른어른은 원한다!

모든 어른어른이 집으로 돌아간 아이의 자리는 밤 열두 시 삼십 분. 달은 빛나고 아이는 지구의 역사와 자신의 삶 사이의 비례식을 헤아렸다. 일 대 일, 일 대 이, 일 대 십일 대 백…… 내 나이는 스물여덟 지구의 나이는 사십육억…… 이십팔 대 사십육억은 일 대 일억 육천사백이십팔만 오천칠백십사라고 한다……

일자리가 권장되었다. 어떤 일자리였느냐 하면, 다른 이를 관찰하고 판단하고 분해하고 다시 조립하여 옮길 수 있는. 그런 자리가 어른들에겐 권장되었다. 말하자면 레고, 세상을 레고블록으로 여길 수 있는 '레고질할 권리'. 어른어른들은 자신의 구멍에서 나온 어른에게 레고를 다루는 어른어른이 될 것을 간절히 바랐다. 그 간절함이 어른들을 사랑하는 방식이라고 어른어른들은 여겼다. 그 간절함을 보여 주는 행동의 정도가 어른들을 사랑하는 증거라고 어른어른들은 여겼고 그래서 자주 힘들어하는 어른들은 생각했을 수도 있을 것이다. 씨발, 난 구멍에서 나오길 선택한 것이 아니야, 라고.

일자리의 수는 어른의 수보다 터무니없이 적었고 그래서 어른들은 레고질을 미리 연습해야 했다. 큰 손이 앞에 있는 어른의 움직임을 관찰하여 허점을 판단하고 분해해 다시 엉망으로 조립한 후 뒤쪽으로 움직이도록 부추기는 일. 아무것도 모르는 척 움직이는 세상은 어른의 노력에 따라 앞으로 움직일 수 있을 것이라는 노랫

말의 응원가 따위를 불러 주었다. 그러나 붙박인 자리에서 어른들의 양 발목을 비틀어 발판에서 뽑아 옮겨 줄 수 있는 손이 없이는 스스로 전진하기 어려웠기에, 어른들은 이미 오래전에 배우고 있었다. 앞에 있는 어른을 뒤로 옮겨 주도록 큰 손을 꼬드기는 방법을 어른들은 한참 전부터 익혀 가고 있었다. 이것은 아랫도리와는 무관하게, 살아 내기 위해 가엽게 기어 왔던 길들.

그리고 그 길을 구르는 것은 증오의 바퀴.

어떻게든 화해시키라고 상사들은 말한다. 담임으로서 화해시키라고 말한다.

화해?

진실은 어디 두고?

당신들은 아무것도 생각하지 않지. 그래서 그렇게 말할 수 있고 모든 짐을 나에게 지게 할 수 있고 그런 것이지. 당신들은 이곳을 떠나 따뜻하고 밝은 집으로 돌아가면 식구들과 도란도란 둘러앉아 뽀얀 살이 포슬포슬하게 부서지는 생태로 끓인 찌개 비슷한 것을 잘 익은 무와 함께 떠먹으며 아 시원하다, 밥을 말아 김치를 죽 찢어 얹어 훌훌 넘기며, 오늘 이런 일이 있었지, 참 가여워, 그래 그런데 별 방법이 없잖아, 무슨 일이 있었는지 어떻게 알겠어, 좋게 좋게 넘어가야지, 라고 이야기하며 식사를 마치고 티브이 드라마를 챙겨 보겠지. 그리곤 잘 정돈된 잠자리에 들어가 내일도 무사히, 라는 기도를 하며 하루를 마칠 것이니까.

내가 죽으면 모든 일이 끝날 것이라고 아이는 생각했다. 그렇게 여기기 시작했다. 그렇게 지껄이고 다녔다.

틱, 탁틱, 탁틱, 탁틱, 탁, 하는 시계 소리.

틱, 탁틱, 탁틱, 탁틱, 탁.

열 어른과 스무 어른을 만날 때, 스무 어른어른과 마흔 어른어른을 만날 때, 그리고 일자리를 준 담배를 마주할 때 아이 안에서 울리는 소리는 우습게도 시계 소리뿐이었다. 어떻게 하면, 과연 어떤 방법을 쓰면 이 시간을 무사히, 온전히, 속이 찢기고 난자당하고 짓밟히고 불타지 않을까 하는 궁리. 아니면……

이미 타 버려 재가 되었을지도 모른다. 그래서 너 아이는 속이 없는 아이, 라고 생각하며 그래서 모두들 아이를 함부로 대했을지도 모르는 일…… 그렇다면 차라리 다행이다, 아아, 라고 아이는 생각했다. 그렇다면 속이 있는 사람들에게는 그렇게 대하지 않을 테니까, 그 사람들은 그래서 내가 느끼는 것만큼 무자비하고 잔혹한 맘을 가진 건 아닐 것이다. 이 모든 것은 나의 문제고 그래서 결론이다, 나는 파괴되어야 한다.

아이는 어느 순간 귀를 막고 눈을 감고 입을 닫았다. 어차피 파괴될 것이라는 아이의 체념이라는 자궁 속에서 잉태된 갈등과 비극은 아무것도 모르는 척 웃거나 울기만 하는 태아가 되었다. 사람은 가장 늦게 걷는 동물이란다. 그래서 이 태아는 모체를 빠져나오기만 한다면 그다음부터는 아무것도 하지 않고 그냥, 웃거나, 울거

나만 반복할 것이었다. 그 누가 필요로 하거나 요구하는 그 어떤 것도 갓난아기는 할 수 없으니까, 그것이 갓난아기니까. 아이의 키는 점점 작아졌다. 콧대가 짧아지고 콧잔등이 낮아졌다. 하루 이틀 이가 흔들리는가 싶더니 꿈속에서 쏙 빠져버렸다. 꿈이었는지는 잘 모르겠지만, 전후 사정 인과관계 없는 파편적 기억은 아마도 현실은 아닐 테니까.

갈등과 비극이 자라 웃고 우는 갓난아기가 태어나면 핏물에 젖은 아기의 피부를 양수의 온도에 맞춘 따뜻한 물에서 부드럽게 씻길 것이다. 성긴 머리칼이 엉켜 있을 정수리에 가만가만 입을 맞춰 보고 손톱보다도 작은 입술에 손가락을 대볼 것이다. 통통한 팔다리를 모아 곱게 속싸개에 쌀 것이다. 얼마나 예쁠까. 작은 눈과 말랑한 코, 빛나는 볼과 둥근 턱. 그 모든 곳 하나하나를 눈에 가득 담아 둘 것이다. 품에 안고 그 냄새를 한껏 들이마시리라. 내 아기, 내 예쁜 아기. 아이는 되뇔 것이고.

아마 며칠 후 그 아기는 어느 인적 드문 교회 앞 베이비박스에서 발견될 것이다. 갈등과 비극에서 잉태된 아기가 가질 결말은 그래야만 한다.

* * *

세 번째로 들어간 마지막 전시관에는, 눈이 시리도록 화려한 비극이 있었다. 핫핑크색 벽지가 두 면의 벽에 발라져 있었고 한 면은 원색의 파랑이었다. 바닥에 놓인 노란 단상 위에는 팔 하나가

바닥을 뚫고 번쩍 튀어나와 살려 달라고 외치고 있었으며, 빨간 망치도 있었다. 그 옆에 둥그렇게 놓인 노란색 구에선 빨간 팔 다섯 개가 삐져나와 축 늘어져 있었다. 옆에는 야자수 잎이 있었고, 파란 벽 위의 핫핑크색 이등변삼각형 위에는 그걸 누르고 있는, 혹은 그 꼭짓점에 찔리고 있는 발 하나가 있었다.

그 옆에 있는 스크린에선 작가가 이걸 설치하고 있는 영상이 천천히 흘러나오고 있었다.

헤드셋 하나가 덜렁 걸린 벽에 손을 뻗어 그걸 집곤, 머리에 천천히 썼다. 음악 같은 것이 나올 줄 알았는데, 종말, 멸망, 끝, 같은 소리들이 나왔다. 끼익이나 쿵, 끄악이나 쓰윽 같은 것들. 눈을 감고 하나 둘 셋 넷……을 세며 그 소리를 들었다. 종말, 멸망, 끝, 같은 파도는 밀려오고 있을까 달아나고 있을까, 지금의 오늘은 밀물일까 썰물일까, 생각했다. 그 영손의 흰 바지가 그 바다 위를 둥실둥실 떠다니고 있었는데, 작가와 나는 손을 잡진 않은 채 방파제에 앉아 그 물결을 바라보고만 있는 것 같기도 했다.

끼익,

쿵.

끄악,

쓰윽!

스물까지 센 후 헤드셋을 벗어 다시 벽에 걸고 전시실을 나섰다. 아빠와 엄마와 동생과 제부는 이미 모두 밖의 벤치에 나란히 앉아 커피를 마시고 있었고, 나는 테트라포드에 빠져 다시는 발견되지 못하는 게 어떨지에 대해 곰곰이 생각했다.

문의는 내륙이고 바다는 한참 먼데도 말이다.

* * *

그 해가 끝난 후 사표를 냈고 다시는 돌아가지 않았다.

어쩌면 굶어 죽을 수도 있다. 그렇지만 남아 있었다면, 그 학교에 다녔었다는 어느 아이처럼, 양화대교에서 강물에 뛰어들었을 것이다. 삶과 숨을 사표에게 꾸었고 어쨌든, 살아남아 서른이 되었다.

* * *

레고들.

작가의 말

수없이 잘못을 저지르고, 수없이 후회하며 다시 수없이 스스로를 다듬길 반복합니다.
제게 글을 쓴다는 행위는 토로이고 치유이자 반성입니다.

감사한 분들이 많습니다.
등단도 하지 않은 사람의 소설을 열린 맘으로 따뜻하게 맞아 주신 카멜북스.
처음 소설을 쓰기 시작할 때 꼼꼼하게 읽고 피드백을 주신 분들, 덕분에 하루하루가 너무나 즐거웠어요.
매일 온라인에 쓰는, 혹은 배설한다고 표현하는 게 더 옳을지도 모르는 기록들을 읽어 주시는 분들. 얼굴 모르는 사람을 응원해 주신 게 얼마나 큰 힘이었는지 모릅니다.
주희 님, 제 마음을 글로는 다 표현할 수가 없어요. 아마 술로는 표현이 가능할까요?
골방에서 혼자 몰두하던 한국 문학에 대해 난생처음 수다를 떨어 본 대상이 되어 주신 혜리 님.
울타리를 박차고 뛰쳐나올 때 마음 써 주신 모든 분들. 더 제멋대로 살아 보렵니다.
책장에 빽빽하게 꽂힌 한국 소설들, 그리고 그 저자들에게도 모두 감사합니다. 읽으며 배웠으니 모두가 저의 스승입니다. 목소리를 가진 소설과 닿으면 언제나 가슴이 뜁니다.
타의에 의해 소설의 세상에 떨어진 제 인물들에게 감사합니다. 저는 '끝'이라고 적은 후 잊은 채 돌아서면 그만이지만 그 인물들에겐 아직 버티고 살아야 할 삶이 많습니다. 그 삶에 책임을 지는 글을 쓰려 노력하겠습니다.

그리고 무엇보다, 양화대교를 반복해 걸으면서도 끝내 뛰어내릴 용기는 내지 못한 그 시절의 나에게 감사합니다.

이젠 영원히 죽고 싶지 않습니다.